中国古代狱案故事

宋月航／编著

百花文艺出版社
BAIHUA LITERATURE AND ART PUBLISHING HOUSE

图书在版编目（C I P）数据

中国古代狱案故事 / 宋月航编著. —天津 : 百花文艺出版社，2010.7
ISBN 978-7-5306-5645-7

Ⅰ. ①中… Ⅱ. ①宋… Ⅲ. ①故事—作品集—中国—古代 Ⅳ. ①I242.7

中国版本图书馆CIP数据核字(2010)第121637号

百花文艺出版社出版发行
地址:天津市和平区西康路35号
邮编:300051
e-mail:bhpubl@public.tpt.tj.cn
http://www.bhpubl.com.cn
发行部电话:(022)23332651　邮购部电话:(022)27695043
全国新华书店经销
天津午阳印刷有限公司印刷
*
开本787×1092毫米 1/16 印张16.5 插页2 字数253千字
2010年8月第1版 2010年8月第1次印刷
印数：1-5000册 定价：31.00 元

【目录】

晋朝

南北朝

隋朝

唐朝

五代

宋朝

元朝

明朝

清朝

[序一]

民间文学中的一束瑰丽奇葩

曹保明

人类一面前行,一面将创造的文化遗产留在身边。这,便是民间文学。

民间文学是劳动人民的语言艺术,是最古老的文学。我国历史上重要的文学形式几乎都起源于民间文学之中,历代的文学高潮都同民间文学有着深刻的渊源关系,古今中外几乎所有卓有成就的伟大作家都受过民间文学的哺育。

中国又是一个古典文学的大国,民间文学是一株生长在我们民族传统文化土壤中的瑰丽奇葩。我们民族传统的文化精神哺育了她,使她璀璨夺目,馨香四溢。作为古典文学之一的民间文学历来是被当作高台教化的工具,是移风俗、正人心的形象化的手段。千百年来她以褒善斥恶,扶正袪邪的人道主义精神,优美的民族形式培育了我们真、善、美的民族文化精神。

任何轻视自己传统文化精神的民族将无力自立于现代民族之林;否定或漠视我们民族文化中真、善、美精神的继承,无异于挖掉自己的根。失去了根,还谈什么枝繁叶茂!因此说,民间文学是非物质文化遗产的重要组成部分和重要资源。我们的终极目的,是对传统文化进行有效的保护,使其“第一生命”延续下去,“第二生命”保存下来,惠及子孙万代。

百年中国民间文学的学术发展史是一部多元化的学术史。古老的中国曾经发生过许许多多扑朔迷离的狱案,这些狱案不但故事情节惊险奇特,而且破案过程艰难曲折奇巧;且其中每一个故事中都蕴涵着值得当今人们思考和参考的侦破手段和断案经验。这些狱案在侦破手段上,有运用知识来破案的;有利用犯罪心理来破案的;有分析疑点来破案的;也有运用重证据、注重调查来破案的。

中国是世界著名的文明古国之一,在源远流长的灿烂文化中,古代法制史是一个重要的组成部分,不仅绵延五千余年,而且迄今从未中断过,它的完整性、鲜明性和独特性,在世界法苑中赢得了重要的地位。今天许多国家的法学家、历史学家仍孜孜不倦地研究着中国的法律史,把它看作是东方文化宝库中的瑰宝。作为炎黄子孙的我们,更应肩负起研究、总结中国法制史的重任,发挥这门学科在完善社会主义法制建设中的应有作用,对于指导当前的民主法制建设和创建和谐社会具有十分重要的意义。

本书作者宋月航是我的老朋友,他多年从事公安工作,利用工作之余,还不断进行文学创作和研究,在全国各大报刊相继发表了大量的侦破纪实性文学作品,还搜集和发表了大量的民间故事和传说,而且取得了令人瞩目的丰硕成果。如今他又结合本职工作把史籍里的一些经典狱案故事编撰在这里。透过了历史的迷雾,以文学的视觉再现这些狱案的本来面目,成功地编著了这本《中国古代狱案故事》。月航的这本故事集,从秦朝一直写到清朝,时间跨度长,全面地系统地勾勒出了中国古代历史上曾经发生过的各类刑事、民事狱案的概貌;荟萃了中国古代几千年来曾经发生过的许许多多、形形色色、扑朔迷离的刑事、民事等复杂狱案中的精华,从某种特殊意义和影响而堪称"古代狱案故事之经典"。它融文学性、思想性、知识性、趣味性、学术性和参考性于一炉,可谓:一卷在手,遍阅古代狱案之秀。

中国是法制文明发达极早的古国之一,中华法制不仅特色鲜明,而且影响深广,为世界学术界所公认。它所内含的深厚的人文底蕴,浩如烟海的法律文化资料,以及弥足珍贵的全面而丰富的历史经验,无疑是中华民族宝贵的精神财富和取之不尽的治国理政的智慧之源。遗留下来的官书史料也浩如烟海,成为研究者取之不尽的宝库。如《疑狱集》、《折狱龟鉴》、《棠阴比事》就是闻名中外的宋代三大刑事案例书籍。

觅揽史籍,在中国历代的文献典籍以及宋代以后的文人笔记中,汇载的文言案例也常见到。但是,到目前为止,我还没有读到一部完整的既系统又真实的,且又具有文学化地反映中国古代几千年来曾经发生过的刑事、民事狱案的通俗民间文学书籍。为了普及和传承优秀的历史文化遗产,本书作者宋月航,不畏艰辛,不辞劳苦,知难而进,终于编辑出版了《中国古代狱案故事》一书。

在社会科学领域,法学是一片广博浩瀚的海洋,其中储蕴着无数令人迷醉的宝藏与珍奇。放眼古今中外,山重峦叠般的法律典籍,有多少珠玑闪烁,令人目不暇接;古往今来的执法奇才与法学精英,令人数不胜数;林林总总的法律制度与设施,形形色色的法律事件与案例,更是层出不穷,令人拍案惊奇,回味无穷。

面对如此纷繁而浩渺的海洋, 登临眺望已属不易, 而要在其中搜青揽胜,撷英荟萃,更是一个浩大的工程。因为既要搜揽大海的珍奇,就要有慧眼识珠的鉴赏和识别,要有提纲挈领的把握与概括。而所有这些,需要做许许多多艰苦而细致的工作。但是,古往今来,又有谁来搜集和研究它呢?月航这样做了。

毫无疑义,编著《中国古代狱案故事》一书是一项艰难的工程。这部著作跨越文学、史学、法学、医学四个学科,可谓"交叉"研究的一个尝试,它涉及的资料非常广泛,极其丰富。作者宋月航对于这些资料的驾驭轻捷自如,反映了比较成熟的科学研究的素养和卓尔不群的学术见解及深厚的文学功底。这部故事集的问世,就是他研究成果的集中体现。作者宋月航的这种治学精神和丰硕成果,实在可喜可贺!我可以肯定地说,这本书的出版,从一定意义上讲,它带有一定填补民间文学空白的性质,无疑是对中国古代传统文化遗产的传承和再延续。它不但把古代的狱案故事归集到一起,而且是以白话的形式再现给读者,这就使民间文学有了代表性和活态性,也就使此书成为法律史上真正的非物质文化遗产的代表作了。

杰出的传承人应是在继承传统中有能力作出文化选择和文化创新的人物,他在非物质文化遗产的传承、保护、延续、发展中,起着超乎常人的重大作用,受到一方民众的尊重与传诵。传承人对于非物质文化遗产的保护和延续的重要性,已被越来越多的人所认识,寻找杰出传承人的工作成为非物质文化遗产保护工作的一个重点。正如冯骥才先生所说:"历朝历代,除了一大批彪炳史册的军事家、哲学家、政治家、文学家、艺术家以外,各民族还有一大批杰出的民间文化传承人,后者掌握着祖先创造的精湛技艺和文化传统,他们是中华伟大文明的象征和重要组成部分。当代杰出的民间文化传承人是我国各民族民间文化的活宝库,他们身上承载着祖先创造的文化精华,具有天才的个性创造力。中国民间文化遗产就存活在这些杰出传承人的记忆和技艺里。代代相传是文化乃至文明传承的最重要的渠道,传承人是民间文化代代薪火相传的关键,天才的杰出的民间文化传承人往往还把一个民族和时代的文化推向历史的巅峰。”寻找各类非物质文化遗产的当代传承人,既是正在开展的全国非物质文化遗产普查工作的重点之一,也是摆在当代中国文化界和民俗学界的一个重要课题。宋月航所做的这些正是对非物质文化遗产的传承和延续。

我认为:《中国古代狱案故事》一书是一本具有开拓性的好书,这一成果不仅称得上是文学百花园中的一枝奇葩;也可以算是法制文学花圃中的一枝新的奇葩,同时也是对中国民间文学研究和传承的一大贡献。希望宋月航永远保持民间文学研究和传承的春天。

通过阅读《中国古代狱案故事》一书后,我希望广大读者,特别是青少年在邪恶事物面前,都能有一股凛然正气,都能体现出自己的大智大勇的无畏精神来。

我相信,该书的出版发行,对于进一步普及法律知识,深入开展相关方面的法学研究,增进读者的法律阅读兴趣,提高全民的学法、知法、懂法的法治理念,促进法制建设,打造社会和谐都是很有意义的。

我深为月航同志的勇于探索和取得的文学成就而感到欣慰;切盼继续坚持进取,不断提高,大力弘扬、保护和挖掘古代文化遗产,为中国古典文学和民间文学的繁荣作出自己的贡献。同时,我也代表中国民间文艺家协会和《民间故事》杂志社感谢百花文艺出版社为弘扬中国古典文学和民间文学的繁荣所作出的贡献。

欣闻该书即将由百花文艺出版社付梓出版,欣然即兴攫笔,聊赘数语,以志欣喜之情,是为序。

2009年12月8日于长春

[序二]

除暴安良、伸张正义，是执法者的天职

——序宋月航《中国古代狱案故事》

金　鑫

一

宋月航，这个名字早就听说过。

从上个世纪的八十年代，中国历史文化名城集安，又涌现一位青年作家，先后在《人民日报》、《中国青年报》、《法制日报》、《农民日报》、《现代世界警察》、《人民公安》、《民间故事》、《法制与社会》、《青年科学》、《家家乐》等数十家报纸、刊物上发表了诗歌、散文、民间故事、纪实文学、报告文学、人物通讯、科普故事等各种体裁的作品千余篇（首）；1991年至1993年，先后编著出版了科普文集《万事万物的由来》、故事集《含谜故事365》等三部书。其中数十余篇作品在省内外获奖；尤其是《万事万物的由来》一书出版后，深受读者的欢迎，连续重印两次，还被评为河南省1991—1992年度优秀图书；同时还荣获了第六届全国图书“金钥匙”奖。获“金钥匙”奖以后，海燕出版社又为他出版了二百余万字的修订本，《万事万物的由来》修订本不负众望，于1996年4月又荣获了第三届全国优秀科普作品三等奖，再次深受了广大读者尤其青少年读者的欢迎。可是，这个文学创作新秀，我在工作岗位上时，只是在杂志和报端上屡屡看到他发表的各类作品，却始终未能谋面，甚为遗憾。

没想到，在我退休了十二年后的今天，由于他又编著了一部《中国古代狱案故事》，我的同族晚辈、通化市民间文艺家协会副主席兼秘书长金恒文竟替我应承下来给该书写个序，才得以与宋月航见面相识。而且我还得知他早已是中国科普作家协会、中国青年作家协会、吉林省作家协会、吉林省民间文艺家协会的会员了。虽然月航已逾“不惑”的中年人，但他仍保留着“小江南”水土养育的小伙子般精气神儿；仍保持着一个作家不懈的创作劲头。

翻阅了一百多篇、十几万字的文稿，更了解他的见多识广，博览群书，结合他二十多年来的公安警察工作经历，利用一切空闲、业余时间读了大量的古典书籍，细心地将其中有关侦破、巧断的狱案，从古籍中选录编撰成白话故事，这不仅需要有渊厚的文字功底，而且还需要有对事业良知的毅力。宋月航编著《中国古代狱案故事》这部书，不知他花费了多少时间和汗水心血？宋月航具有的这种追求精神是值得钦佩和赞扬的。

二

我国的历代史料和古典书籍中，如宋代桂万荣《棠阴比事》、宋代宋慈《洗冤集录》、五代·和凝、宋代·和蠓《疑狱集》、宋代郑克《折狱龟鉴》、明代张景《补疑狱集》、《清朝野史大观》、《清稗类钞》、清代·《施公案》等等，都记载了许许多多的刑侦破案、民间官司、狱讼之类的故事，长期以来在民间广为流传，为百姓所喜闻乐道。所有这类故事中，高扬正义，鞭挞邪恶，惩恶扬善，除暴安良，强烈地体现了沉浸在黑暗社会底层人群的心里希望，无论是明君清官，还是借助鬼神，其目的都是为民做主的典型形象所在。之所以这类故事能反复出现，从古到今长期流传，永不衰竭，也充分说明了人们对正义的渴求，对邪恶的憎恶，对光明的企盼。

正因如此，古代狱案故事经过群众口耳传承，添枝加叶，充实细节，精华语言，逐渐形成了民间文学中的一个重要组成部分。这种将雅文化内核演绎成世俗化作品，是深得人心，读者非常喜爱，它在社会中所起到的震撼力量和威势，绝不可低估。

三

古为今用，宋月航深刻理解这个道理。

他从繁杂的五六十部古书中，摘编选译了各种经典案例，编著成这部

《中国古代狱案故事》,书中的故事大都是短小精悍,文字流畅,故事情节生动,通俗易懂。全书融文学性、知识性、趣味性、传奇性、推理性、思辨性、思想性、可读性为一体。也可以说,是古代侦破、执法、断案经验的再总结,定是一本广大读者认可的好书。更是政法、执法界朋友们的“良师益友”和床头案旁必备的参考书。

这些狱案故事,形形色色,五花八门,而且出在长达五千年古老的中国大地上,侦察手段巧妙,智慧过人,办案人明察善断,出奇制胜;判决者上至君王重臣、各级官吏,下到衙役捕快,甚至平民百姓;犯罪人多是奸猾狡诈之徒,作案手段诡计隐秘,或制造假象,或嫁祸于人,或浑水摸鱼,或以假乱真,真是林子大了什么鸟都有。老百姓打官司,就怕遇上昏庸无能的昏官和贪赃枉法的贪官。这些家伙,不但不能公正行事,反而却制造出疑难、复杂的冤、假、错案。但是,终归在清正廉明、刚直不阿的清官秉公执法、明察秋毫下,使案情水落石出,真相大白,恶人终得恶报。

这些简洁明了,耐人寻味的狱案故事,编著者不单纯是供读者消遣欣赏吧?既然它在过去的社会里能产生奇特的效果,那么,在今天民主与法制日趋完善的社会主义国度里,要效仿借鉴于两点:

一是我们的执法者,要效仿清官廉吏断案,实事求是,不畏权贵、刚正不阿的可敬可佩精神,吸取他们的法制思想和断案方法中的长处,真正树立“当官不为民做主,不如回家卖红薯”的观念。想想,封建社会的清官都能如此,我们在“为人民服务”宗旨教育下成长起来的共和国官员们,为何不能这样!切记,维护人民群众利益,保障社会和谐平安,是每个执法者的天良职责。

二是我们平民百姓,要从故事中增加一些与坏人坏事作斗争的知识,从狱案中得到启发,要有见义勇为、舍生取义的精神,坚持真理,坚持正义,邪恶终会被识破、被粉碎、被处决的,从古到今,历史可以佐证。

愿广大读者不要辜负《中国古代狱案故事》一书编著者宋月航的深切情意和良苦用心,愿我们的公、检、法、司机关和政府一切行政执法执纪部门中,能多出些当代包公、海瑞、林则徐、刘罗锅、狄仁杰、宋慈……愿读者们为国家的民主与法制建设作出自己力所能及的贡献。

2009年12月5日于药城——通化

秦、汉朝

巧计辨盗

前秦的时候，有位将军名叫符融，是前秦宣昭帝符坚的弟弟。符融天资聪明，才智过人，他分辨事理，无不令人信服。他在冀州的州牧任职时就采用“赛跑”的方式，巧妙地断了这样一个疑案。

一天，衙役把三个人，一个老婆婆，两个男人，带上公堂。只见两个男人互相拽着胳膊，扭着身子；嘴里都骂对方是强盗！

那个老婆婆也嘟嘟囔囔地说：“这可怎么办呢！这可怎么办呢！”

事出有因。

原来，这天傍晚，老婆婆携带贵重物品匆匆赶路，去邻村的姑娘家。因天色渐暗，老婆婆怕在路上遇到歹人，不由得加快了脚步。

可是，怕鬼偏偏遇到鬼。老婆婆走了一半路时，突然，从背后树丛中蹿出一个歹徒，高喊一声：“站住！留下买路钱。”

老婆婆年事已高，这突如其来的一声喊叫，差点把她吓昏了过去。还没等她反应过来，这个歹徒已抢走了她手中的包裹。

被贼人抢劫，她不禁大叫：“来人哪，抓强盗呀！抓强盗呀！”凄惨的声音在空旷的夜空中回荡。

正巧这时，老婆婆背后不远处有个赶路的小伙子，听见老婆婆喊声跑过来。过路小伙子问明情况后，便一咬牙，拼命地追赶贼人，强盗终于被抓住了。可是，那贼人极其狡猾，贼眼一转，顿生一计。还没等过路小伙子说话，那贼人却反咬一口，开口闭口诬赖过路人：“你是强盗！”并且高喊：“我抓住强盗了！”

过路小伙子自然气愤，大声叫道：“你才是强盗！你才是强盗呢！”过路小伙子与贼人便争吵揪扭起来。

过路的众人围上来要老婆婆指认谁是强盗。

可当时天已经黑了。那老婆婆眼神又不好，加上刚才一慌，她也分不清这两个人谁是抢东西的强盗，谁是相助的过路人。

那时，符融官居冀州太守，史书上称他“盖融性明察，能悬料其事。”于是，符融连夜升堂。

符融听明白了此案的来龙去脉，他低下头沉思良久，这时一个师爷凑上来，对符融说：“这事没法弄清楚，反正老婆婆的东西也没丢。是不是算了？”

符融眉毛一扬说：“这世上哪有弄不清的事呢？”他笑了笑又说，“这案子很容易断清楚。但是夜已深了，先把他俩关进大牢，明天再审。”

第二天一早，衙役把这两个男人从大牢中提出来，押到符融面前。符融说：“我今天先不审案，让你们先活动活动筋骨，你们两人从这儿一同跑出州衙大门，拼尽全力奔跑，看谁先跑到凤阳门。”

两人不知符融是何用意，但为了洗清自己，都接受了命令。

于是，一场别开生面的拼命“赛跑”开始了。

等那两个男人返回到公堂时，符融已经判明谁是真正的强盗了。

符融指着跑在后面那个男人，肯定地说：“你就是强盗！”

那人大叫：“冤枉！”

“大胆！你这个狡猾的歹徒，自己干了坏事，还要诬赖好人，该当何罪？”

强盗目瞪口呆，不知何处露出了破绽。

符融手下的人也都蒙在鼓里，左思右想不得其解，便问符融是如何辨明他就是真正的盗贼的。

符融解释道：“今天我让他们进行的这场赛跑比赛，其根本目的就是要找出那个跑得慢的人。”

接着，符融指着跑在后面那个男人大声地说：“昨晚你抢劫财物，跑出很远，还是被人追上了。这证明你没他跑得快！你如果比他跑得快，怎么被他追上呢？”

那强盗一听，也不得不对这位太守的推理心服口服，便只好认罪伏法，并且老老实实地交代了自己的犯罪事实。众人听罢，也恍然大悟，都夸符融神机妙算，断案有方。

符融判那强盗坐牢三年，当下又给那个过路小伙子百贯赏钱，以表彰他见义勇为。

国渊破案

东汉末年，魏王曹操的周围汇集了一批谋臣武将，跟随他南征北战多年,个个都是英雄豪杰,曹操非常喜欢他们。

魏郡(治所在今河北省磁县南)有一个书生,和曹操的一位谋臣以前有仇怨,现在知道他在曹操帐前听用,就心生害人之意。他挖空心思写了一封匿名信,捏造了一些关于这个人品行如何如何恶劣的事实,寄给曹操。

曹操接到这封匿名信,仔细看了一遍,感到很奇怪。因为这位谋臣的为人情况他非常了解,知道此人不会有如此恶劣的行径。他下决心要查出这个写匿名信的人,但是,他自己公务繁重,没有时间去追查,就把查访捉拿的任务交给了魏郡太守国渊(汉末经学大师郑玄的高足,是魏国著名的政治大臣)。

国渊受命,请魏王将匿名信交给他,同时请魏王先不要对外声张。回府以后,他精心研究了信的内容,发现其中很多句子是引用本朝张衡所写的《二京赋》里面的,他立即想出了一个破案的办法。

他把功曹(属吏)找来,说:“我们魏郡的地盘很大,又处于整个国家的心脏地带,照理讲应该才子如云,但是现在根据我的了解,有学问的人实在不多。我想请你帮帮忙在外面找几个知书达理的年轻人,派他们去拜名师学习,学成回来后再传授学生,学生又传学生。这样我们魏郡的学习气氛就浓了,才子文士也就会多了。”

功曹遵照旨意,派人查访读书人。

不几天,就找到三个同窗的书生。功曹把他们请到府中,以礼相待,说明了太守大人的意思。三个书生听说有这样的好差事,都很高兴,同声回答愿听差遣,出去拜师之前,功曹又把他们带到国渊面前,听候训话。

在堂前,国渊对三个书生说:“我知道你们读书都比较用功,这样下去会有出息的,你们都读过一些什么书啊?”

一个书生说:“启禀大人,晚生们平时所读,文学《春秋》,武习《孙子》,近来正在研究太史公之《史记》。本来天资愚笨,又无名师指点,学问难得长进。”

国渊说:“本朝名士张衡所著《二京赋》,不知你们有没有读过?”

三人说:“听说过,但没读过。”

国渊说:“《二京赋》是一本内容很广博的书,并且涉及很多方面,但是长期以来被人们所忽略,一般的人不读它,即使有学问功底的人也要潜心研习才能有所心得,所以很少有能精通它的人。你们如果能找到在这本书上有造诣的人，去拜他们为师，刻苦攻读，一定会有所成就。”

接着，国渊又把三人唤入密室，把这样做的目的原原本本地告诉了他们，因为写匿名信的人出在精通《二京赋》的人中，所以此行的真正目的是寻访写匿名信者。国渊又和他们仔细讨论了寻找的办法。

三个书生用木板制作了三块招牌，每块上都贴了红纸，上书：

“晚生学识疏浅，无才以报国，终日不得心安，现拜能精通《二京赋》者为师，日俸优厚。”

每天分头举着，出没与街头巷尾之中。一到晚上，三人就碰头，互相交流情况。一连几日，一无所获。三人看看指望不大，就去拜见国渊，说：“晚生等尊大人之命，每日奔走。然而此法如大海捞针一般，恐怕难以奏效。”

国渊大笑说：“你们读书，当知‘锲而不舍’之理。才几天下来，你们就灰心丧气，如此将一事无成，只要坚持下去，定会有所收获。”

三个书生连连称是，分头去行动。又是几天过去了。这一天，书生甲来到一个偏远的小巷，看到有不少人正在闲聊，就走上去，说明了拜师的来意，打听此处是否有能精通《二京赋》的先生。

人越聚越多。一会儿，一个五十岁左右的人挤出人群，来到这个书生面前，说：“鄙人怀揣浅陋，粗通《二京赋》，愿为相公教之。”

书生甲大喜，连忙长揖道：“恩师在上，请受弟子一拜。”当众下跪，拜此人为师，相约明日来接老师到家中侍奉。

晚上，三人又碰头，书生甲讲了情况，另外两人非常高兴。

次日，书生甲将老师接回家中，以上宾之礼相待。接着说：“弟子有昔日同窗二人，也想拜先生为师，不知先生允否？”

老师说：“但来无妨。”

于是，三个书生就跟随老师，每日诵读诗书。这老师学问果然不差，尤其对《二京赋》确实字字皆通，深得精髓。几天以后，三个书生偷偷来拜见国渊，说恐怕正是此人写的匿名信。国渊说目前还没有确切证据，不好打草惊蛇，叫他们沉住气，找机会获得这个老师的笔迹来核对。

不几天，三个书生就偷到了几张老师写的文章来见国渊。国渊把匿名信上的字与文章上的字一对照，发现字迹一模一样，当即确定，这个老师就是写匿名信的那个人。

国渊派人把这位老师带到衙前。这位老师怒气冲冲,大声吵闹,责问国渊:“我究竟犯了何罪,要带我到这里来?”

国渊平静地问他:“你写过匿名信给魏王诽谤他人吗?”

老师说:“晚生熟读诗书,修身养性,兼教他人子弟,怎么会做出写匿名信诽谤他人这种事呢?请大人明察。”

国渊取出那封匿名信,掷在他面前,说:“这封信,你看看是不是你的笔迹?”

老师大惊,又猛然看到三个书生站在国渊身旁,知道中了圈套,笔迹已被取走,事情已经败露,只好连连叩头认罪。

原来,这位老师是为报复曹操的一位谋臣花重金雇佣他写的这封匿名信。国渊命人把他收入监狱中,待向魏王报告后再作惩处。

廷争洗冤

汉明帝永平年间,寒朗以谒者(官名,郎中令属官)之位行侍御史之职权。永平十三年,楚王刘英(光武帝第六子,后以反谋罪被废而自杀。)被人告发谋反,汉明帝大为恼怒,废去刘英王位,令他迁到丹阳郡泾县安置,又令寒朗深入调查此案,追究参与谋反作乱的人。

楚王刘英谋反案牵连到很多人。楚王的亲信、案犯颜忠、王平在供词中就说到耿建、臧信、邓鲤、刘建四人也参与了谋反。这四人当时被分别封为隧乡侯、郎陵侯、护泽侯、曲成侯,他们因涉及此案而被逮捕入狱。

寒朗经办此案后,令人带来耿建等四人,详细审问案情。这四人在狱中已被折磨得不成人样,在公堂上见到寒朗,他们忍不住内心的苦痛,涕泪交流,诉说冤情:“大人,我们是被冤枉的啊!我们跟颜忠、王平他们素不相识,怎么可能参与他们的谋反呢?我们冤枉啊……”

寒朗见状,对他们这四人的案件产生了怀疑。他命人提来颜忠、王平二人,审问道:

“颜忠、王平,你们二人控告隧乡侯耿建、郎陵侯臧信、护泽侯邓鲤、曲成侯刘建四人同犯此案,是属实的吗?”

“属实，属实。”颜、王二人叩头答道。接着，又绘声绘色地说出与耿建等四人在何时、何地议事，共议了几次，每次商议的内容是什么等等情况。

寒朗听后，沉思片刻，说道：“这么说来，你们和他们四人是很熟悉的了？这样吧，你们先描述一下耿建等四人的五官、身材和长相，我再细审案情。”

颜忠、王平一听，顿时傻了眼，嗫嚅着说不出一个字来。寒朗一拍案桌，喝道：“还不老实交代？不然大刑伺候！”

二人吓慌了神，只得叩头请罪，供说：“我们并没有见过这四位侯爷，只是听说过他们四人而已，就攀诬上了。”

案情已明，寒朗令人将颜、王二人押回监狱中，然后开始整理案情，准备向汉明帝报告，为耿建等四人洗去冤情。当时，正值汉明帝为楚王谋反之事盛怒不已，众官吏无不惶恐万分，唯恐自己因犯过错或被诬而遭罪。寒朗明知据实禀告，犯颜直谏，会触怒汉明帝，但他顾不得自己的安危，坚意写奏章上报。他的属吏见了，都来劝阻。寒朗说：“我一人写奏章，和诸位没有关系。既然皇上委任我审理此案，我就要认真做好，并据实报告。我的主意已定，你们不要再劝阻了。”

寒朗在奏章中报告了耿建等四人案件的审理情况，说他们四人实际上是被颜忠和王平诬陷的，并怀疑全国各地被牵连进楚王谋反案的囚犯，大多也是这种情况。

汉明帝阅毕奏章，招来寒朗，问道：“就依你说的，耿建等四人是被诬陷的，那么，颜忠和王平为什么要诬告他们呢？”

寒朗叩头道：“颜忠和王平知道自己犯了大逆不道的重罪，难免一死，因此就乱咬好多人，企图把水搅浑，借以减轻对他们的惩罚。”

汉明帝不相信有攀诬之事，认为他狡辩，大为恼怒，喝令他退下，寒朗不肯下去，梗着脖子想说完自己的话，明帝左右的人就上前要撵他出去，寒朗大声喊道：“陛下，臣愿意说完话就死去！臣不敢欺瞒陛下，只想对国家有所贡献！”

汉明帝摆摆手，示意众人暂不要赶他，问道：“谁和你一起写这个奏章的？”

寒朗答道：“没有其他人，只有我一个人。我自己明白，我这么干可能要犯灭族之罪的，因此不敢连累其他任何人。”

接着他又侃侃说道:“我写这份奏章的目的, 只要向陛下说明真实的情况,使你有所觉察而已。我常听拷问犯人的执法官们说:‘朝廷对兴妖作恶、图谋不轨的重大案件极为重视,为人臣者都应该表示深恶痛绝。所以,与其出人于罪,不如陷人于罪,以免将来遭到责罚。’因此,常常是拷问一个,牵连十个;拷问十个,牵连百个,天下被诬告含冤之人不计其数。眼前的这桩楚王谋反案,无缘无故被攀诬进去的人也有很多,公卿大臣们上朝奏事时,陛下常问他们现行法律的优劣利弊,他们当着您的面不敢直说,只说过去的律文规定,犯了重罪的人要祸及九族;如今陛下皇恩浩荡,犯了重罪,只判本人死刑,而不再连累族人。但他们退朝回到家中,往往会呆望着屋顶,发出不满的叹息,因为他们知道天下的冤情着实不少。现在,我已说完了我的心里话,恳请圣上明察,重新审理楚王刘英谋逆案和其他一些冤情,我虽死也没有什么可遗憾的了。”

汉明帝听完,很是震惊,情绪也由愤怒转向平静。他好言请寒朗离开了宫殿,又沉思了好久。过了两天,汉明帝亲自乘车去洛阳各监狱,重新验查狱中众囚犯,经过甄别清理,共平反、释放了一千多个在押的各类冤犯,一时人心称快。

商父缉盗

东汉安帝时期的某一天,赵州(今河北省隆尧县东旧城)临城县抓住了几个强盗。县令商父把这些强盗过堂一遍后,就交给狱吏监押起来,听候传审。

这狱吏十分奸诈,一贯贪赃,对玩弄狱弊十分娴熟,多次敲诈犯人,得到了不少好处。今天,见这几个强盗衣衫不整,又都无家室,没有油水可榨,就叫出盗首说:“你懂得监牢的规矩吗? 现在竟如此大模大样, 大概不想活命了!”盗首说:“不是我们不孝敬老爷,而是我们的东西都被没收入官了。老爷要怎样,我们听候吩咐就是!”

狱吏见盗首很快就范,说:“你在下次审讯时,要供认本城某某等十多人也参与抢劫,坐地分赃。这些人被牵连后,必定害怕,会来行贿求情,你们自有好处。”狱吏还嘱咐盗首要把这十多人的姓名背熟,不可弄错。

狱吏布置停妥，就禀报县令商父邀功，说是据某盗首的招供，某件抢劫案的案犯还有本城某某等十余人。商父立即提审那盗首，盗首把这十多人的姓名背得滚瓜烂熟，说得十分流利。商父想，初审时他为什么不露一丝口风，而隔了几天却又这样和盘托出呢？这十几个人之中，有一两家还是他所知道的临城望族，家境十分富有，怎会参与抢劫呢？但是，他还是吩咐那狱吏道："你去把这些人都抓来，一定要在三天内拘集，过期或走漏了消息，唯你是问！"

第三天一早，狱吏如期将这十多人拘捕到衙，原来都是富家豪门子弟。一个个服饰整齐华丽，都不知道为什么要把他们抓来，十分气愤。商父就命那狱吏避开，另派一亲信去监狱把那抢劫案中的盗首和其他案犯都传来，要他们当面指认这十多人的姓名。首犯和其他的罪犯们哪里认得，个个面面相觑，谁都喊不出他们的姓名来。

商父喝问那盗首道："你能背出他们的姓名，又说是你们的同伙，怎会一个都指不出来？"盗首无话可说，只好供出是狱吏唆使的，企图诬告图财。

商父立即释放了这些子弟，并从严惩办了狱吏。

黄霸判子

西汉时，颍川(今河南省禹县)有一富户，兄弟两人先后都有了妻室而尚未分家。

那年，妯娌二人同时怀孕，都盼望自己生个儿子，好继承家业。几个月后，嫂子不慎小产。夫妇商量，决意瞒着不说，继续装着怀孕的样子，人们谁也不怀疑。

九个多月过去了，这天弟媳临盆，产下一男婴。

同时，嫂子也在房中传出话来，说她也生了男孩，说要和弟媳的婴儿比比谁的孩子重，谁的皮肤嫩，叫丈夫将弟媳的孩子抱进自己房中看看。谁知，将弟媳生的孩子抱进了嫂子房间以后，嫂子就咬定这是她生的，再也不肯归还了。两房争论不休，兄弟间也从此不和，吵了三年也没解决。

这案子后来告到州府。

郡守黄霸(阳夏人,官至丞相,封为建成侯。)接到诉状,沉吟良久。他明白这件事发生在家庭内部,取证很难,否则这案子也不会拖延到现在。怎样破这个疑案呢?黄霸屏退众人,在内室踱步,苦思了一阵,终于想出了一个简便易行的办法。

第二天,黄霸开堂审案,他命人传来兄妇、弟妇和那孩子,先依正常的步骤作了案情调查和记录,然后令兄妇把幼儿交给小吏,叫小吏把小孩抱到大堂外的庭院中,放在地上,然后黄霸又带着两妇和众吏来到院中。

黄霸对这两个妇人说:"你们两人不是一直在争抢这个孩子吗?从家里闹到县里,从县里又闹到郡里,闹得上上下下不得安宁。这毕竟是你们家庭内部的事,还是由你们自己来了断吧。喏,孩子放在那里,今天本官做主,由你们自己抢吧,谁先抢到手,这个孩子就是谁的。"

这两个妇人一听,愣了;众官吏也很是吃惊:哪有这样断案的?黄霸却不理人们的疑问,又说了一遍。两妇人这才明白过来,都赶紧上前去抢抱孩子,小孩一下子哭了起来。

拉扯之中,小孩大哭了起来,且喊叫道:"疼,妈妈,疼,呜……"

弟妇想要回自己的儿子,但一听儿子的哭叫声心里锥刺般难受,就先软了手,只是用了三四分力气。官吏中也有人不忍目睹此景,跪谏于黄霸道:"大人,抢孩子不是办法,会弄出人命的,不如宽限几日,让我们多方设法取证吧。"

黄霸对那人摆摆手,示意他静待片刻。

这时,小孩哭得更伤心了。

弟妇怕伤着孩子,想要放手,又担心放手后从此要不回儿子了,内心矛盾痛苦,神情凄怆,泪流满面。最后还是抵不住怜子之心的撞击,先放了手。

兄妇的劲儿却是越来越大,到后来几乎是拖着他们娘儿俩在场上转圈子,弟妇一放手,她便一把将孩子夺了过去,也不对孩子安抚一下,就咧开嘴对黄霸大声地喊:"大人,孩子是我的了!"

只见黄霸脸色一变,大喝一声:"放手!这孩子应是弟媳的,现在我郑重地判给她!"

兄妇还想要赖,叫道:"大人,冤枉!小孩是我的呀!再说,你刚才说得好好的,谁先抢到手算谁的,现在怎么变了卦?"

黄霸说："刚才抢小孩时，大家都看到了，你拼命地拉扯，丝毫不担心伤害孩子，你有一点母亲对亲生儿子的怜爱之情吗？没有！而你那弟媳，因为心疼孩子，并不强行拉扯，最后因保全孩子，竟放了手，谁是这孩子真正的母亲还不清楚吗？"

他又手指兄妇，呵斥道："你贪家财，一心想得到小孩，竟不惜动用抢的手段，还欺瞒官长，真是有伤风化，还不快快服罪！"

兄妇见抵赖不过，只得叩首认罪。黄霸命人给她施以杖刑，训诫她以后不许再胡作非为。

弟妇抱着孩子满心欢喜地回了家，一桩拖延多年的争子案终于得到圆满的解决。

戏言折狱

胡成，山东淄川人士，与冯安是同乡同里。但是，西汉时两家世代有矛盾，而胡成父子又势力大，冯安惧怕胡成几分，既委屈又随和地与胡成交往。

一天，两人在一起喝酒，胡成多喝了几杯，略有醉意，借着酒劲，互吐闲言。胡成好说戏言，此时借着酒劲竟向冯安说起了大话："不要担忧穷，弄百两金子的产业是不难办到的。"冯安知道胡成的家境并不富裕，他听了胡成的大话没说什么，就一本正经地说："真的。实话告诉你，昨天我路上碰见一个大商人，带了很多财物，走到南山时，我把他推进一口枯井里去了。"

大话说到何种程度，劫财杀人者还会如此公开炫耀吗？

冯安当然不信，又笑他胡言。胡成见他还不信，便回家取来了几百两金子给冯安看。

金子是真的，冯安便相信了。

本来冯安就忌恨胡成，总想整治他一下，只是苦于找不到机会。这次，胡成不打自招，又有凭据，是再好不过的机会了。冯安与胡成分手后，偷偷地向县衙告发了胡成对他说的"案情"。

县令费祎祉接到报案，立即将胡成捉拿审问。

胡成申辩说：全都是戏言，并非事实。还申辩说金子是他妹夫郑伦托他做中间人买田产用的。

县令当即传讯了郑伦和卖田人，郑伦和卖田人说的与胡成说的完全一致，此事胡成说的并没有假话。

县令觉得案件有些蹊跷，便按冯安报告的案情，命衙役押解胡成去南山枯井处，乡民们闻之前来围观。

县令命縋绳衙役下井探查：井下确有一具无头男尸。

胡成一听井下真有尸体，惊恐万分，直喊冤枉。县令大怒，命衙役打胡成嘴巴数十下，并说："证据确凿，你还喊什么委屈。"随令带上死囚戒具，把他关进死牢。

县令命无头男尸暂不捞出，由衙役在井边看守，同时通告附近各村落，有失踪的人家前来认尸。

只过了一天，有一妇人来到县衙自称是死者的妻子，她对县令说："我丈夫何杰带着数百两金子外出做生意，被胡成害死了。"

县令说："枯井里的尸体，恐怕不一定是你的丈夫吧？"

这位妇人在县衙大堂上一口咬定是她的丈夫。

县令听了妇人的话沉思片刻，便率领衙内一干人等来到南山枯井处，令衙役从枯井捞出尸体让妇人辨认。

妇人根据死者的身体、衣着确认尸体正是自己的丈夫，但没了头，吓得她不敢近前直往后退，站在那里用双手捂着脸号啕痛哭。

县令对妇人说："凶犯已经归案在押，尸体也已确认。但尸体不全，你先回去，待找到人头后，再上报候斩，由凶手偿命。"

县令回衙后又提审胡成，并责令他："赶快把死者的人头找回来，到明天还找不到人头，先打断你的腿！"

胡成戏言入狱，后悔不已，叫苦不迭。在衙役的押解下，找了一天到晚上才回来，也没找到人头。

县令再追问，胡成只是号哭冤枉。

县令大怒，命给胡成带上戒具，并说："一定是你杀人胆怯，在急忙搬尸中丢失了人头，不知掉落在什么地方，为什么不仔细地找来？"胡成有苦难言，叩头如同鸡啄米，苦求宽容寻找。

县令又差人传来妇人问："你有几个子女？"

妇人说："没有。"

"何杰有什么亲人或其他亲戚？"县令慢声细语地问。

妇人说："只有一位叔叔。"

县令很有感慨地说："你年少丧夫，又没有什么亲属，孤苦伶仃，真是可怜得很哪。你今后怎么生活呢？"少妇叩头，哭着求老爷怜悯。

县令说："杀人的罪已定，凶手在押，待人头找到，求得全尸，这个案子就可结了。案后，你就可以迅速改嫁。你一个少妇就不要再出入衙门了。"少妇感动得哭泣，叩头称谢下堂回家了。

县令又贴告示赏银子寻找何杰的头。

第二天，与何杰同住一村的王五来县衙说："他找到了何杰的人头。"

县令立刻命取来人头合尸检验及辨认，正是何杰的头。随即赏银给王五千钱。

县令命人找来何杰的叔叔说："你侄儿的这桩案子已经全了，但事关人命重大，没有一年的时间是结不了案的。你侄儿又没有后人，你侄媳无依无靠无法生活，早些让她改嫁吧。以后没有其他的事，若有上面来检查时，只要你出面来回话就行了。"

何杰叔叔封建意识很浓，不同意侄媳改嫁。县令软硬兼施，几次劝说、威吓，何杰叔叔害怕了，不得不同意侄媳改嫁。

少妇得知后，来到县衙公堂拜谢县爷。

县令极力安慰她，并告诉她："有要娶你为妻者，当堂禀报。"少妇叩头离去。

可是，消息传出不到半个时辰就有一人来县衙说他愿意娶少妇为妻。这个人不是别人，正是报知何杰人头下落的王五。

县令到此已经胸有成竹了。他立刻传唤少妇和王五一同审问。

县令问少妇："杀死你丈夫的真正凶手你可知道是谁吗？"

少妇立刻回答："是胡成。"

县令一拍桌案怒道："胡说！你和王五是杀死你丈夫何杰的真正凶犯。"

少妇和王五一听大惊失色，极力诡辩，言称他们是冤枉的。

县令说："你们一点也不冤枉。我很早就知案情，所以迟迟不发落，是怕万一委屈了你们。现在更清楚了：其一，何杰尸体在枯井里还没捞出，你也没看见尸体,就确信死者是你的丈夫,这说明你既知道丈夫死了,又知道尸体扔在什么地方。这不正是不打自招吗?其二,你丈夫穿的是破棉衣,这么穷,他哪来的数百两金子?胡成又凭什么杀他呢?"说得少妇哑口无言。

县令又指着王五说:"大胆的王五,何杰的头在什么地方,你为什么知道得那么清楚?你以为将人头与尸体分掷两地,你就能逍遥法外了?你所以这么急,目的在于,你要尽快与少妇在一起。你真可谓:既领赏,又娶妻,更逃脱法律制裁。哼!天下哪有这等好事!"

少妇与王五大惊,面色如土,无可申辩,又不肯招认。县令命用刑,并戴上刑具,两人才不得不说了实话。

原来,少妇与王五私通已经很久了,为了达到他们不可告人目的,两人合谋杀害了何杰。而胡成并不知道他们的丑事,结果,戏言导致自己坐监,他悔恨交加。

现在案情已大白,胡成被开释。胡成向县令叩头致谢。

少妇与王五斩首偿命;冯安则以诬告罪,罚重杖刑和三年牢役。

这起杀人案到此结束,县令费祎祉办案高明,没有冤枉任何人,受到了人们的称赞。

三 国

鼠屎入蜜

三国时,吴国(三国时期孙权建立的政权。史称孙吴或东吴。)盛产蜂蜜。皇帝孙亮特别喜欢吃蜂蜜,吃水果时也要蘸着蜂蜜吃。

当时宫中专门设立了一个仓库来存放蜂蜜,又专门派了一个藏吏管理仓库。

可是,跟随孙亮左右的一个宦官也喜欢吃蜂蜜,私下经常向藏吏索要。要的次数多了,藏吏害怕万一暴露了就会杀头,就再不肯给他。宦官便怀恨在心,伺机准备报复。

一天,春暖花开,孙亮来到西苑游玩。玩了一会儿,看到园中树上的梅子已经熟了,就坐在石凳上,准备吃几颗梅子解解乏。他一面叫人上树摘梅子,一面派这个宦官到仓库中去取蜂蜜来渍梅子。

宦官从藏吏那里领到蜂蜜,正往回走,突然看到一只老鼠从面前蹿过。他灵机一动,想出一个陷害藏吏的办法来。他看看四下无人,就拐到一个堆放粮食的仓库的墙角,找到一摊老鼠屎,抓了几颗放到盛蜂蜜的银碗里,然后匆匆地往回赶。来到西苑,他双手高举献给皇帝。

梅子早已摘下洗净,孙亮已经等得不耐烦了,拿起梅子就准备渍到蜂蜜中去。猛然,他看到有几颗糙米粒大小的黑色的鼠屎浸在蜂蜜中。

孙亮大怒,命人立即将藏吏带来。

孙亮指着银碗中的蜂蜜问他:“蜂蜜中怎么会有老鼠屎?这是怎么回事?”

藏吏见状,大喊冤枉,说:“启禀陛下,方才宦官去拿的时候,还是干干净净的。从小的那里拿来的时候,肯定没有鼠屎。”

孙亮问宦官:“是不是这样?”

宦官说:“小的去拿的时候,也没有注意蜂蜜里面是否有鼠屎,就原样拿了回来。”

孙亮皱着眉头,沉思了一下,问藏吏:“宦官以前向你要过蜂蜜吗?”

到了这一步,藏吏不得不说:“以前曾私自向小的要过多次,小的实在不敢给他。”

孙亮又问宦官："是不是你索要不成，偷放鼠屎陷害藏吏？"

宦官跪下说："小的跟随陛下这几年来，尽心尽力，侍奉备至，丝毫不敢做有损陛下的事，怎么敢索要宫中的蜂蜜呢？又怎么敢在蜂蜜中放鼠屎呢？藏吏工作失责，做出伤害陛下的事，不主动认罪，却来诬陷小的。请陛下明鉴。"

藏吏、宦官各执一词，一时难以明辨是非。

这时，站在旁边的侍中（侍卫官）刁玄、张邠都说："宦官、藏吏的说法不一，请陛下把这事交给刑狱部门审断吧。"

孙亮说："不用，朕自有办法。"

于是，他命人当场用小刀破开老鼠屎，仔细查看，看到鼠屎里面还是干燥的。

孙亮大笑，对刁玄、张邠说："如果鼠屎长时间放在蜂蜜中，应当里外都是湿透的。现在鼠屎是外面湿里面干燥，必定是刚才放进去的。刚才是谁放进去的呢？这个人只能是宦官。他肯定是与藏吏有仇隙，想借机蒙骗朕，嫁祸于藏吏，报私仇。"

至此，那个做了手脚而又不肯承认的宦官，在事实面前不得不低下头认罪。

孙亮命左右对宦官行髡（剃发）刑，并鞭笞五十，然后交给外署（刑狱部门）治罪。又褒奖了藏吏几句，赏他一些财物。藏吏万分激动地说："圣上断案如神，小人永世感谢您的大恩。"

孙亮左右人员目睹了整个破案过程，无不惊讶于孙亮的聪敏，自此更加小心翼翼，不敢出丝毫差错。

焚猪验尸

三国时候，在吴国句章县（今浙江省宁波市南）某地发生了一桩妻子谋杀丈夫的案子。

妻子与外人私通，被丈夫发现。丈夫很生气，经常打骂她。她表面上默默忍受，心里却十分仇恨，一直想找机会将丈夫害死。

一天吃午饭时，她趁丈夫不注意，悄悄地将砒霜放在丈夫碗里。丈夫吃下去，不一会儿就七窍出血死了。

她将尸体藏到床底下。

等到晚上人们都睡觉的时候，她故意放火烧屋。一时浓烟四起，烈焰升天。这妇人号啕大哭，呼喊邻人来救火。等众人赶来时，房屋已被焚烧大半。在灰烬中发现了她丈夫的尸体，早已烧得面目全非。

妇人哭得更加伤心，向人们诉说她丈夫生病躺在床上，火起的时候来不及跑出来，不想竟丧身火海。

“真是天灾啊！”她一边哭一边说，偷眼看人们的神色，见人们同情的样子，心中暗暗得意。

丈夫家的亲属们见情思人，十分难过，见妇人哭得伤心，将信将疑。他们左思右想不对头，怎么刚好人生病时就突然失火？到底生了什么重病连跑都跑不出来？加上平时又听到一些有关他们夫妻之间的风言风语，就想其中必有隐情，便一面不准埋尸，把尸体保护起来，一面立即向官府告发这妇人，请求官府查明失火及死亡原因。

当时句章县的县令叫张举，以机智清廉著名。

他接到状纸，立即派人将这妇人的几个邻人请到府中来，请他们一一落座，仔细了解妇人家庭的情况和妇人平时的品行，着重问了他们夫妻二人平常的感情怎样。张举又认真调查了失火的经过和妇人在失火时的举动，心里已有几分明白。

张举回到县衙，命人将妇人带来，喝问她将丈夫的死因从实招来，妇人在堂上号啕大哭，说：“小妇人与夫成婚已有十多年，男耕女织十分和美。不想天降灾祸，他竟离我先去，我也不想活了。常言道‘一日夫妻百日恩’我怎么会谋害亲夫呢？现在亡夫尸骨未寒，就有人在大人面前陷害小妇人，请大人明断。”

她又指天画地赌咒，坚持说是大火烧死了她丈夫。

张举仔细观察了妇人的神色，发现她的悲痛之状完全是装出来的。张举心里的怀疑更大了。

他对妇人说：“你不说，本官自有办法查明。”

于是，当场做了一个“烧猪验尸”的表演。

他在离衙门口不远处找到一片旷地，命令手下人在旷地上准备了两大堆干柴草。又命人牵了两口猪来，当场杀死一口，把另一口用绳子捆了起来，把死猪和活猪分别放到两堆干柴草堆里，用烈火焚烧。焚烧过程中，人们听到活猪在草堆里面号叫的声音，不一会儿就消失了。足足烧了一个多时辰，草堆方才烧完。两口猪的残体都露了出来。张举命人用木棍撬开两口猪的嘴巴，仔细查看，发现那口死猪嘴里没有草木灰，而活着被烧死的那口猪嘴里面却吸满了灰烬。

张举立即带领衙役等人前往妇人家中验尸。

只见死者的身体被烧得焦煳残缺，惨不忍睹。掰开死者的嘴巴，仔细观察，发现嘴巴里面却是干干净净的，一点烟灰也没有。

张举对妇人说：“活猪被投入火中，由于灼伤疼痛，必然拼命挣扎，大口喘气。因此，不可避免地，柴火的灰末、碎屑就必然要被其吸入口腔和鼻孔，甚至被吸进上呼吸道。所以被活活烧死的猪，口鼻中必然会有灰末和碎屑。基于此理，死猪被烧测定无此景。因为已死的猪肌肉已经僵死，鼻子不能呼吸，口腔紧闭，灰末和碎屑不能进入。人和猪的道理是一样的，现在你丈夫的嘴里干干净净的，可以肯定是先被害死而后再被烧死的。你还有什么好说的？还不从实招来！”

妇人看到这一切，一下子瘫倒在地上，连声说：“我招！我招！”

她把如何与人私通，遭丈夫打骂，又如何想方设法把丈夫毒死，再烧尸灭口的过程一一招了出来，最后说：“本以为天衣无缝，不想被大人识破，愿听从发落。”

张举命人将妇人打入监牢，以死罪论处。

在这个案例中，张举以呼吸功能的存在与否来鉴别是生前烧死还是死后焚尸。张举用猪来做试验，把烧猪之状，借证于人，这在科学技术还相当落后的古代，是行之有效的，也是具有一定科学道理的，它代表了那个时代法医学发展的水平。

晋朝

买马破案

晋朝，罗际任吴县县令时，一天，有个老人前来报案说：“我的马昨夜被偷了。”

罗际见老人急得满头大汗，同情地问：“你的马长得啥模样？”老人叹息着回答道：“唉，都怪我马虎，才让偷马贼钻了空子。那可是一匹好马呀，四岁口，个大脊宽，四蹄雪白，身上红得像火炭一样，跑得可快呢。”

罗际又问他夜间听到什么动静。老人略一思忖，说：“就听到半夜时分，一群马叫了一阵，听声音是马贩子赶着马从我村上经过。”

罗际问毕，安慰老人说：“你回去吧，等马寻到了，我再请你领回去。”

老人半信半疑，离开了县衙。

第二天，罗际叫人在城门口贴出布告，上写：

“本知县奉朝廷之命，出白银千两，买一匹个大脊宽、毛如红炭的四岁口的大马，望养此马者，速送县衙。”

百姓看了布告后，眼睛被诱得红红的，可都摇摇头走开了，寻常人家，别说是好马，就是劣马也买不起呀。

不到半天，全城人都知道了。一些大户人家送来几匹好马，只是不与布告上的模样相吻合。

不久，有个马贩子探头探脑地送来一匹马，这马与布告上所说的一模一样。罗际一边推说去取银两，稳住马贩子，一边叫那老人前来相认。

那马一见到老人，两蹄腾起，鬃发竖起，咧嘴叫着，并挣开马贩子手中的缰绳，亲热地舔老人的手。老人高兴地说：“就是这匹！”马贩子大惊失色，知道中了罗县令的计。

欲擒故纵

晋朝陆云（西晋文学家，曾任清河内史等职。）曾任浚仪县（今河南开封，晋时封为东京。)的县令。

一次,县内某处有个男子被杀害了。

陆云据报,赶赴现场查勘。只见尸体倒在血泊之中,却没有凶器。凶手是谁呢?找不出一点痕迹可资侦查。他见死者的妻子站在一旁沉默不语,不哀不哭。问她丈夫被杀情形,也是一问三不知,神情痴呆。陆云想:世间夫妻总是同命共运,祸福相通,若是死了一方,不是鳏就是寡,哪有像这样的妻子,夫死无动于衷,见尸不悲不怜?心中很是怀疑,即将她带回县衙软禁起来,但故意搁着不讯不问。

过了十多天,陆云叫出死者的妻子说道:"凶手难查,此案只好搁着再说,你回去吧!"这妇人听了,愁眉顿舒,连声道谢后走了。

陆云在放走这妇人以前,就叫来两个干练差役,要他在妇人走后穿了便衣悄悄地跟着:"这妇人回家后,可能就会外出。你好好跟着,如果她在僻静处与男子相会,你就将他们抓来见我。"这两个差役待妇人走出县衙,就紧紧地在她后面跟着。

这妇人回到家中,果然没一刻工夫就出来了。

差役跟着她走到离城十里的一个僻静处,就见她和一个男人在那里窃窃私语。

差役就上去把他们抓来见陆云。

经过分别审讯,那男子首先供说他已与这妇人通奸有日,合谋杀害了她的丈夫。今天他获知妇人无罪释放,十分高兴。因近处相会不便,才引她来此僻乡谈话。后来,妇人所供也与此相同。

这案子从案发到破案,只用了十多天。

一件棉袄

晋朝永康年间,一个县城里住着这么一家子,三口人,寡妇老太太和儿子、媳妇。儿子岁数小,才十岁,正在学堂念书,媳妇岁数大,已二十出头。这家挺富有的,三口之家,老的老,小的小,无人管事,老太太便雇自个儿娘家侄子帮助管事、料理家务。娘家侄子是个二十多岁的单身小伙,精明能干,因此把个小家管理得井井有条。这样,一家欢欢乐乐,便也相安无事。

有这么一天,小孩念书很晚才回家,当他走到坟圈旁时,突然从坟里传出“吱——哇——”两声瘆人的怪叫,接着就听坟里哭哭泣泣地说:“死了好,死了好,又省棉裤又省袄。”小孩吓坏了,“妈呀”一声,边哭边往家跑,到家吓得浑身发抖。老太太忙追问是咋回事,小孩结结巴巴一说,老太太不由大惊失色:“这不是碰上鬼了吗,活人碰上鬼可不好,怕是要出事呀!”

果然不出老太太的预料。

这天天黑,小孩被鬼一吓,睡觉一劲“毛愣,”老太太只好守在儿子身边,直到睡消停,她才回自个儿屋里去睡。老太太的屋子和儿媳的屋子是东西屋,中间只隔一个厨房。临回屋时老太太嘱咐儿媳,好生照料儿子,有事招呼她。

半夜时分,老太太突然听儿子“吱——哇——”两声怪叫,她一听不好,连衣服也没顾得穿,急忙下地直奔儿子的屋去。

刚到屋门跟前,就见屋门“嘭”地被撞开,一个黑影“嗖”地从屋里蹿出往外就跑。老太太上前一把没拽住,却拽下一件黑棉袄。老太太随后继续追赶,只见黑影跑到门前河边“扑通”就跳了河。

老太太见黑影跳了河,急忙回屋,一看儿子没了,再一看手上的黑棉袄正是儿子的。媳妇在炕上缩成一团,哭着说,她正在睡,突然屋里“吱哇”两声怪叫把她吓醒,一睁眼,就见小官人从炕上猛地蹿起,一下蹦到地上往外就跑。

老太太一听,不由得一屁股坐在地上大哭起来:“完啦!我儿中邪被鬼迷住跳了河啦!”

老太太的哭声惊动了在另一个屋睡觉的娘家侄子。他急忙起来,听说表弟跳河,安慰姑姑几句,急忙雇人下河去捞。可一直捞到天亮也没捞到尸体。

这事天一亮便谁都知道了,一传俩,俩传仨,当天就传到了该县县官李清的耳朵里。这个县官是个为人十分好的清官。他听了这件怪事,开始也觉稀奇,仔细一想,觉得不对劲。那条河的宽窄深浅全在他心里,从情况看不至于费那么大劲捞不出人来;那小孩猛然从炕上蹿起,怎么会有时间披棉袄呢?县官掂量着手里的黑棉袄想,“这里有说道,是不是那媳妇嫌那小孩小和娘家侄子勾搭成奸,设计害死了小孩?”李清想到这里心生一计。他派人偷偷请来老太太,仔细询问他们的情况。老太太对娘家侄子、儿媳一百个满意,说侄子对她敬重,媳妇对她也孝顺。于是李清又对老太太说:"老太太,你说你儿媳、侄子对你都十分孝顺,本官全信。可是你儿一死,媳妇再好也得改嫁离开你,这样你会更伤心。本官一向是个心软之人,实在不忍心看你这样孤寡无依,本官给你出个主意:你侄子也算是你的亲人,如果你想让他们永远留在你身边,你应该认侄子为儿,然后让你侄子和儿媳结合,贤惠的媳妇不会再离开你。这样,你也就有了依靠。"

老太太听了李清的话,觉得这样也实在好,就说:"这样是好,可不知侄子、儿媳乐不乐意?"

"你回家和他们说,我保证,他们准乐意。不过,在他们乐意后,你重试试你侄子的真心:你就说你如果不能见到儿子的尸体,心中实在难受。你让你侄子三天之内把儿子的尸体捞出。我知那河下游有个漩涡,你儿子的尸体必然窝在那里。你侄子要真心实意对待你,他想什么法也会把你儿子的尸体捞出。这样你就能看你儿子最后一眼,又能使你儿不至葬身水里,为鱼虾所食。你吓唬他们,若捞不出来,便不许他们在一起。"

老太太听完李清说的话便回去了。

李清送走老太太, 立即命一个得力衙役乔装打扮偷偷在老太太家周围观察动静,若见小孩尸体捞出,立即回禀。

却说老太太回去按李清话一说,二人果然乐意。娘家侄子说,就是下水找到水晶宫也要捞出表弟的尸体。娘家侄子说到做到,第二天便捞出了表弟的尸首。老太太一见水淋淋的儿子的尸体痛哭一场,然后便让娘家侄子选地埋葬。

可还没等张罗,李清突然带人来到。李清命仵作上前如此这般仔细验看尸体。仵作验完报告:"尸体肚瘪无膨胀, 也无水泡尸胖现象。不是水淹而死。"

李清听了,命人立即拿下娘家侄子,就地升堂。娘家侄子在事实面前,无法抵赖狡辩,只好如实供认。

原来,"坟地闹鬼"、"夜半跳河"全都是他和淫妇做的扣。他们利用老太太信鬼信神的思想,蒙骗老太太。那天半夜,老太太回屋睡觉后,淫妇便放进娘家侄子,把正在熟睡的小孩掐死,藏于柜里。然后用"鬼"叫醒老太太,待老太太到门前，娘家侄子故意披衣往外跑，让老太太拽下衣裳，好误认跳河的是儿子，从而达到罪恶的目的。当老太太提出让他们捞出儿子尸体时，他们便以为万事大吉了。为了使老太太满意，便偷偷把已埋起来的孩尸挖出，放入河里又捞出。没承想上了李清的圈套，事情败露。

这对“贤媳孝侄”闹鬼使计，没骗过李知县，结果被双双下了大狱，得到了应有的惩罚。

南 北 朝

蓝姐烛泪

南宋高宗绍兴十二年,有京东(路名,今河南省商丘县南)富翁王知军,寄居在临江的青泥寺。此寺离县城很远,常有盗匪出没。

一天,王知军夫妇在家设宴待客,到半夜才散席,夫妻俩都喝醉了。

酒宴刚散,突然有强盗三十多人破门而入,先把王知军的子女和几个佣仆捆绑了起来。

有个女仆大声说:“总管家务的只是蓝姐一人，我们都是出力干活的下人,和我们不相干!”

这话也真,原来主人一向宠信蓝姐,一切家务都交她主持管理。这时,蓝姐也不推却,挺身应说:“主人家值钱的财物都是由我经管的,我不隐瞒。现在主人、主母都喝醉了,只求不要难为他们。”

说罢,蓝姐举起台上的大蜡烛,将强盗们引到偏西的一间房子,指着放在床上的箱子、柜、竹笼说:“这是酒器,这是丝绸,这是衣被……”并随手取出钥匙,让群盗随意拣取。

强盗当即拆开富户家的被子当包袱,将金属器皿踏扁后全部装好,这样搜刮了几个时辰,蜡烛点了几支,众强盗所有的包裹都装满后,才兴冲冲地离去。

此时,王知军夫妇已被惊醒,起身松开被绑的家人,听了蓝姐陈述了被盗经过,痛惜万分,立即带了蓝姐去官府报案。

路上,蓝姐告诉王知军说:“老爷,你不用担心,盗匪不难归案。”

王知军怒斥道:“你一个女人晓得什么!这伙强盗四处乱窜，就这么好抓!”

蓝姐说:“当时,如果咱们和他们硬拼,根本不是强盗们的对手,所以只能采取智取。那三十个盗匪穿的是白布袍,奴婢手持蜡烛,有意将烛泪暗暗地滴在这些人的背上。只要白布衣背上有烛泪的就是盗匪。官府凭这点去查验抓捕,那伙强盗就一定难逃法网。”

王知军将此情报告官府。官府立派衙役随蓝姐前去缉捕。

官府派捕快到市中注意穿白布袍而背上有烛泪的人。结果,当天就抓获了七个背上有烛泪的盗匪。

经过审讯,七个盗匪全部招认。

接着,再从抓获的七个盗匪身上打开缺口,又顺着踪迹辗转搜寻,结果三十多个盗匪不曾漏网一个,王知军家被盗匪抢去的财物也都被全部找了回来。

慎断劫案

北朝后魏司马说,官居豫州刺使。

豫州境内上蔡县人董毛奴,一次外出经商,邻居张堤前来送行。说话间,董毛奴把这次外出要去的地方和自己携带五千银两,都告诉了张堤。董毛奴离家几天后,有人发现他的尸体倒毙在大道一旁,而且上身光裸,银钱被劫一空。

上蔡县令接到报案之后,到董毛奴家查问,发现只有张堤知道董毛奴外出的实情,怀疑张堤是抢劫杀人的凶手,于是派衙役到张堤家搜查,果然搜得银钱五千,就将张堤捉拿归案。到了县衙大堂上,张堤已吓得魂不附体,怕自己吃不消刑讯,就痛痛快快地承认了自己犯了杀人抢钱的罪。县令将朱笔一挥,判了张堤死刑。

死刑案卷呈报到豫州刺使司马说的衙门。

司马说反复翻阅案卷,觉得人命重案,只抓住这一个线索,无所旁及,深恐差错。虽然犯人直供不讳,但没有杀人抢劫的直接证据,很怕枉杀了好人,放纵了真正的凶手。

哀矜审慎之下,派人把董毛奴哥哥董灵之找来。

司马说问董灵之道:“贼人杀人抢劫,定有搏斗争夺,当时心慌意乱,行动狼狈,应该有所遗失,你可曾在杀人现场发现什么物品吗?”

“有啊!”董灵之答道。

“是什么?”

“是一刀鞘。”董灵之答道。并从衣袖内拿出了在杀人现场捡到的刀鞘。

司马说将刀鞘察看后说道:“这把刀鞘不是一般小店铺制作的!”

于是,司马说派衙役把州内所有做刀的工匠全都找来,让他们辨认刀鞘是谁做的。

其中有一个刀匠看了之后,说:“启禀大人,这个刀鞘是我做的,去年卖给了邻居董及祖。”司马说立即传董及祖讯问。

董及祖恐慌战栗,口口声声服罪,并供认了杀人抢劫的经过,不仅交出赃款,还交出董毛奴的衣服。元凶落网归案,张堤即刻获释。

隋　朝

智斩凶犯

隋朝,泉县一个恶霸名叫冯弧,倚仗姐夫是朝内的吏部侍郎,无恶不作。一次与别人下棋,被对方杀得没有还手之力,他要对方把棋收回去,对方不肯,一怒之下,竟用砖头砸死了对方。

此案告到知县魏复那里。

魏复见冯弧一贯作恶,罪孽深重,写了判处冯弧死刑的案卷,火速呈报京城,待秋后处斩。

但吏部侍郎批道:“此案不实,请魏县主另议。”将案卷退回后,又暗暗给魏复写信,说明冯弧是他小舅子,让他从轻处理,将来保举魏复晋升高官。

与此同时,冯弧家里托人送来了许多金银古玩,玉帛绸缎,请魏复网开一面。魏复面对高官利禄的引诱,十分愤慨,痛责送礼之人,又把案卷呈报上去,拖一些时间仍被退回。

魏复又恨又恼,恨的是自己权小难以为民平冤,恼的是官场黑暗,徇情枉法。他看着被退回的案卷,忽然心生一计,狠狠自语道,“冯弧呀冯弧,你必死无疑;吏部侍郎呀吏部侍郎,你这下有苦也说不出了!”

于是,他第三次把案卷送到京城。吏部侍郎阅后,没细看案卷的内容,果然挥笔批了“同意处斩”四个字。

原来,魏复是这样写案卷的:“杀人犯马瓜,无故将人杀死,欲予斩首示众,特报请审批。”批复回来后,他在“马”旁添了两点,“瓜”字旁加了“弓”字,变成“杀人犯冯弧”。吏部侍郎哪知是计,于是送了小舅子的性命。

魏复急令衙役把冯弧就地处决。百姓奔走相告,大快人心。

黄金神像

蓬莱县令王立德中毒身亡,刑部派汪堂官前往勘查。但汪堂官并没追查到什么线索就回京交差。

在他回京之前，在京中任户部郎中的王县令的弟弟王元德突然失踪，据说还盗走了大量库银。不久，在京官中传出了风声：王县令兄弟与人合伙做了见不得人的事，怕暴露真相，于是一个自杀，一个潜逃。

当时，做了一年大理寺丞的狄仁杰，为查明王县令的死亡事件，主动要求到蓬莱县接任县令。

代理县令的主簿唐祯祥向上任的狄仁杰报告，前任王立德县令酷爱喝茶，他就是在一次喝茶后中毒身亡的。时间是在深夜。但未见有人擅入衙内，而且经过查验，茶叶和茶杯都无毒物，唯有茶壶可能事先已有毒物放入，王县令冲水入壶后，取而饮之，便中毒死亡。

狄仁杰自语道："这是件典型的密室案。"他决定居住在王县令死亡的县衙内房，以查明这密室究竟有何蹊跷。

唐祯祥连忙拦阻："不可。王县令死后，常有人看见这内房有王县令的鬼魂出现。那个刑部汪堂官就是给吓跑的。"

"我不怕！"狄仁杰吩咐将他的行李送到县衙内房里，并要求一切陈设包括茶具等物都按王县令在世时那样安置。他仔细地观察这间内房。这间屋子已经年久失修，只是檩梁好像是新漆的，看来，如果不油漆就要被虫蛀穿了。安排停当后，他就带领随从上街去察访民情了。

待他从街上回来，在前衙吃过晚饭，打发随从各自去休息，单身一人回到内房时，天色已经黑透了。他进得屋来。在昏暗的烛光下，看见一个人正坐在桌旁斟茶品味。再看此人：五十开外年龄，梳着发白的髻子，左颊上有铜钱大小一块斑记，其模样正与唐祯祥主簿所介绍的王县令模样一般无二。

就在狄仁杰略一迟疑之时，那人站起来像要走的样子。

狄仁杰忙招呼道："先生可是户部郎中王元德？"

那人反问："何以见得？"

狄仁杰说："第一，我不相信鬼魂之说；第二，最能扮相王县令的只有他的弟弟；第三，最关心王县令这个案件的，也只有他的亲人。据我所知，王县令的弟弟，是他唯一的亲人。据此三点，我确信阁下定是王元德郎中无疑。"

狄仁杰料事如神，此人果然是王县令的弟弟、户部郎中王元德。他说："我料想那刑部汪堂官来此只是敷衍塞责，免他滋事生非，就假扮家兄的鬼魂吓走了他。也为了不受干扰，就天天在此'作祟'，好静静观察这密室的秘密,弄清家兄究竟是如何被害身亡的。”

两人正谈话时,一阵夜风刮来,吹得破旧的窗户“咯吱”作响,他们便去推开窗户,向破落的后院望去,那里并无异样。后院的围墙外是一条很深的河沟,想从那里偷越进屋是断无可能的。两人张望了一会儿,关上窗户,重又回到桌前坐下,秉烛品茶,商量案情。

王元德拿起茶杯继续喝茶,被狄仁杰一把拦住:“且慢,这茶中有毒!”

王元德细看杯中之茶,果然有一层浊物浮在上面,心想那凶手真残忍,害了哥哥不算,还要来害我!他不由自语道:“一转眼,就有人进屋来了?”

“人没有进来,风可是进来了。”狄仁杰仔细地看了那杯茶说,“是风吹落了梁上的灰尘,掉在茶中了。”

“原来是一场虚惊!”王元德觉得自己太疑神疑鬼了,但狄仁杰从中却觉察到了问题,他站在桌子上细看那屋梁。按说新漆的梁是不会积留灰尘的,再一细看,梁上有一小块地方未曾漆到,而且其中还有一个小洞,他用手摸那小洞,手上沾了一些滑腻腻的东西,再辨认一下,那滑腻腻的东西原来是蜡。他高兴地说:“害死王县令的秘密被我找到了。”

狄仁杰告诉王元德,有人借油漆屋梁的机会,在梁上挖了一个小洞,内装砒霜,然后用蜡封住,王县令喝茶时,热气上升,融化了蜡,砒霜就掉入壶中,王县令喝了茶后就中毒身亡。

第二天,狄仁杰通过唐祯祥了解到漆工的姓名,即派人将漆工捕进衙内。那漆工在事实面前,只得招供了犯罪事实。

狄仁杰想:那漆工与王县令无冤无仇,为何要毒死他呢?背后定有指使者。但是由于看守疏忽,漆工在狱中上吊自尽了,这样就中断了线索。

当晚,狄仁杰询问王县令的弟弟王元德:“郎中在检点尊兄遗物时可有什么发现?”

王元德说:“刑部汪堂官比我先来到蓬莱。家兄所有的账册文书都被封回京城。仅存几件常用衣服,现就穿在我身上。”

此时穿在王元德身上的一件长袍已非常陈旧,而且在下摆上还打了块显眼的补丁。

狄仁杰想:一般衣服胸背和领、袖处容易破损,但这块补丁却打在不易磨损的下摆处,真奇怪!他就撩起下摆仔细琢磨起来。那块补丁不仅缝得不

是地方，而且缝得很粗糙，轻轻一拉，就扯了下来。在那块补丁的背面画着一根长杖，那样子很像是根禅杖。“这根长杖必有讲究。”狄仁杰说，“王县令在任时必然察觉了什么，他在为后任提供线索。”

但这根长杖又说明什么呢？狄仁杰让王元德潜回京城，察访被封带回京的王县令的账册文书，自己则在蓬莱继续破案。

既然王县令提供的线索是根禅杖，就应当到寺庙去察访。蓬莱最大的寺庙是城东的白云寺。这天，白云寺慧本方丈见新任县令驾到，殷勤地接待着。慧本年过六旬，很是健谈。他对狄仁杰说：“我佛慈悲，庇护一方，多次显灵。京城主庙大相国寺也欲请去供奉，故而小寺日夜施工，赶塑一尊新佛。”

说着用手向偏殿一指，那里有若干匠人正在塑造一尊新佛，泥胎已成，只待装金修饰了。

慧本又说：“待等新佛运送之日，务请狄公主持盛典。”

狄仁杰向方丈告辞，慧本起身相送：“老衲腿脚不便，恕不相送了。”

由于过于匆忙，突然他身子一个趔趄，摇摇欲倒，慧本从座位旁拿起一根禅杖，支撑身子。

狄仁杰的脑子里突然闪过一个问号：禅杖？莫非慧本与王县令之死有牵连？

狄仁杰回归县衙，这时，有随从向他禀报：蓬莱口岸黄金走私猖獗。随从说着呈上一条黄金，继续禀报道：“这是在码头附近捡到的，想必是走私犯匆忙中丢失的。”

狄仁杰细看那条黄金：形状是细而长的圆形体，与一般看到的金块、金元宝大相径庭。这时，他恍然大悟地“唔”了一声。

隔了几天，白马寺慧本法师送来了请柬，说是新佛已经塑成，即将运往京城，请县令查验送行。

狄仁杰如期来到蓬莱码头，那里已聚集了许多的善男信女，那尊新佛已从白马寺用八抬大轿送到临时搭成的神台上。慧本法师手握禅杖神志肃穆地侍奉在旁，只待狄仁杰主持盛典后就要登船发运了。

狄仁杰来到神像跟前仔细察看，他突然转过身来，对着聚集的百姓说：“这尊佛像塑工甚为粗劣，运送进京，有损我蓬莱的声名！”

百姓哗然。此时狄仁杰已抽出佩剑，用力向佛像连砍几下，顿时佛像出现条条剑痕。但并不见泥土飞落,而越发显得金光闪闪。众人都已看清,原来这佛像并非泥塑的,而全是黄金铸成的。

狄仁杰又一把拿过慧本手中的禅杖,拔去禅头,露出了空心的杖柄。他对慧本喝道:“你还有何话可说!”当即将慧本带回衙内,在狄仁杰严厉的审讯下,慧本不得不招认了走私黄金的事实:

从外洋运来的黄金,在船上被打成细长条子,寺内和尚在码头购买粮食和蔬菜时;将金条装入空心的禅杖运回白马寺积累起来,然后用这些黄金铸成神像,再运往京城牟取暴利,这事已被前任王县令发现端倪,所以慧本指使漆工害死了王县令。而在京中的接应者，正是来察访王县令之死的汪堂官。

唐　朝

杀狗风波

裴均在出任唐朝襄阳节度使时，有一个人向裴均告状说:“我早晨起来开门,发现看门黄狗不见了,我就到处寻找,忽然闻到邻居张二家传出一股香味来,我就敲门进去,见地面上放有一张黄狗皮,锅中正煮着狗肉。张二一见我惊慌万分,承认昨晚偷杀了我家的狗。请大人明察。”

当时唐朝的法律很严,家狗因为能看门护院,亦在保护之列。倘若偷杀他家之狗,是要按法律从严治罪的。

裴均当即派人将张二传到堂上。

张二吓得浑身哆嗦不已,立即承认了杀狗之罪。

裴均问:“你为何要杀狗？难道就为了解馋吗？”

张二叹息道:“不,是我老婆生病,口中无味,想吃狗肉。”

“想吃狗肉亦不能捕杀别家的狗,你难道不知此事犯法吗？”

“老爷不知,我老婆十分厉害,小人不敢违命。”

原来,张二为人十分老实,而娶来的媳妇却十分俊俏而泼辣,平时在家中说一不二,张二对她唯命是从,不敢怠慢。前几天,张二外出做工归家,只见老婆躺在床上,一副病恹恹的样子。张二忙烧上几个好菜孝敬老婆,可她没有胃口吃,并说:“医生刚才来看过,说此病只要吃狗肉便能治愈。”

张二家中没有养狗,去捕别家的狗又怕违法,一时没有主意。

老婆生气道:“哪有你这种丈夫,老婆病成这样,有现成的药方还不肯去弄。你是不是希望我早死啊！”

张二一听,心里更是着急,可哪里去找狗肉呢？

老婆说:“东边邻家的狗常常过来,你不会偷偷宰了它,又没人知道。”

张二只得应诺。果真于夜里将狗引来杀掉了。

裴均听完张二的叙述,心中明白了一半。

让随从立即将张二老婆传来审问。

裴均喝道:“大胆刁妇,与人通奸,竟引诱丈夫犯罪,以达到长期与奸夫同居的目的。还不从实招来！”

张二老婆大吃一惊,她虽然厉害,可毕竟做贼心虚,见官老爷发话好似有了确凿的证据,顿时语无伦次,无法圆说。见她这种样子,裴均心中更是有了底。再三审问,张二老婆终于招供承认,她确实与人暗中通奸,为除掉丈夫,便设了圈套叫张二去钻。没想竟被裴均一眼识破。

最后,裴均当场判定:张二无罪立即释放。张二老婆和奸夫均受杖刑一百的处罚。

金变之谜

唐德宗建中元年,凤翔有位名叫宋仁的村民在田里翻土地时挖出了一口大瓮,揭开盖子一看,竟是满满一瓮金光灿灿的马蹄金。他忙叫也在翻地的哥哥宋光来看。

宋光一看激动不已。

好一阵后,宋光才对弟弟宋仁说:“太好了!咱们俩这下可发了!走,咱们抬回家吧!”

“这可不行!”宋仁拦住哥哥说:“这瓮金还不知是哪家的祖宗留下的,如若咱们私自抬回去,那是要违犯科律的啊!”

“那你说咋办?”宋光问。

“我看咱们应该把它抬到县衙去。”

宋光心里真舍不得。他眼珠一转,红着脸说:“还是弟弟有见识,反正外财也改变不了咱这穷酸命。不过,我看你还是先去向县令禀报一声,县令叫我们咋办我们就咋办。”

宋仁跑步来到县衙,向县令述说了挖出马蹄金的经过。县令又惊又喜,随即派了一个得力衙役随宋仁去取大瓮。

他们到了地头,只见宋光顶着烈日汗流浃背地坐在那里守着大瓮。衙役让宋氏兄弟用绳子套好,把大瓮抬到了县衙。

县令急忙命人打开瓮盖,一看果然是满满一瓮马蹄金,便高兴地对宋氏兄弟说:“你们拾金不昧令人敬佩,本官马上呈报都督府,一定会重赏你们。你们就先回家去吧。”

宋氏兄弟离开县衙后，县令忙修书一封遣人报告凤翔太守李勉；怕重金有失，他又叫人将瓮抬到后室派专人守护。

李太守接报后，当即派一府吏前去验收。县令请府吏坐在大堂上，命人把大瓮抬到大堂当众开验。

谁知，把瓮里的金倒出来，只有瓮口上面的几块，下面全是土块。

府吏顿时生疑，铁青着脸问："这里面的马蹄金呢？"

"这……"县令急得说不出话来。

府吏抢过话头："这什么？你好大的胆子，竟敢用土块换走马蹄金，该当何罪？"

"卑职实在是冤枉，昨天那瓮里面明明装的是马蹄金，可不知为什么……"县令还是说不清楚。

府吏发怒吼道："简直是一派胡言，如不从实招来，板子侍候，从重治罪。"

县令有口难辩，看着那些土块，心想现在说什么都无用了，纵使有一百张嘴，还能把土块说成马蹄金？咳，认了吧！不然，今天在这个不讲规矩的恶神手下，可真要受皮肉之苦……想到这里，县令说道："我招，那马蹄金是我偷换了！"

"哼！果然不出我所料。马蹄金被你藏在什么地方了？"

府吏鄙夷地盯着县令。

"藏……藏在粪堆下面了。"

府吏押着县令，指挥众衙扒开粪堆，可是仍没有找到马蹄金。府吏愤怒至极，锁了县令，押回府里交差。

案情一连几天毫无进展，急得太守李勉昼夜不安。

这天，李勉找来幕僚袁滋商计这个案子，袁滋说："县令要是贪赃，就不会急于把此事上报给府里。现在他承认马蹄金被自己偷换藏起来了，可又始终寻不到金子，这不合情理。本案我看一定另有隐情。"

李勉觉得幕僚的话很有道理，便让袁滋重新审理。

袁滋传来宋仁、宋光和县令，让他们各自说完经过，心里顿时有了一个主意。袁滋让他们退去后，命人从府库里支取了一些金子，找匠人按仅存的几块马蹄金样式和大小铸出来，然后装满大瓮，再倒出来称量，竟有650斤！

袁滋心里明白了是怎么回事。他,再次提审宋光,宋光见已被识破,只好交代了在田头分两次偷走马蹄金,然后用土块装入大瓮,仅留下瓮口几块金子的事实。

袁滋带人搜回马蹄金,证实了自己的推测。

原来,他想到金子比土重,而两人能抬起一大瓮马蹄金走那么远一段路?他称量一瓮马蹄金后,得到的验证是两人抬不动。这样,他就判断是宋光一人在田头看守大瓮时偷掉了马蹄金。

结案后,袁滋同县令交谈,问县令为何要说假话?县令道:“当时为避皮肉之苦,无奈只好说谎……”

阳物被剪

唐朝中期,有一天,河南渭县一名叫李权的乡绅之子李友被人谋杀了,致死的原因是有人用剪刀剪断了他的男根。

县令马上明察暗访,县令推想:男根决不会轻易被人剪去,恐怕不会是外人所为,极有可能是在室内幽会之时被人所害。因此,县令将李友之妻提来严加盘问,果不其然,其妻承认曾和她的表兄做过苟且之事。县令大喜,认定李友之死必是其妻所为。但其妻只承认和表兄私通,不承认杀害李友一事。

县令大怒,遂严刑拷打。

妇人受刑不过,只得招认与表兄合谋,因奸杀人。她说她在与李友交欢之时,趁李友不备用剪刀剪断李友的男根,致其死亡。县令将妇人表兄逮到,一番拷打,妇人表兄也画押签字,县令据此结案,上报巡抚。

巡抚手下有个幕僚,名叫程武,平日在府里帮巡抚处理公案。他接到这宗案卷后,反复审阅,不觉疑心大起。一天,他找到巡抚,禀道:“此案很可疑。”

“疑从何来?”巡抚问。

程武说:“大人试想,那李友既在卧室与妇人交欢,而妇人趁其不备用剪刀剪断其男根,李友当然剧痛难忍,向屋外狂奔;既然是往外跑,则必是由屋内奔向屋外,因此勘尸之时,其尸恰好倒伏于门槛。但可疑处恰恰在这儿,既从屋内奔向屋外,其尸应是头在屋外脚在屋内。但据勘尸者说,李友之尸却是头在屋内脚在屋外,看上去像是李友从外面狂奔入其妻屋内,我推断应是李友在外面被人剪去男根而奔回家,这样看来,李友之妻既不会杀人也不会知情。”

巡抚听完后却不以为然地说:“男人之阳物, 不是与妇人交合岂能够外露?这必是妇人所为,其妻与表兄私通,二人合谋杀害了李友。”

巡抚马上批了公文给渭县县令,县令等到行刑之日,将妇人同其表兄绑赴刑场处斩。二人虽屡次喊冤,却也无用。

程武始终觉得这件案子有冤屈,但上司既不肯听从,自己也无可奈何。但他从内心里感到内疚,觉得自己没有能全力挽救两人的性命。于是过了不久,程武便辞职回归乡里了。

几年之后,程武的儿子程耀因为妻子死了,又续娶了一个夫死再嫁的妇人。这妇人姓白,白氏乃湖北革郡郡首的女儿。白氏生得极有姿色,又极擅男女之事,程耀与其相处得十分融洽。

有一天,夫妻二人正在卧房内做床笫之欢,程耀将自己的阳物弄到白氏面前,笑问道:“我这物与你丈夫那物相比,他那物如何?”

白氏说:“你自己看吧,我还留有他那物!”

程耀暗吃一惊,忙问:“这话当真?”

白氏后悔自己失言,低头不说话。程耀起了疑心,于是催白氏将那物取出来。白氏被逼无奈,去墙边的柜中取出一个小箱子,从里面拿出一个锦匣。打开锦匣,里面是几层绸缎,解开绸缎,是几层麻纸。揭去麻纸,里面有个小瓶,瓶中赫然装着一个男人破碎不堪的阳物,用油浸泡着。

程耀大惊,逼问白氏为何收藏男人的阳物。白氏开始不想说,被逼问不过,只好如实答道:“我有个表弟,本来曾和我情投意合,私下里海誓山盟订了终身。但后来他变心娶了别的女子,我非常恨他,就用剪刀剪了他的男根。我也不是什么夫死再嫁的女人,只因先前遭表弟玩弄,只好托词嫁人。”

程耀听罢,忙问:“你表弟叫什么名字?”

白氏说:“他叫李友。”

程耀听后,心中已经明白。他曾听父亲说起几年前李友被杀一案。当下,他好言将白氏稳住，找个机会告诉了父亲程武，程武忙派人告知当年被处死的妇人家属，其家人马上到县衙去诉冤。

经过复审及勘验，终于查明此案果系白氏所为，白氏也供认不讳，被处死刑。当年讯问此案的巡抚、县令分别受到降职、罢官等处罚。

这件案子的缘由是这样的：

原来，白氏的父亲在做郡守时，李友曾以表亲的身份前往依附，谋得了一份差事。那时白氏正是深闺小姐，住在府内花园一绣楼上。李友本是个风流之人，又有一套专门取悦妇女的本领。仗着与白氏的亲戚关系，他常常借故出入绣楼。一来二去，眉目传情，没有多少日子便把白氏勾到了手，并私订终身。几年后，白氏的父亲任期已满，便携全家归田隐居。李友看没什么油水可捞，遂离她而去，另谋生路了。

后来，李友的父母为他娶了一富人家的小姐。新婚当天，白氏的母亲带白氏前往祝贺，就留住在李友家。

有一天，李友趁白母不在，偷偷溜进白氏的卧室，向她说好话，赔不是，想再与她行鱼水之欢。但白氏对李友已恨之入骨，大声痛骂，要他出去。而李友却恬不知耻，照旧赖在白氏身边，并脱去下衣，露出阳物，百般调戏白氏。白氏愤怒已极，见梳妆台上有把剪刀，遂抓在手中猛力向李友下部一剪，将阳物剪断。李友大叫一声，剧痛难忍，狂奔出门，向其妻的房间跑去。刚奔到妻子的房门前门槛处，便因失血过多而倒地气绝身亡。所以其尸体的位置是头在门内，脚在门外。至此一桩拖了多年割根奇案告破。

日照“反书”

唐朝武则天称帝时，虚构罪状陷害无辜之风盛行。

湖州佐史（辅助州府长官刺使的属吏）江琛与刺史裴光素有私恨，便趁裴光不防，窃取了他的大量亲笔书信，经过连缀，拼成了一封密约徐敬业（公元？—684年，历任太仆少卿，眉州刺史）谋反的书信，奏告朝廷。

武则天见奏深信不疑，立即派御史（唐代御史有侍御史、禁防御史、监察史等，都随事立名）前去将裴光逮捕，严加审讯。

裴光受审时，看到了说他给徐敬业谋反的那封书信后，申辩说："看字的确是我的亲笔，但话绝对不是我说的。"

御史因为找不到其他的证据，便回奏武则天。

武则天认为他办案无能，曾先后连换了三个御史，也都无结果。

张楚金办案干练，素有名声，武则天便把此案交给他办。

可是，提审裴光时，裴光仍是那几句话，没有别的证据，张楚金很是忧闷。

一天，张楚金仰卧在窗边沉思。这时，日光穿过窗户，照得室内分外明亮。他顺手取过"反书"，对着日光反复地端详。

突然，他发现"反书"的纸张是经过精心补缀而成的。它平放在桌上，一点也看不出痕迹，可是拿起对着阳光一照，连缀的地方就清清楚楚地显现出来了。

张楚金立即召集州县的所有官吏，当堂弄来清水一盆，令告发人江琛亲自将"反书"放进水里。只一会儿工夫，"反书"就散成一片一片的了，这才使江琛的阴谋完全败露。

张楚金把此事奏明武则天，武则天才恍然大悟，敕令责打江琛一百大板，然后将他推出斩首，并赏张楚金绢百匹。

珠宝失窃

唐朝的武则天，为人心毒手狠，但她对自己的女儿太平公主却疼爱万分。

她在位时，赐给了太平公主两大箱金银珠宝，价值黄金一千镒。太平公主将这批珍宝藏于密室之中，并派人严加看管。可是没想到，一年多以后，这批珍宝却忽然莫名其妙地被人盗窃一空。太平公主心疼得放声大哭，武则天闻报更是雷霆震怒。

她责令洛阳长史务必在三日内破案，否则严惩不贷。长史又命令县官两日内破案，否则严惩不贷。县官则下令捕役一日内务必抓到盗贼，否则严惩不贷。

皇帝官令一级紧于一级,这下可苦了当差的捕役们。他们四处察访,但毫无线索,一个个急得犹如热锅中的蚂蚁。

正在这时,恰巧湖州别驾苏无名来到洛阳。捕役们早就听说他是个侦破疑难案件的老手,便七手八脚地将他拥到县衙,开玩笑地对县尉说:"我们把盗贼抓来了!"

县尉猛一看苏无名身穿官服,便问:"你究竟是何人?"

苏无名答道:"我湖州别驾是也。"

县尉恼怒地责怪捕役们说:"你们开什么玩笑,竟敢如此侮辱朝廷命官?"

苏无名笑言道:"你莫责怪他们,他们只是对我破案手段早有所闻,所以特地把我拉来,无非是想让我帮忙侦破眼下这起急难案件罢了。"

县尉听说大喜,急忙向苏无名请教破案之道。苏无名详细询问了案情,便让县尉领他去见洛阳长史。他又跟长史一起去见武则天。

在神都洛阳的宫殿里,苏无名见到了武则天。

武则天劈头一句便问:"你果真能为朕捉到盗宝的贼人吗?"

苏无名回答说:"如果皇上委派臣去破案,请不要限定时间,并请放宽对府、县的期限,眼下暂不追究此事。另外,需将河南、洛阳两县捕盗吏卒全部归臣调遣。数十日内,臣定将盗贼捉拿归案。"武则天一一答应了他的要求。

苏无名告诫两县吏卒:"慢慢再告诉你们如何行动。"

时过不久,便到了寒食节。

这天,民间有扫墓的风俗,苏无名召集全部吏卒,向他们布置了行动计划:"你们十人或五人一伙,分别在城东门和北门注意监视。如果看到一伙胡人——他们大约有十多人,都身穿孝衣,一起向城外北邙山墓地走去——就跟踪他们,并派人向我报告。"

吏卒们按苏无名的吩咐,密切监视过往行人。

不久,果然出现一伙胡人,于是吏卒急忙派一人去报告苏无名,其他人继续跟踪来到北邙山。

苏无名得报立即奔赴墓地,询问正在监视的吏卒:"那些胡人在干什么?"

吏卒答道:"他们来到一座新坟前,摆上供品,虽然也哭哭啼啼的样子,但他们并无哀痛之情，祭奠完了，撤去供品，又围着坟墓周围绕了一圈，尔后竟不时默默相视而笑。”

苏无名高兴地说：“贼已抓到手了！”马上命令吏卒一拥而上，将这伙胡人全部抓获。

开头，这伙盗贼还想抵赖，苏无名命捕役掘开那坟墓，打开棺材，只见太平公主失窃的全部珠宝都在其中。这伙贼人不得不低头认罪。

太平公主失窃大案破获后，轰动了神都洛阳。

武则天下旨召见苏无名。

苏无名应诏进殿。

武则天问苏无名：“你是如何如此神机妙算，察断出盗贼的踪迹，而捕获这些盗贼的呢？”

苏无名答道：“臣下并没有什么神奇高超的妙计，只是注意仔细观察而已。我刚到洛阳那天，看到十几个胡人向城外送葬，举止反常，就怀疑其中有鬼，但当时并没有太在意，不知他们把棺材埋到了何处。今天是寒食节，我估计他们定会借扫墓的机会出城探视埋藏的赃物到底被发现了没有，因此就暗中派人跟踪察看。结果发现，他们哭而不哀，这就证明埋的不是死人；他们围着坟墓相视而笑，这是庆幸他们的新坟未被人发觉，宝物仍在坟墓中，罪行未被发现。当初我之所以请求陛下不要催之过急，是怕他们闻风声太紧，狗急跳墙，轻则取宝畏罪逃亡，重则毁宝藏身。那么，在证毁贼逃的情况下，再去缉盗追宝，就势必事倍功半了。现在，官府不急于缉盗，欲擒故纵，盗贼认为事态平缓就会暂时将棺中宝物放在那里。这是我有意在麻痹他们。”

武则天听后赞许说：“你干得很好！”立即传旨：赏赐黄金丝绸，还给他官职连升两级。

换刀缉凶

唐朝刘崇龟镇南海郡时，曾查处过这样一桩案子。

有一富商公子范建，长得相貌俊美，风流好色，仗着老子有的是闲钱，整日拈花惹草，招蜂引蝶。有一天，范建乘船游江，忽见江岸有座华美小楼，楼上有位二十岁左右的小妇人和一个小丫环，正在凭栏眺望。范建见那小妇人面若芙蓉，身如杨柳，妖冶艳美异常，一时就看得呆住了。

那小妇人见范建直着眼睛看自己，不但不躲避，反而对他启齿一笑。范建更加神魂颠倒，叫船更靠近了些，仰头询问小妇人芳名。小妇人美目流盼，轻轻撇撇小嘴说："看只管看，问什么！"范建见小妇人眉目有情，便提出要上去观赏一下。小妇人说："现在不行……"范建说："那我黄昏再来！"小妇人对他抛个媚眼："不怕走冤路你就来呗，反正我家前门是闩着的……"说完，小妇人领着丫环回了房。

范建自然领会小妇人的话外之意，当晚他又坐船过来，吩咐船公等在江边，自己上岸来到华丽小楼下，径直绕到后门，后门果真没有上闩。范建心花怒放，他悄悄走了进去，高抬脚轻落步，神不知鬼不觉地摸上了楼。

卧房里没有灯光，但房门却是虚掩的。色胆包天的范建推门走了进去……

却说那座华丽小楼本是一个茶商为他偷娶的外室小妇人而购置的。小妇人是妓女出身，名叫海棠，生得本就艳美非常，再加上风骚狐媚，所以深得茶商宠爱。

茶商外出数月，昨日才归，在府上住了一宿，便找个借口早早来看他的海棠。没想到刚进院，屋里便传出一声惊恐的尖叫。茶商赶紧跑进去，刚进屋丫环就已跌跌撞撞从楼上跑下来，脸色惨白语不成声："不……不……不……不好了，夫人她……她……她死了……"

接到诉状，知府刘大人亲自到现场勘察。

海棠半裸着身子倒卧在卧房门口，背上插着一把屠宰刀，身下一摊血迹已经黯黑、凝结。刘大人叫手下收起凶器，又向丫环询问情况，心有余悸的丫环却是一问三不知。刘大人又问最近有什么人来过这里，丫环先说没有，后来就想到了昨日在江上跟小妇人调情的那个风流阔少。

刘大人觉得这是个重要线索，那个阔少的嫌疑很大，通向江边的血脚印可能就是他留下的。派人明察暗访，有人提到了那晚看见有条船停在华丽小楼下，船公好像是陈阿三。找到陈阿三，他很快说出那晚坐船的是范家少爷范建，并说出范建进了小楼之后，很快又失魂落魄地跑出来，身上脚上都是血，还给了陈阿三二十两银子叫他不要说出去。

范建被抓到府衙，并很快说出了那晚的经过。

据范建说，那晚他刚走进海棠的卧房，便脚下一滑摔倒在地上，他以为地上有水，可是那“水”沾在手上黏黏的，还有老大一股子腥味。心中大骇的范建挣扎起身时又摸到了躺在地上的一个人，他吓得魂飞魄散，差点没有叫出来。他胆战心惊地摸出小楼后就跑上了船，连声催促陈阿三快开船。怕受牵连，范建下船时给了陈阿三二十两银子叫他守口如瓶……

刘大人不信范建的话，吩咐衙役动刑。细皮嫩肉的范建哪里经受得起，刚一动刑便一把鼻涕一把泪地招认了逼奸不成恼而行凶的过程。

当堂画押之后，范建被打入死囚牢。

范建父亲带重金前来行贿，要求留范建一命，结果被刘大人义正词严地给赶了出去。可是晚上，在赶写奏请刑部将范建问斩的公文时，刘大人却又停下了笔，他觉得此案存在一些疑点——范建供词中称他上楼欲行不轨，海棠叫喊反抗，被他杀死。可是既然海棠暗示他前去幽会，留着后门，为什么要叫喊反抗呢？据说当时丫环房中还有灯光，证明丫环还未睡，可她为什么没有听到海棠的喊声呢？

第二天，刘大人重新提审范建，范建先是喊冤，可一听到动刑就又招认了，但行凶经过与昨日却又有了出入。刘大人把从死者身上拔下的屠宰刀和另外两把刀放在一起，叫范建指认作案凶器，范建指认的却是另一把刀。

刘大人声称凶案已破，要大摆筵宴庆贺，命令全城屠夫都到府衙集合，准备宰杀猪羊。屠夫们都到府衙等了一会儿，衙役又说宴会改到明日，叫屠夫们留下屠刀，明日再来。屠夫们走后，刘大人命手下把屠夫们的刀子拿出来了一把，又把凶手留下的那把刀混入其中。第二天，屠夫们来到后，衙役宣布宴会还要推迟，叫屠夫们各自领走自己的刀。

屠夫们纷纷拿着刀离开了，可最后一个屠夫拿着最后一把刀看了看，说刀不是他的。衙役问他是否认得刀是谁的，那屠夫翻来调去看了好一阵，认定是孙秃子的，可是他很奇怪，因为孙秃子好像并没有来。

孙秃子的刀正是杀人凶器，刘大人马上命人去拘捕孙秃子。

差人很快回来报告：孙秃子已经三四天不在家了。

这天，府衙贴出告示，要处斩杀人犯范建。老百姓都去看热闹，可本来定的申时开斩，不知何故却一直拖到了酉时。天色微暮，范建终于被囚车拉出，押上法场。这个花花公子此时已经脱了相,身子已瘫软成了一摊泥。三声炮响之后,鬼头大刀寒光一闪,范少爷人头落地。

三天后,外出归来的孙秃子被几个差人从赌场捕获。大堂上,孙秃子矢口否认自己是杀害海棠的真正凶手, 可是刘大人却把那杀人的屠刀亮了出来,同时描述了孙秃子作案的经过。

那天晚上,输了钱的孙秃子见小楼的后门未闩,便溜进去想顺手牵羊盗些钱财偿还赌债。摸到楼上后,他发现卧房的门闪着缝,里边也没灯光动静,以为没人, 便推门走了进去。寂寞难耐正焦急等待情郎的海棠以为范建来到,立刻扑上去紧紧抱住了来人。而猝不及防的孙秃子以为中了埋伏被人擒获,立刻掏出腰间的屠刀刺入了海棠的后背,因为是个屠夫,下手又准又狠,海棠叫都没叫出一声就做了冤死鬼……

"你、你怎么都知道了……"

孙秃子惊惧绝望地望着刘大人。

刘大人说:"天网恢恢,疏而不漏!"

孙秃子突然狞笑一声:"大人,您已经将杀人凶手范建当众处决,再冒出个凶手,恐怕您清官的声名受损,乌纱也无法保全,我看不如我多出银两……"刘大人大笑一声,一拍巴掌,后堂走出一个人来。

孙秃子瞪大了双眼,如见了鬼魅,因为这人不是别人,正是已被处死的范建。

"这,这是怎么回事……"

刘大人冷笑一声:"告诉你吧,那天处死之人根本不是范建,而是一个已被批斩的死囚,我若不让他冒充范建,你这个真正的杀人凶手怎么敢跑出来呢?"

孙秃子瘫在地上,连声说:"我招、我全招……"

坐轿捏金

李德裕是唐代的一个太尉。他在镇守浙右(指唐时浙江西道的简称)时,受理了一起甘露寺主事僧上诉的冤案。

这主事僧是刚接任的。

他在办理完了各种交接手续以后，只发现账上记有黄金若干两，但他并没有见到实物。

他便找前任主事问个究竟。

没想到，前任主事却说，这黄金是历届主事交下来的，都有文书交割清楚，我也照样移交了，并有你在移交清册上画押为凭，这黄金准是被你吞没了。

新任主事又去找前几任主事询问，可以前的几任主事也都这么说。

其实，在交割的时候，这笔黄金只是在清册上写得有，并没有实物。新任主事一时疏忽，先画了押，事后再点实物，才发觉黄金没有了。可是，旧任主事却不认账。

闹到衙门，衙官儿也认定是被新主事吞没了，非要新主事招认。最后，新主事只好屈打成招，却又说不出这黄金被他花到哪里去了。别人就说新主事行为不检，是花到不规矩的地方去了。新主事有口难辩，只好等死。后来才得到一个机会，申诉到李德裕那里去。

李德裕感到这案子不简单，便换上便衣到寺里和尚中去了解。和尚们不知道德裕的身份，在无意中把真情说了出来。

原来，以前的几个主事，长年互相勾结，到接交时都只是空交文书，黄金早就被他们私分了。新主事不肯同流合污，他们就打击他，排挤他，使他蒙受不白之冤。寺里的和尚都要讨好旧主事，谁也不敢把这真相告诉官府。

李德裕了解到这些情况，便说出自己的身份，命人叫了几乘便轿来，让做过主事的和尚分别坐进去，并把轿帘下了，轿门也不许相对。李德裕又叫人分别拿一些黄泥巴给主事们，要他们捏成那些黄金的模样来，以证明黄金是确实有过的。

一会儿，坐在轿内的主事和尚们都分别把黄泥巴捏了出来，唯独那个新主事捏不出来。

李德裕就指着几个旧主事说："黄金是被你们吞没的。新主事之所以捏不出来，是因为他根本没有见过这黄金。这可以证明在接交的时候，是根本没有这些黄金的，他是中了你们的圈套。"

旧主事们这才明白李德裕为什么要他们捏黄泥金，而且不得不如实招供，使冤案得到昭雪。

智擒奸犯

唐朝贞观年间，卫州板桥店店主张迪的妻子吴氏回娘家探望父母。当夜，有卫州的禁卫士杨真等三人前来店中投宿，就在这天半夜，有人拿了他们的腰刀，杀掉了店主张迪，然后又偷偷地把刀仍然插回鞘中。杨真等人丝毫没有察觉，第二天天刚蒙蒙亮，三人便起身离店而去。

天大亮后，店中伙计发现店主被杀，连忙在旅客中排查，得知杨真等三人已经离店，立即招呼了一大批人，分头追赶，不一会儿就赶上了他们，拔出其腰刀一看，上面果然沾满了鲜血。杨真等人有口难辩，被大家扭送至官府收监。

经过毒刑拷打、连番审讯，三人实在经受不住，被迫承认了杀人之罪。官府便判处杨真等死刑，报送朝廷审批。

唐太宗李世民仔细审核了案卷，认为杨真等与张迪素昧平生，既无仇又无冤，又未卷财而逃，作案的动机不明，事情颇为可疑，就派遣御史蒋恒去复查此案。

蒋恒到了卫州，立即将板桥店内及附近邻居中十五岁以上的人全部召集起来，说是要一一细加排查。待集中后，蒋恒却说人数并未到足，又都放了回去，只留下一个八十岁的老太婆。蒋恒也不过来盘问，直到天黑以后，才让她回去。老太婆前脚走，蒋恒就唤过两个精细的吏卒，命令他们暗暗跟踪，并吩咐道：

“马上会有人来找老太婆谈话，你们就赶快记住他的相貌特征及住址，再过来禀报。”

果然，老太婆刚一到家，就有个三十多岁的中年汉子过来问道：“御史大人查问了些什么？你老人家是如何回答的？”

第二天，蒋恒又召集众人，如法施行后，那人又过来向老太婆询问。一连三天，都是那个人。第四天，蒋恒将板桥店一带的男女老幼三百多人全部召齐，然后留下那个中年汉子，其余的都放了回去。

蒋恒厉声责问："你心中有什么鬼？为什么一再向老太婆打听案情？"

那人神色慌张，支支吾吾。

蒋恒又喝道："你行凶杀害了张迪，竟然嫁祸于人。快快从实招供，免得皮肉受苦！"

那人知道隐瞒不住，只得招认了与吴氏通奸合谋杀害张迪的罪行。蒋恒再一调查，果然证据确凿，便对凶手与吴氏严加惩处，杨真等则被无罪释放。

蒋恒回朝复命，太宗大喜，赏赐了他二百匹绸缎，又提升他为侍御史。

主簿审狗

盛唐诗人王之涣，为人豪爽，才华横溢，智慧超人。王之涣任文安县主簿时，留下一段审黄狗破案的趣闻。

一天，民女刘月娥，痛哭流涕，闯上大堂报案："我丈夫长年在外做买卖，家里只有小姑子，她跟我相依为命。昨天晚上，我到邻家去推碾子，小姑子一人在家，只有一条大黄狗陪伴着她。我回家时，一进门就听见小姑子喊：'救命！'这时，我急忙跑进屋，在门口撞上了一个陌生男人，光着上身，我抓伤了他的后背。可我不是那人的对手，让那人跑了。我进屋点上灯一看，小姑子躺在地上，胸口上插着一把剪刀，鲜血直流，已经死了。求求大老爷，赶快捉杀人凶手，为民女报仇！"

王之涣问："你说有一条大黄狗陪伴着小姑子？"

刘月娥答道："是的，丈夫长年在外，怕家中失盗，三年前养了这条狗。"

王之涣又问："那天晚上，你听见狗叫了吗？"

刘月娥肯定地说："没有。"

王之涣又问了一些情况，便退堂了。他走回堂后，对着窗户思索起来。忽然，心生一计，命差役马上去贴告示，说："明天我要在山神庙里审黄狗！"第二天，来了许多人看县官怎样审黄狗断案。

原来，王之涣根据刘月娥诉说，家里有条黄狗，黄狗没有叫。于是，他判断凶手一定是她家的熟人。当时，她抓伤了凶手，王之涣又判断：凶手是个高个男人，那人背后有抓伤的痕迹。王之涣命人将小孩、老人、女人都轰出庙门，只留下青年人。

王之涣命令这些人都脱下衣服，面对墙壁，挨个站好了。这时，他发现李二狗背上有两道手抓的红血印了，断定李二狗是杀人凶手。

经过审问，杀人犯果然是李二狗。

母子私奔

唐太宗贞观年间，尚书省左丞李行廉有个弟弟，名李行诠。李行诠与前妻生有一子，名李忠。

这李忠却与其后母通奸，又怕时间长了暴露奸情，于是，他就跟后母商量，想两人一起秘密出走，做长久夫妻。

一日，这两人对家人伪称："皇上有旨召我们进宫去。"

二人遂离开家中，久久不归。

家人见他们久去不归，怕有什么变故，就赶紧告知李行廉，让他在外面打听一下情况。

李行廉不知内情，有一次上朝，他就向皇上问起这件事。这才知道皇帝根本没有宣召过他们。

皇帝对此事很恼怒：居然有人敢假冒圣旨，骗走官员眷属。他表示一定要严加追查。

一时间，追查此事的风声很紧。

在这种情况下，后母知道再隐藏下去，难免会出差错。他们二人商量道：假装被人绑架，或许可能逃脱罪责。

后母就先出来，假装被人勒着了脖子，横卧街头。

那李忠则偷偷地逃回家中。

后母躺在街上呻吟时被人发现，报送长安县衙，长安县尉王敬负责审理此案。

王敬问那后母："你怎么弄成这个样子的？"

后母编造说："有人假传圣旨，传我们进宫。我们出去后，我被一穿紫袍的人带走，扣留了几夜。我以前从未见过他，也不知道他姓甚名谁。后来，他就把我脖子一勒,丢到街上。"

王敬又把李忠带来讯问,二人口径一致。

王敬觉得此案有点不对劲的地方。他想来想去,想出了一个办法。

这一天,又提审李忠和后母。在二人被带到前,王敬先安排一个书吏隐藏在房间里的桌案下面。然后再提审二人。

审到一半时,有一胥吏进门报告说:"长史请您去一下。"

王敬急忙锁了门,出去了。

王敬一走,李忠即与后母开始串供。他们互相保证,一定不承认二人有奸情和报假案之事。同时,二人又讲了一些见不得人的私房话。

过了一会儿,王敬开门进来。

这时,桌底下的书吏也站了出来。

这二人见状,大吃一惊,方知中了王敬的计了,只好承认了他们的罪行。

饮马桥案

金章宗年间,河北景州城内有个名叫卢毓秀的年轻寡妇。这天,毓秀的父亲来看望女儿,哪知婆婆吴氏说:

"她昨天下午回家去了。"

卢父连忙返回细细寻找,结果在城外饮马桥北发现了女儿的尸体。

景州刺史何逢吉派人验尸,发现死者乃被人连捅四刀致死。

何逢吉问吴氏:"近两天有没有人来找过你媳妇?"

吴氏道:"昨天下午吏卒王二来找过她。"

王二被拘至公堂,招道:"小人与卢氏久有奸情。昨天她约我天黑以后在饮马桥北第三棵树下相会,可是小人去后却没有发现她。"

何逢吉拍案喝道:"你已经把她杀死了,怎么还敢花言巧语!"

王二连声呼冤:"她既与我约会,我为什么要杀她?"

何逢吉冷笑道:"她带回娘家的一包袱衣物银两已不翼而飞,说明是你谋财害命!"

王二还想争辩,何逢吉已喝令用刑。王二只得认罪。

何逢吉追问赃物,王二答道:“埋在饮马桥南第五棵大树下。”此时天色已晚,何逢吉传令退堂。

第二天,衙役们果然在饮马桥南第五棵大树下挖出卢毓秀的包袱。

王二大惊道:“我信口妄供,怎么真的有包袱?”

何逢吉见他还想抵赖,勃然大怒,正要再传令用刑时。陪审的景州同知张公瑾劝道:“大人且慢,这里面也许另有文章。望大人给三天期限,卑职再察访一下。”何逢吉应允。

张公瑾问掌管院门的仆役:“何大人昨天审案时,有没有人在墙外偷听?”

仆役说:“吏卒马全在墙外站了好长一段时间。”

张公瑾又问城门吏卒:“昨晚有没有人带包裹出城?”

城门吏卒道:“快半夜时,吏卒马全挎着包裹,匆匆出城去了。”

张公瑾立即将马全押至公堂,厉声喝道:“好一个奸恶之徒,你杀害了卢毓秀,为什么嫁祸于王二?”

马全吓得面如土色,连连磕头,供出了实情。

原来,马全也是卢氏情人。那天马全来找卢氏,适逢她正约王二天黑以后在城外相会。马全恨得咬牙切齿,便预先赶到约会地点藏起来。

待卢氏一到,他手执牛耳尖刀,揪住她的衣襟,骂道:“贱婢,你对我山盟海誓,为什么又与别人相会?”一连数刀,将她杀害。

后来偷听到王二的供词,又趁夜将夺得的包袱埋在树下。

案情大白,王二被释放回家,马全则被依法处斩。

借尸交差

元仁宗延祐初年,京城里有个小木局,招募数百名木工,由一工长统领。其中,有个木工向来与工长关系不和,不相往来。

有一次,工长为化解口角之争,歇工以后买了些酒肉,特意拉上木工到自己家里去喝酒。木工在工长家里一直喝到天黑,才醉醺醺地离开。

却说那木工的老婆,早就与人私通,并与奸夫策划谋害丈夫。这一夜里,她趁丈夫醉酒返回时,便唆使奸夫把他杀了。恰巧房内有个地窖,他们就将尸体碎成几块,塞了进去,再把窖盖放回原处。第二天,妇人却到警巡院控告工长杀害她的丈夫。警巡院听说木工与工长有宿怨,那天又在工长家喝酒至天黑,认为工长有杀人的嫌疑,就逮捕了工长。工长经受不住严刑拷打,被迫承认杀人之罪。

警巡院追问工长说:“木工尸首藏在哪里?”

工长回答说:“丢在房外边的壕沟里。”

警巡院指派两个差役前去壕沟寻找,但遍寻不果。

这时,刑部、御史和京兆尹都催促结案,警巡院限定两个差役十天内找到尸首。两个差役寻不见尸首,挨了四次板子,被打得屁滚尿流,伤痕累累,迫于无奈竟商量以杀人借尸应付差事。

一天黄昏,两个差役看见一个老人骑着一头毛驴过桥,就走上桥把老人和毛驴挤下桥去。毛驴泅水上岸跑了,老人因年迈体弱被水淹死。两个差役把老人的尸体弄得腐烂不堪,无法辨认,才抬回来交差。那妇人见了,抚尸痛哭,认定这就是她的“丈夫”。于是,此案就此了结。

殊不知,此案刚刚了结,那老人的家人四处寻人不见,忽一日发现有人背着一张驴皮上街叫卖。他们翻开驴皮一看,那上面血迹未干,毛色斑纹酷似老人所骑的毛驴,于是将卖驴皮人扭送官府。那卖驴皮人也因忍受不了刑讯逼供,屈打成招,承认因抢夺老人的骑驴,遭到老人反抗,遂将其杀害。对于尸首藏在何处,他也说不清道不明,最后被折磨死于狱中。

不久,前案批复下来,工长被斩首。木工们认为他死得冤枉,都为他鸣不平。他们四下里明察暗访,但毫无所获。为了寻查线索,他们凑足了一百锭银子,放在人来人往的大路口,声明若有知情举报者,赏银丰锭。

也许是善恶皆有报应。一天夜里,有个小偷爬上那妇人家的窗口伺机潜入屋内作案,忽然看见一醉者踉跄进屋,凶狠地斥骂、踢打妇人。那妇人小声哭泣道:“我因为你才杀死了丈夫,将他分尸数段埋进窖内。你如今却如此虐待我……”

小偷在窗外听见此情,干脆收手回去,前往小木局揭榜领赏。他对众木工说:“案情我已经了解,赶快给我赏钱。”

木工们跟随小偷找到那妇人家,拥入房内,揭开地窖,果然见有碎尸数块，遂将妇人扭送官府。

前案重新审理后，妇人、奸夫及杀人借尸交差的两个差役一一被处分尸弃市；原先枉判工长死刑的官吏，被处终身不得为官。

崔碣平冤

唐朝博陵郡人崔碣(历任河南尹怀州司马)，在他做地方官时，对查奸惩顽、举发隐恶以及除暴安良等方面，都做了很多工作，成绩显著，被誉为官吏的师表。

某处有个经营茶叶生意的大行商，名王可久。他经常奔走湖海三江，贩运买卖，每次都获利很多。有一年，王可久将得利的金银装箱押装到楚州(治所在今安徽省凤阳县东北)，再转船运抵彭门时，正值庞勋(唐末桂林戍卒起义首领)发兵起事，路途不通，使王可久长期不得回家。

王可久是单丁独子，父母早亡，也无叔伯兄弟和其他亲戚，家中只有个年轻美貌的妻子。王妻思念丈夫久出不归，放心不下，便以重金厚酬托人往王可久可能羁留的地方寻找，几趟都无消息。回来的人都说，王可久可能已被乱兵所杀，钱财自然也失落了。

离王可久家不远的洛城，有个从事占卜算命的杨乾夫，远近闻名。王妻在无可奈何之中，一天带了一匹细绢作为酬金，上门去卜问丈夫的吉凶。杨乾夫原是江湖出身，对王可久的家事底细早就摸得一清二楚，了如指掌。今见王妻美貌，家业富厚，顿生歹念，便装模作样地端着卜卦用的蓍草拨弄一番，口中念念有词道："象曰：'大明始终，六位时成。'此谓君、臣、父、子、夫、妇也，卦中有你丈夫。"

王妻听说卦中有丈夫，也就转忧为喜。

可是，杨乾夫又说："照卦象，你丈夫又早已遇劫被杀了！"

王妻一听，希望霎时化为乌有，不禁悲痛欲绝，号啕大哭。

杨乾夫装作劝解说："今日天色已晚，等哪天晴朗，你来，我再为你卜一次，看卦上怎么说。"

过了两天，王妻满怀希望急匆匆地来到杨乾夫家。

杨乾夫摆弄一番蓍草说:“卦相与前次相仿,你丈夫没有救了。”

然后叹息道:“天命不可抗拒啊！人死不能复生,为今之计,应以节哀守礼为主;宜择日服孝,斋请僧道设坛祈祷,以求超度。你是妇道人家,倘有难处,我愿效劳。”

王妻在绝望中轻信了杨乾夫的话,将服丧、设祭等一应大小事务,都委托他办理。杨乾夫也事事殷勤卖力,更加获得王妻的信任,连其他家务也都由杨乾夫代为处理。

一天,杨乾夫向王妻挑逗说:“你一个守寡妇人,孤孤单单地过日子,要照料那么多产业,有多难啊！现今盗贼猖獗,一旦盗贼上门,将你洗劫一空,你怎么办呢？今为王可久守孝之期已满,何不另选夫婿,也好有个帮衬。”

王妻哀痛丈夫,情意未绝,听杨乾夫说出这种话来,很有反感,立刻就拒绝了。杨乾夫就每天夜晚,溜到王家屋前屋后乱摔石子,白天又向王妻捏造盗匪杀人放火的恐怖幻象,弄得王妻日夜胆战心惊,不得安宁,反以为杨乾夫确是好心,可以依靠,便以身相委。

杨乾夫先住在王妻家中,掌握了王家的全部产业。过了数月,杨乾夫又变卖了产业,带着王妻暗暗地迁到洛城渠北定居下来。

一年以后,战事平息,交通恢复,但王可久这时已穷困潦倒,只能沿途乞讨着回乡,还染上了一身的疥癣,秽臭难闻。当他回到家乡时,邻人都认他不出来了。他看看自己原先的房屋,已旧观大改,妻子不知道搬到哪里去了。他只得住荒庙颓寺,为乞丐。

过了好久,王可久才从一个知情人那里知道他妻子为杨乾夫所拐,搬到洛城渠北居住。便寻址找到了妻子。蓦然相见,妻子始则惊呆,继而悲痛欲绝。她本想上前相认,但又惧怕杨乾夫,加上自己又已委身于杨乾夫,羞愧难言,就哭哭啼啼地回房去了。杨乾夫对王可久更是白眼相加,怒目辱骂,将他赶出门去。

王可久又气又悲,无法可想,就试着向当地官府投诉。官府贪吏受了杨乾夫的重贿,杨乾夫又不许王妻出面作证,官府便以王妻拒绝作证为由,反叛王可久诬告。在横施肉刑后,并把王可久逐出公堂。后来洛城换了新官,仍不许王可久求诉,还处以裂夹脊肉的刑罚,将他流放到边远地区做苦囚。从此,王可久觉冤难申,只能终日哭泣,连眼泪都哭枯了。

这年，原在乡间休养的尚书崔碣被起用为三川郡(辖境相当于今河南省黄河以南，灵宝以东的伊、洛水流域和北汝河上游地区)长官。他到任后，平反了不少冤狱，又派人外出私访，侦查贪官污吏的劣迹。

一天，崔碣在流放犯中查到了王可久的案件。在问明案情始末以后，崔碣很是气愤，随即派属吏带领兵卒将杨乾夫和主办官吏逮捕，投狱候审。

为了获得充分的证据，崔碣又找人引王可久进入杨乾夫家中，使他们夫妻相见。王妻这才把事情的经过和盘托出，并供出官吏受贿的事实。查看家藏财宝，原都是王可久家的金银珠宝。受贿官吏的赃物也大部分抄出。

人赃既然俱在，崔碣便依法判处杨乾夫和主要受贿者以鞭背、拔头发和断足的刑罚，杨乾夫所占的全部财产也悉数归还王可久，他们夫妻也重新得到团圆。

五　代

州官扮鬼

五代时,苏州有个叫李喜子的商人,妻子早亡,撇下幼子春秋。他因长年在外经商,春秋无人照料,便续娶刘氏。不想刘氏为人狠毒,对春秋百般虐待。几年后刘氏生下亲子后,更将春秋视为眼中钉。光阴似流水,春秋渐渐长大。李喜子长年在外奔波,一次染上重病,一卧不起,奄奄一息。

一日,刘氏对春秋说:“你爹病成这般模样,一旦有个好歹,咱家该怎么过啊!”说着掉了几滴眼泪,“你到城里去买点好药,快给你爹治治吧。”

春秋见继母还算有良心,便跑了几十里地到城里,买来了药。回到家中,见继母脸色好看,心中便觉很高兴,就说:“娘,我把药给爹熬了吧。”

刘氏连连点头道:“秋儿,辛苦你了。”

晚上,刘氏把熬好的药让李喜子喝了。没想到一会儿,李喜子捂着肚子翻来滚去,七窍流血,一命呜呼了。

刘氏见状大哭大闹,一把揪住春秋,说春秋毒死父亲,硬拉着他去衙门打官司,春秋浑身是嘴也说不清楚,只是跪在大堂连喊冤枉。

州官听完刘氏的哭诉,对春秋说:“你买的药,你熬的药,不是你害死的还有谁?衙役们,快把李春秋押入大牢!”又对刘氏说:“你暂且退回家,老爷绝不会轻饶杀人犯的。”

刘氏走后,州官觉得此事蹊跷,李春秋幼年丧母,只有父亲待他好,怎会害他?于是把春秋带到后堂细细查问。

几天后的一个夜晚,刘氏从娘家回来的路上,经过李喜子的坟地,不觉心生寒意。突然坟后边钻出一个蹦跳的披发鬼来,刘氏吓得双腿抽筋,差点晕过去。

鬼说:“孩子他娘别害怕,我是喜子。那天我到阎王那里去报到,被打了出来。阎王说:‘你吃什么死的都不知道,怎么给你登记上簿子?回去问问去。’你我夫妻一场,总不能让我死后不得安宁吧。再说我那毛病迟早要死的,有什么过错我也不会怪你。”

刘氏想:既然如此,给他说实话吧。便颤颤地说:“你是吃砒霜死的。”

“谁去买的？”

“不，是到前院二拐子家要来的。”刘氏又把毒死李喜子的经过给鬼说了一遍。

“哦，既是如此，那我就去阎王爷那里回话了。”鬼说完便不见了。

过了两天，刘氏被传到衙门。

州官说：“前几天你撞到鬼了吗？”

“是，老爷怎么知道的？”刘氏觉得奇怪。

州官笑笑：“刘氏，那鬼是我的手下扮的。”

刘氏吓得瘫在地上，连连磕头道：“老爷饶命啊！我是怕老头子死后，春秋平分家产，才动心害死老头子，嫁祸于他的。”

案情大白，春秋无罪获释，刘氏受到了惩处。

刀下留人

五代后唐的孔循任夷门代理军府事务时，曾从断头台上救下四个无辜百姓，被人传为美谈。

当时，长垣县百姓家屡屡遭偷。经查，系该县四个大窃贼所为。州衙下令限期将此四贼捉拿严惩。

不料，窃贼早得风声而遁。过了一段时间，觉得如此躲藏非长久之计，四贼认为有钱能使鬼推磨，便深夜偷偷地前往县衙都虞侯、推吏、狱典家，分别给予重贿，请他们设法开脱。此计果真奏效，这些贪官污吏见钱眼开，答应帮忙。

此案州里催得很急。到了限期，长垣县衙果真报说四贼已擒，案卷中明列了许多罪状，属十恶不赦，并据此判处死刑以弃市示众。州府见证据确凿，便允准处决，并派孔循前往长垣监斩。

孔循平时理案十分谨慎，每次监斩前总要和囚犯谈番话，以免出现差错。这次，他看了案卷后，虽觉无可挑剔，但仍将四名囚犯提出询问。可他问了不少话，四个囚犯只是低着头，一声不语。

孔循见囚犯不吭声，便道：“你们所犯之罪，实乃恶极。本官问你们多时却不回答，那就算默认了。有什么话尽管说，否则来不及了。午时三刻将至，你们人头落地后悔也晚了。”

四个囚犯直跺脚，可仍低头不语。

时辰已到，孔循挥挥手，令衙卒及刽子手将囚犯推出处决。

四个囚犯被推至门口，瘫倒地上，回头看着孔循，似有话要说的样子。

孔循见此情形，心中生疑，便把他们召回来再讯问。

这时他们才说道：“我们实在冤枉，刚才狱卒硬用枷尾压住我们的喉咙，所以有话说不出来。”

孔循发现他们似有顾虑，便支开左右随从。

囚犯“扑通”跪下，连喊“救命”，并将冤屈一一道出。原来他们根本不是那四个罪大恶极的盗贼，而是四个穷百姓。那日在街上莫名其妙地被抓，到了县衙被劈头盖脸地打得死去活来，硬要他们承认是盗贼。因吃不住酷刑只得屈招。

孔循下令将此案移到州衙审理。结果很快查明，那四个百姓果真是冤枉，而为了制造这个冤案，长垣县衙几十人都接受了四大窃贼的贿赂。最后这些人与那四名真窃贼都被惩处。

当铺破案

五代后汉时期，郓州主帅慕容彦机智过人，善捕贼盗。威名赫赫。

当时郓州城内有一家规模较大的当铺，生意兴隆，信誉甚好。一日中午，烈日高悬，天气炎热，街上行人稀少。当铺内伙计熬不住瞌睡，眼皮耷拉，昏昏然闭目养神，只闻铺外传来一阵脚步声，睁眼一看，见走进一位穿着华丽的青年，他从衣兜里取出明晃晃两锭大银道：“在下因急需现钱，不知此地可否暂典兑付，不多日便可前来赎取。”

伙计一瞧那两锭大银，吓了一跳。乖乖，好分量。估摸一下，起码可当十万钱。这么大的数目不敢擅自做主，便呼唤老板出来定夺。

老板问明缘由，便欣然答应。命伙计将两锭大银当即过秤：价值二十万钱，开出当票，兑付十万钱。

青年取钱后道谢而去,并留言道:不出十天便来赎银。

青年走后,老板很高兴,认为这笔生意很合算。回到后房跟老板娘一讲,老板娘就到店里取银观看,不慎手滑,竟将一锭银子跌落地上。捡起一瞧,目瞪口呆,只见那银子表面脱落了一块,里面黑糊糊的根本不是银子。老板大惊,立即前往官府报案。

慕容彦听完典当铺老板叙述后,便对老板如此这般地交代了一下。

即刻,郓城街头出现了一张布告,说是某当铺因不慎遭盗,一些值钱的抵押品都被抢走,吁请各界人士协助捕盗,发现疑迹立即告官。

数日后,持假银骗典的那个青年出现在当铺内,取出当票要求赎银。伙计立时高呼擒拿骗子,众人拥上将他捉拿至官府,此人当即服罪。原来,他曾用此伎俩在各地作案均得逞,这次在郓城再次诈骗成功,当他从街头看见布告,得知那当铺被盗的消息,心中大喜,认为可再敲一笔钱财。因为假银被盗,无证可对,当票上写明原价二十万钱,而他只兑付了十万钱,另外十万钱不怕当铺不赔。没想到竟中了慕容彦的计,自投罗网。

自残疑案

五代后梁时期的某年五月,正是养蚕的季节,山西绛州(今山西省闻喜县东北)地方的百姓都在忙着经营蚕桑。只因蚕多桑少,以致不时引起蚕户之间争夺桑叶的纠纷。

这天,养蚕人王老大到山坡去采摘自栽的桑叶。他栽种的桑树,由于管理得法,桑树粗壮,桑叶肥大,很令人羡慕。他把繁枝砍下,然后蹲在地上采摘桑叶,很快就是一大担。他正满心欢喜地准备挑着回家时,突然从山腰蹿出一个人来,那人抢起桑叶担子就走。王老大一惊,立即从后一把抓住,夺下担子,叫喊着要送他见官去。

此人挣脱不开,便狗急跳墙,右手抄起随身带的砍刀挡了回去。此人见势不妙,怕被抓住了去见官坐牢,就换左手握刀往自己的右臂砍了一刀,并借此反诬王老大拦路抢劫,持刀伤人。

两人拉扯到了官府,那受刀伤的人手捂着淌血的右臂说道:

“我从后山要账回来，路经山脚，他见我背搭鼓囊，持刀威胁要我的买路钱。我不给，他就一刀将我右臂砍伤。求老爷做主。”

王老大则不善言词，只是老实地说出了事情的经过，不承认有抢劫伤人的事。

承办此案的吏员听两人说得都有理，决断不下。

几天以后，这事被绛州知州钱惟济(吴越王钱俶地第六子，字岩夫，宋仁宗时累迁武昌军节度观察留后)知道了，便亲自审问，并对受伤人表示很同情，还吩咐差役取来饭食给他吃，而把王老大冷落在一旁。

受伤人以为这官司自己是赢定了，很是高兴，便用左手先举起筷子，后拿起羹匙就要进食。

这时，钱惟济在一旁已经看清了他左手举筷的动作，注意到左手举筷时离右臂伤口的方位，正好与他左手用刀砍右臂的部位相似，便突然喝道：

“你不要吃了，过来！”

那受伤人倒吃了一惊，只好立刻遵命走近钱惟济。

钱惟济指着他的伤处对众人说：“他右臂的刀伤不是王老大给砍的，而是他自己用左手砍的。要知道，臂膀是圆的，刀砍在上面，伤痕必定是一侧重，一侧轻；要是别人砍的他，必定是前侧重，后侧轻。而他的伤痕却是后侧重前侧轻，说明是他用左手持刀从左面砍去的。他自伤诬人，是为了逃避抢桑的罪责，嫁祸于人。”

众人听这样一说，都觉得有理，感到这确是他用自己的左手砍的。此时，那受伤的人也耷拉着脑袋，喃喃地说着：“我有罪！我有罪！”

钱惟济又叫他用左手往他的右臂上比划一下，结果完全与钱惟济所说的相吻合，大家对钱惟济分析判断也就格外信服。

宋　朝

铁钉钉鼻

开封府尹包拯断案如神，但有一案件颇费他踌躇。街民毛勤猝然死亡，族人因其死得蹊跷，便状告开封府。

包公将毛妻冬花传讯，冬花虽言词哀切，但面露妖冶，外着丧服，内套红袄，分明具有杀夫嫌疑，但她声称丈夫系“气鼓症”死亡。

包公问道：“既患气鼓症，可曾请医治疗？”

冬花对答：“丈夫命薄，未及请医，已气绝身亡。”

包公便命仵作廖杰开棺验尸。廖杰经验丰富，但验尸结果，虽见毛勤死状异样，但并无查出谋害痕迹。回转家中，夜不成寐，不知如何向府尹汇报。

其妻阿英见他心事重重便问道：“你可曾验看那尸体的鼻子？”

廖杰反问：“验那鼻子何用？”

阿英说道：“那鼻子内大可做文章，倘从中钉上利钉，直通脑门儿，岂非能不留痕迹而致人死亡！”

廖杰将信将疑地连夜再去复验尸体，果见毛勤的鼻孔内有两根铁钉，于是真相大白，遂将冬花缉拿问罪。

冬花抵赖不过，承认串通姘夫谋害亲夫。

事后，包公询问廖杰：“冬花作案手段奇特，你是如何想到验看尸体鼻孔的？”

廖杰回答：“此是小的妻子提醒的。”

包公说：“请你妻子来府，我要当面酬谢。”

第二天，廖杰高兴地带着妻子到府里领赏。包公像是熟人似的对阿英端详了一会儿，开口问道：“你嫁给廖杰几年了？”阿英答道：“我们系半路夫妻，只因我前夫暴病死亡，才改嫁廖杰为妻。”

“你前夫名字可叫路才？”

阿英面露惊异之色：“大人如何得知？”

“路才暴死一案由县衙呈送本府，我昨晚查阅卷宗，得知县衙已对此案作了正常病故的结语。但我觉得此种结语颇存疑问。”

阿英更是呈恐慌之色:“大人以为……”

“本府认为,路才系被人从鼻孔中钉钉谋害。”

廖杰奉命前往路才墓地,掘墓开棺,虽尸体已腐烂。但在鼻孔部位露出两根已锈的长钉。

包公继续审理路才案件。他对阿英说:“想你一个平常女子,如何懂得鼻孔钉钉的奇特方法,除非有过亲身经历,才能一语点破。”

阿英只得如实招供事实:

原来她也是个水性杨花的女子,在与路才结婚之后,经常与人姘居,姘夫是个惯犯,与她合谋用铁钉钉鼻之法害死路才,后来那姘夫在斗殴中被人杀死,阿英才改嫁廖杰。

廖杰听了如梦初醒:“想不到此女这般蛇蝎心肠,若非大人明察秋毫,我也几乎作了她砧上之肉。”

阿英懊丧不已:“若不是我多言多语,此案也断不能破。”

包公正色道:“非也,作案之人,侥幸取巧,只能蒙蔽一时,不能长久隐藏,终有一天会暴露出来自食恶果。此乃天网恢恢,疏而不漏!”

自诬疑案

宋朝,张公刚任东湖县县令,便阅了狱中在押犯人的所有宗卷。过目中,对一桩平民妻子陈氏逼死婆婆的案子产生了疑问,便重新升堂审理。

张县令再三盘问,陈氏居然对所犯案情不予辩解,一口咬定婆婆是被她逼死的。张县令见陈氏的气度文雅,举止落落大方,心中疑虑更深:这样知书达理的人怎么会去逼死婆婆呢?再者逼死婆婆的证据不足,其中一定另有缘故。便对陈氏说:“倘若你有冤情,一定为你昭雪。错过机会不说,就要依法处决了。”

陈氏说:“贱妇背上这样不孝大罪,还有什么脸面继续活在人间?但愿快些死去罢了。”

但张县令有个直觉:陈氏案件中大有名堂。为此,他微服私访了陈氏的邻里,人们都对陈氏逼死婆婆之事感到蹊跷,因为陈氏平素一贯孝顺婆婆。

可是陈氏不改口怎么办？张县令思索良久，心生一计。

县衙门有个差役的妻子向来泼辣刁蛮，一日张县令发签把她拘捕到官署，打了她二百鞭，打得满背淌血，上下湿透，然后将她关在陈氏的同一牢房里。

差役妻子通宵在牢房咒骂："老娘究竟犯了什么罪而遭鞭打？这样糊涂的人，还能做县官？"一边哭，一边唠叨个没完没了。

陈氏劝她："天下有什么事不冤枉？何不稍微冷静一点？就像我承受了这样的重罪，冤枉到身名俱损，尚且默默忍受下来，你遇到的不过是鞭打的小事，有什么可说的？"差役的妻子不信她承受冤枉，陈氏最后只得将自己的遭遇讲给她听。

原来，陈氏对婆婆十分孝顺，每天早早起来，打扫屋内，准备饮食，然后到婆婆床前请安，侍候婆婆梳洗、早餐。有天清早，走进婆婆的卧房，看见床下有双男人的鞋子，大吃一惊，悄悄掩门退出，但婆婆见私情被发现，羞耻之下便上吊而死。陈氏被地保以逼死婆婆的罪名送官。她恐怕婆婆的丑事被宣扬，竟含冤招认。

此番话被张县令派来在外察听的人知悉，张县令闻报立即提审陈氏。终于洗清了陈氏的冤情，将她无罪释放。而对那衙役的妻子也略作酬劳，安抚一番打发回家。

无头女尸

宋朝时，有个叫刘金宝的生意人，一次，从外地做买卖回家，却发现自己的妻子李冬梅竟被人杀死了，而且没有了人头，只留有身体，也不知凶手是谁。他顿时吓得魂不附体，手脚冰凉。想想自己平时与人无冤无仇，妻子也温柔贤淑，从未与人有什么过节，是什么人如此丧心病狂将她杀害呢？

刘金宝痛不欲生，肝肠寸断，一时不知所措，就赶忙将噩耗告诉了岳父母。岳父母听到凶讯，如雷击顶，也悲痛欲绝。他丈人听见女婿说不出谁是凶手，干系难脱。心想，女儿从小知书识礼，从未同人家有什么冤仇，有什么人会无缘无故杀死女儿呢？莫非刘金宝长年在外做生意，有了新欢，喜新厌旧，

就将女儿杀死，还来贼喊捉贼？夫妻你猜我想，越想越觉得是这样。于是一张状纸送了县衙门，状告恶婿刘金宝喜新厌旧，杀害结发之妻李冬梅……

县令看了状纸，怒发冲冠，立刻派人将刘金宝捉拿到官府。

县令升堂问："刘金宝，你为何杀害自己的结发妻子？赶快从实招来，免得皮肉受苦。"

刘金宝大吃一惊，急忙申辩："小人冤枉，小人一直在外做生意，昨日刚到家，就见娘子已被人杀死。我们一向夫妻恩爱，相敬如宾，从未红过脸，吵过架，我怎么舍得平白无故杀死自己的爱妻呢？请大人明察……"

这县令一向刚愎自用，自以为是。他认为，大凡生意人长年在外，孤单冷清，难免会拈花惹草，寻花问柳，甚至另结新欢。为了迎娶新人，必须会嫌弃旧人，遂起歹意将其杀死，这是合乎逻辑、顺理成章的事。于是一拍惊堂木说：

"大胆刁民，你长年在外，妻子不在身边，孤孤单单冷冷清清，见了那些花街柳巷的美貌女子，会冷若冰霜无动于衷吗？会不见异思迁弃旧迎新吗？"

"禀大人，小人在外虽然孤单寂寞，但家有贤妻，年轻貌美，与小人一向情深意笃，恩爱有加，小人从未有拈花惹草，寻花问柳之事，更无背弃贤妻另觅新欢的想法……"

县令说："哼，看你巧舌如簧，有谁能证明你清白无过？"刘金宝被将了一军，一时无言以对。县令见他低头不语，以为他理亏心虚，无话可说，很是得意，就又问："本官不了解你，难道你的岳父岳母也不了解你吗？他们会无缘无故地冤枉自己的女婿吗？看来不动大刑，你是不肯招认的，来人，拖下去重重地打。"

刘金宝被打得头破血流，疼痛难忍；再则爱妻死了，活着也无意义，干脆与她共赴黄泉，也免得再受皮肉之苦，就含冤屈招，承认是自己喜新厌旧杀死了妻子，并在供状上画了押，于是被打入死囚牢中。凶手既定，县令就将此案报到州里。

案子审理结束，当时有个姓王的县丞，感到忍心杀妻的终究是少数，纵然加害，也绝不会留下尸身，扔掉人头，把尸身留下，岂不为自己留下罪证吗？因此，怀疑案中有冤情，觉得此案审理全凭主观臆测，缺乏证据，口供不实，恐有冤情，就请求县令再做进一步调查，务必要找到人头，弄清事实真相，才能定案。

县令一听，心想，对，人头没有找到，这案子的确审得过于粗糙，定案太仓促，万一冤枉了无辜，我这县令还怎么当？现在补救还不晚，就顺水推舟说："好吧，那就由你去调查承办此事吧。"

王县丞就带人到刘金宝家里去仔细察看，发现地上只有尸体，没有血迹。就断定杀人现场不在这里，这尸体是从别处移来的。又查看了尸体，发现这尸体乳房硕大，胸前的内衣上有乳汁洇湿的痕迹。王县丞想：李冬梅是个尚未生育的年轻女子，何来乳汁。

县丞派人从狱中提出刘金宝来辨认尸体。刘金宝仔细看过后惊讶地说："这外衣外裤是我娘子的，里面的衣服和尸体都不是。我娘子皮肤白皙，身体修长，乳房挺拔，没有这么大……"县丞一听，估计李冬梅并没有死，有人将"狸猫"换了"太子"，作案人离此不会太远。

王县丞马上派人将本地区的仵作(指旧时官署中检验死伤的吏役)及经办丧事的人都找来，要他们一一报出最近本地区亡故者埋葬的处所和这些丧家有无可疑的地方，并一一作了记录。

县丞又问："你们在帮人家殓尸发丧过程中，有没有碰到不合常规，值得怀疑的事情？"

这时，有个姓张的老头说："前些日子，县城西面的金宝村，有个富豪人家办丧事很特别，据主人说是死了奶妈，可大白天不出殡，却在五更时分匆匆忙忙将棺材从墙头上抬出来，看样子分量很轻，里面好像没有什么东西，抬出去后埋在了乱坟岗里。当时我就有些怀疑，为什么偏要在天刚亮就把棺材抬出去呢？又为什么要从墙头上抬出去，棺材的分量又那么轻？但他们是富户人家，不便多问。这棺材埋在某处山脚下。这家的主人叫金大魁……"

县丞一听，心头一亮，想：死了奶妈为什么要偷偷摸摸运出去埋葬？这其中必有蹊跷。急忙亲自带人去挖开坟墓，将棺材挖出来，果见小棺一具。打开一看，里面没有尸体，里面只有一个女人的断头，看面相是个中年妇女。县丞想，这颗头很可能与刘金宝家的尸体有关。便命商人刘金宝来辨认，刘金宝说不是他的妻子。又叫来商人刘金宝的岳父母来辨认，也都说不是他们的女儿。

县丞差人去那富家户主将金大魁抓来审问，追问那女人头的来历。

县丞指着棺材问:“金大魁,你这棺材里头是什么人?”

金大魁说:“是我家奶妈。”

“她是怎么死的?”

“是……生……病死的……”

“怎么光有头呢?尸体在哪里?快说。”

金大魁一时急得冷汗直冒,知道再也无法隐瞒,搪塞不过,只得交代了事情的真相。

这金大魁四十多岁,家财万贯,非常好色,见了漂亮女子,犹如苍蝇见了血,叮住不放。一天,在街上见到了貌若天仙的李冬梅,顿时两眼发直,垂涎三尺。后来打听到她叫李冬梅,丈夫刘金宝长年在外做生意,平时难得回家,就派人将李冬梅骗到了自己家中,欲占她为妾。李冬梅执意不从,金大魁就把她关进自家的密室里,想慢慢逼她回心转意。为了掩人耳目,就把奶妈杀死,割下头颅,强行将李冬梅穿的外衣脱下,穿到奶妈的身上,来个偷梁换柱,到晚上派人将奶妈的尸体背到刘金宝家里,冒充李冬梅,制造了李冬梅被人杀害的假象。再将奶妈的头装入棺材偷偷地抬出去埋葬了,对外说是奶妈暴病身亡……

案情终于水落石出,刘金宝冤情洗清,李冬梅回到家里与丈夫团聚。金大魁杀人夺妻,被枭首示众;冬梅父母犯诬告罪,判杖刑。

但李冬梅是个孝女,不愿让年迈父亲受苦,愿替父母缴罚金赎罪,官府依法允许。

巧擒窃贼

宋仁宗初年,一天,包公正在公堂理政,一个农村老妇前来告状,说她家住在城南五里河畔,无儿无女,靠种二亩茄子过活。近来茄子连日被盗,请官府捉拿盗贼为民除害。

包公想,草不除,苗不长;贼不捉,民不安。他便叫老妇将状子留下,回家后不要声张。

第二天一早,集市上来了几个衙役,他们把所有卖茄子的叫到一起,逐个担子精选细看。最后选中三担,命卖茄人挑进衙门。

三个卖茄人把茄子担进衙门,衙役又叫其上大堂,让包大人过目。三个卖茄人来到堂上,见包大人威风凛凛,心中不免暗自吃惊。

正在这时,包公问道:“你们三人家住何处?所卖茄子是贩来还是自己种的?”

三个卖茄人连忙跪倒同声禀报:“小人都住在城南五里河畔, 茄子是自己种的。”

包公又问:“你们种茄子,可曾留下什么记号?”

一句话问得三个卖茄人你看我,我看你。还是一个胆子大的解释说:“茄子都是紫的,摘下便卖,没留什么记号。”

包公把惊堂木一拍,厉声喝道:“大胆盗贼,还不从实招来!免受皮肉之苦!”

三个卖茄人以为包公只是吓唬他们, 所以再三说茄子不是偷的, 是种的。

包公即命衙役带老妇上堂。

老妇说:“我家茄子的茄柄上都扎有三个小洞眼。”

包公又叫卖茄人仔细去看,果然都有扎洞。

在人证物证面前,三个卖茄人只好低头认罪。

原来,包公在头天晚上就命衙役,悄悄溜进老妇茄园,在每个茄子上扎了洞。今天带老妇上堂时,便把做“记号”的事告诉了老妇。

智断生父

宋英宗时,山西晋城有位叫程颢的七品县令,学识渊博,为人公正,断案有方,被当地百姓尊称为“智父”。

有一年,县内一个姓张的财主,猝然死亡,万贯产业全留给年仅二十六岁的儿子张柱继承。张柱幼年丧母,二十年来父子相依为命。如今父亲一死,张柱孤苦伶仃,无亲无故,备感凄楚。

一天,一位年过花甲的老人,突然登门认亲,说自己是张柱失散二十多

年的生身之父。

张柱一听，不由得大吃一惊，心想，我父亲刚刚去世不久，怎么又冒出个父亲来呢？便满腹狐疑地说："老人家，本人生父刚去世不久，想必你是认错人了吧？"

那老人擦了擦眼泪，哽咽着说："儿啊，我就是你真正的生父，去世的只是你的养父呀！"

"怎么？我从没有听先父说过这事呀？"

"哎呀呀，我儿怎么如此糊涂，如说穿了事情的真相，你还会给他披麻戴孝吗？"

张柱听了越发糊涂起来。

心想，何不请"智父"程县令做主呢？

于是对老者说："你老不必性急，我看还是请智父去断断吧！"两人便来到了县衙。

程县令升堂问案，那老者回答说："小民是个郎中，多年在外行医，二十六年前，我妻生下一子，因碍于生计，难以养活，便托人抱送给别人做养子，于甲子年四月二十日由接生的李婆婆和他养父在我家一道抱走的！"

程知县听了笑着说："老人家你真好记性呀，几十年前的事，还记得一清二楚。"

老者回答说："老爷有所不知，当初我把自己的亲骨肉送给别人也是事出无奈，因此，我便把这件难忘的伤心事记在医书上。前两天，我偶然翻阅医书才发现。大人如若不信，可以问李婆婆或查对医书。"

程知县便按照老者的要求，传来了李婆婆，问明事实。又打开医书一看，当真在一页书上面写着："甲子年四月二十日，李婆婆抱儿子送张三翁家"一行小楷。

程知县看完，问张柱道："你父亲去世时多大年纪？"

"六十六岁。"

又问："李婆婆，你多大年纪？"

答："六十二岁。"

程知县细细一想，把惊堂木一拍，指着老者喝道：

"大胆刁民，竟敢冒认儿子，快快从实招来！"那老者连呼冤枉。

程知县嘿嘿一笑，接着说："我问你，这医书的字可是你亲手所记？"

"确确实实是我在当时写的，没有半点虚假。"

"哈哈哈，你要的这个小聪明并不高明。我再问你一句：多大年纪才能称翁称婆？"

"那还用说，起码要过六十花甲，这点常识连三岁孩童也懂呀！"

"那么，可有四十岁称翁、三十多岁称婆的吗？"

"没……"这老者战战兢兢，头冒冷汗，只得如实交代了这次诈骗的经过。

原来，这老者是个好逸恶劳、穷困潦倒的土郎中，那天闲游到张家门前，见里面正在办丧事，细细一打听，便起了这个歹心。为假戏真演，他还串通了李婆婆，并伪造了医书的记载，满以为可以侵占张家的财产，殊不知断案如神的"智父"程颢，就是从老者小小的疏忽中，断清了诈骗的真相。

荷花戒指

宋真宗景德元年，隰州城西有座福灵寺，因该寺有宋真宗亲笔题写的"护国禅林"，香火很旺盛。

一日夜，地保王武、赵陆看见樵夫朱磊神色慌张从寺后门跑出，二地保便将朱磊叫住，王武用手中的灯笼一照，发现朱磊的衣服上有血，手上也有血迹，遂带朱磊进入庙中一看，发现寺中仆役汪山死在地上，满脸是血，又见汪山睡的床上被翻得乱七八糟，便认定朱磊图财害命，立将朱磊捆绑起来，送到州衙报官。

隰州州官薛奎是进士出身，善于断案。薛奎先详细询问了二地保捕获朱磊的经过，接着开始讯问朱磊，朱磊跪在地上一直叩头道："大人，小民冤枉啊！小民实在没有杀人，小民年方二十一，以打柴为生，家中只有老母与小民相依为命。城西福灵寺仆役汪山在庙中设个赌局，昨日想去庙里赌赢几个钱，进了庙后门，不见有人。到汪山屋外喊了一声，无人应声，小人便往屋里去找。走到堂屋，不想被个东西绊了一跤，小人弯腰用手一摸，却是一个人躺在地上，我掏出火镰打着一看，见是汪山满面是血，已气绝身亡。当时可把小

人吓坏了，忙起身往庙外跑，不料想碰见王、赵二位地保，就把小人捆了起来。想小人与汪山无冤无仇，杀他作甚？请老爷明鉴。”

薛奎让朱磊在供词上签字画押，将朱磊先押在班房。

薛奎吩咐王武、赵陆带路，薛大人亲领州府仵作、数名衙役，启程前往福灵寺现场勘验。薛奎注意到褥子上有个大血手印，便吩咐随从：“将这张褥子带回衙门。”

薛奎随后询问该寺慧德大师关于汪山的情况。

了解到汪山是庙中雇的俗家仆役，他主要负责全寺生活用品的采买，前两日晚上，慧德大师做完佛事，便感到眼睛不适，就上后院厨房找盐化水冲洗，却发现汪山屋中有许多人在聚赌，慧德未惊动他们。第二日，慧德把汪山叫到自己禅房里问昨夜发生的事，并训诫他。

汪山赶紧跪下道：“因要送定亲聘礼，我一时没有那么多钱，财迷心窍，就设下这个赌局，在下保证不让他们再来了。”

慧德大师又问汪山给女方下什么聘礼，汪山返屋取来一个包裹，取出两枚戒指让慧德看，慧德看到戒指是镀金的，当看到上面嵌着珐琅莲花，便恼了：

“作孽！莲花是佛门清净之本，如何镶到女人的戒指上。”

汪山怔怔答道：“在下不懂，这不叫莲花，叫荷花，况且我的对象也不叫莲花，我就打了这对荷花戒指做聘礼。”

因汪山是俗人，慧德便不深究。

薛奎带众人回到州衙，吩咐随从提取了朱磊的手印模子，打开由庙里带回的褥子，与上边的血手印一对，大小不对，又想到朱磊身上没有慧德所说的戒指，便知朱磊不是真凶，遂将朱磊传上公堂，加以训诫便释放了。

薛奎又把捕快王虎、刘豹叫来，让二人乔装察访真凶，限三天查出。

王虎、刘豹领命后乔装为小商贩，当转到一家猪肉铺前，只见店堂中板凳上坐着一个非常妖冶的妇人，正和一个大个子说着话，王虎、刘豹突想到这个大个子叫李刚，半年前从山东来到隰州落户，也经常到福灵寺汪山处赌钱，二人便一起走进肉铺。

王虎微笑道：“我们想买十副猪苦胆配药，不知道掌柜能不能帮忙？钱多钱少不在乎。”

李刚听了,像是有些烦躁。

那妇女伸出手道:“现在只有三个,要不要?”

王虎向刘豹使个眼色,两人一看,见那妇人手上带着一个镀金戒指,上面嵌有荷花。

王虎道:“大夫说十个,一个也少不得,我们过几日再来。”

二人退出来便回衙禀报去了。

薛奎大人听了王、刘二人的禀报后,便命王、刘带五名兵丁去抓捕李刚和那妇人。

片刻,人犯带到。

薛奎升坐公堂,看见那妇人刘唐氏指上金光闪闪,便命把戒指拿上公堂细看。

两枚戒指上都嵌有珐琅莲花(荷花),戒指里面,凿有“天昌”两字。

薛大人轻声问书吏:“本地可有天昌银号?”

书吏道:“西关有个天昌首饰楼。”

薛大人问李刚:“打戒指的铺号是什么字?”

“记不清了!”

“多少钱打的?”

“记不清了!”

薛大人哈哈大笑道:“好个‘一问三不知’。”

又对王虎吩咐道:“把西关天昌首饰楼的老板请来。”

不多时,天昌掌柜随王虎走上公堂,跪在堂下,薛奎让天昌掌柜认这对戒指,那掌柜接过一看便说:“回大人,这对戒指是敝号打的,因上面有珐琅荷花,小人对它有深刻记忆。打戒指的人是西关福灵寺庙役汪山……”

薛大人听完,转向李刚问:“你可曾听见?”

李刚狡辩道:“天底下一样的东西很多!”

薛大人并不理他,让取下李的手模,又让把从庙中带回来的褥子当堂展开,把李刚的手模同褥子上的血手印一对照,丝毫不差。李刚一看脸霎时变了,额头渗出许多冷汗。

李刚知道不招不成了,便说出了实话:“小人被人引诱前去汪山处赌博。头几次赢得不少钱,后来便输多赢少,最后把我铺中本钱都输了。那日,我又借了钱去赌。到那儿,汪山说方丈已知道了,请大家不要再来,怕要来抓赌。大家就散了伙。过了两天,我听人说那是骗局,开头先让你吃个甜头,然后做圈套,我越想越气,就在傍黑去找汪山,让他退还我的钱,他不退,还说些挖苦话,小人一时恼火,三拳两脚将他打死在地,我径直进屋把他褥子下五两银子连同一对戒指拿回家中。”

薛大人让他在供词上画押,铐上大镣后关入大牢。

包公雇“鬼”

北宋天圣年间,包公奉旨调到广东任郡事。就任的当天晚上,便开始了审理在押犯的积案。

夜深人静,孤灯照明。

包公阅览的头一沓卷宗,是高要县的呈文:“通奸致死人命犯梁宏玉,当处决斩首……”包公自言道:“即属通奸,又怎能致死人命?”联想到晌午巡察牢房中的所见所闻:梁宏玉家住常兴镇寨里,年刚十九岁,脸庞白皙,身单力薄,言行温文尔雅。被害死的小姐,正适芳龄十八。倘若真私通,必然情投意合,又怎么结仇害命呢?

于是,挑选出两名手疾眼快的差役,去常兴镇打探了一番之后,又雇了一个伶牙俐齿的青年妇女,仿照小姐生前的模样进行了装扮,并仔细地吩咐了一番计策。

常兴镇是座有五百多户人家的大寨。寨东头有座山神庙,庙里住着一个年逾半百的老和尚。老和尚夜间打更,白天打扫庙院。

这天,夜幕刚降临,老和尚便手掂更梆,同往常一样先走寨墙,后穿街巷,从东向西敲起更点。但他神色恍惚,心无正谱,平路上却蹭蹬趔趄,边走边回首探望。三更时分,万籁俱寂。老和尚穿过一片塘畔菜畦,刚要转弯拐进巷口,猛然蹿出个蓬头垢面的白衣女“鬼”,伸着又长又尖的爪子,拦阻了和尚的去路,尖声厉音地诉道:“你害死了我的命,又害得梁公子蒙屈受冤。今晚我来报仇,要你偿命!”边说边伸出毛茸茸的尖手指,要挖老和尚的心肺。

老和尚本来就做贼心虚,又被冤鬼这么凶恶地吓唬,吓得像筛糠似的跪到地上,作揖叩头:“小姐息怒,事情已经过去了,你就是抓得我粉身碎骨,也难将你救活。只要放过我这次,你叫我做什么都愿意。”

女“鬼”收回了手指,压低嗓音说道:“宽容你一次也可以,不过你须答应我一件马上要办的事。阎王不信我是遭害冤死的。你立即将你那晚所做恶行写在纸上,拿到十字路口焚烧,我便能脱生。往后就再不拦你的路了。”

和尚满口答应说:“只是这里黑暗,且无笔砚。容我返回斋宇去写。”

“你这就速回庙里去写,我后面跟随。”

老和尚不敢怠慢,也不敢回头,三步并作两步,眨眼便回到了庙内,点燃半截蜡烛,将上月夜晚如何见机上楼行奸,怎样卡脖害命的事很快写了出来。老和尚放下笔,准备拿到十字路口悄悄烧掉。刚站起身,已被早埋伏的两名公差抢先夺走,同时戴上了刑具,缉拿归案。

包公连夜升堂审讯,老和尚在人证、物证面前,只好招供。

那是在上月初的一天深夜,月明星稀。老和尚打更行至北街南巷,见一年轻公子跳上墙顶,拽着由高向下垂吊的织布线索,三两下便跳进刘家小姐住宿的楼房里。和尚靠近贴墙听了片刻,话语很低,听不清楚。瞬间,便掩门关窗,干起了阴阳欢合之事。

第二天黑夜,和尚趁打更顺路,提前到公子跳墙的地方,悄悄等候。约三更时分,楼上果然又渐渐伸下一绺布索。和尚暗自高兴,也学着公子的模样,屏住气,不声不响地跳进了小姐的楼房。小姐约会心切,以为仍是公子光临,急忙去关窗掩门。和尚却性急手快,趁势将小姐搂抱怀里……

小姐觉得此人行为粗野,不像公子温柔文雅。于是急问:“你是谁?”

和尚怕音异露馅,哪敢搭话,极力强行扒衣裳解裤。小姐愤怒地斥骂道:“孬种!快滚!不然我要喊人。”

和尚听小姐说要喊人,那还了得,急用双手紧紧卡住小姐的咽喉。只听小姐“哎哟”了几声,即气断身软,呜呼哀哉。

第二天早晨,宋家千金小姐被奸害的噩耗,传遍了常兴全镇。差役找和尚打探时,老和尚一口咬定:“多次见梁公子攀索上楼,小姐被奸丧命,肯定与梁宏玉有牵连。”

包公令衙役把老和尚关入死牢之后,转脸对梁公子宣判道:“梁公子正适青年,不求功名,反贪花柳,留下可乘之机,酿成恶果。死罪赦免,活罪难饶。罚治河两年,在苦役中悔过。”

赖银受惩

包公管理河东盐政,事事躬行,一点也不含糊,断案如神,很受百姓普遍爱戴。他巧断赖银案的故事,至今还在盐湖周边的百姓口中流传着。

那天一早,敲过升堂鼓之后,包公来到大堂办公,不一会儿,就有一位皓首长髯的老者,气喘吁吁进了大堂,双膝慢慢跪下来连喊:“包大人,我真好冤枉啊。”包公抬头一看,下跪的老者六十开外,福眉善眼,穿戴整齐,便问道:“老人家状告什么人,请站起来,喝点水,慢慢地讲。”老者叩头站起说:“我叫胡明礼,是十里铺盐店的掌柜。今年三月初八,我胞弟连襟邱家坡的邱贵,他要去陕西耀州城贩瓷碗,没有本钱,向我借纹银三百两,说好用三个月即还,我念他是拐弯亲戚,便应诺解急。次日一早让我店里学徒娃胡诚信送三百两银子给他,也没有拿回收据,眼看就八月底,还不见邱贵还银,虽然已逾期近两个月,念沾亲带故,不愿上门催讨。前几天,街头相遇,提及借银一事,邱贵说他已还多月,并说是同解州铁家巷张小能相伴来还的。我听此话,简直活见鬼了,犹如五雷轰顶,还银不还银不是大事,借银再受讹诈,我受不起这个罪,今兴讼公堂,请包老爷公断。”

说罢从袖筒里拿出诉状呈上。

包公细把诉状过目一遍,看胡掌柜也不是胡说之人,就立发传票,传邱贵、张小能上堂,公差将邱、张二人带上堂来令两边跪定。

包公审视二人一阵后觉得不是善茬儿,就问那年约四十的胖子:“你可是邱贵?”

胖子爬跪半步答道:“正是小人。”

“今春三月可曾向胡明礼借过白银?”

“借过纹银三百两。”

“有无借据?”

“因是亲戚未立借据。”

“有无用期?”

“原说三个月。”

“可曾归还？”

“上月十五一次还清。”

“还银以何为证？”

“我约解州张小能一起送银给胡掌柜的。”

包公沉思片刻，将诉状再翻一遍，转脸问张小能：“你是张小能？”

“是。”

“张小能，你可知，作伪证要受重罚？”

“小的明白。”

“何时谁约你？送银给谁？”

“七月十五，邱贵约我携银送给十里铺胡记盐店胡掌柜。”

“送银给胡，交银时可有什么见证人？”

“别无他人。”

包公追问：“张小能，还银约你做伴，你可知是何人送银子给邱贵的？”

张小能迟疑一下才回答：“是胡记小学徒娃胡诚信。”

“你怎么知道的？”

“是邱贵说的。”

“你们送银，胡诚信可在？”张小能稍犹豫，邱贵接答：

“未见胡诚信。”

包公惊堂木一拍：“本职不曾问你，休要插话。”又看了冒虚汗的张小能一眼：“我再问你，你真的相伴邱贵还银给胡掌柜？”

“真的。”

包公再问：“还银多少？”

“足色三百两。”

包公转向邱贵：“是足色三百两？”

邱贵答：“是。”

包公问胡明礼：“胡掌柜，你一把年纪，怎不念亲戚关系，兴讼公堂，他们口口声声相伴还银给你，这难道有假不成？”

胡明礼听了连喊“冤枉”就要下跪，包公示意阻止，胡明礼肯定地说：“青天大老爷，他们确实没有还银给我。”邱、张二人偷偷暗笑。

包公说："原告、被告，你们说的都是实话？"三人一一说是。

包公当堂令手下人取来两张席，一筐萝卜，两把刀子，把邱贵、张小能分别围在堂下左右，各给几棵萝卜一把刀子，大声宣布"邱贵、张小能，你二人各将还胡三百两的银子实数，按所还时的重量、数目，用萝卜切割成形，以供老爷核对。"

半个时辰过后，两人各从席筒里出来，捧出各自削成的萝卜元宝，包公让摆在公堂上，让人观看，邱贵的是十两重的二十个、五两重的二十个。张小能的是十两重的十五个，五两重的三十个，都是三百两。包公当众质问："即是两人同去还银，为何数目和重量都不一样？"

回到座位，把惊堂木一拍怒声而喝："邱贵、张小能，本案已明，还不从实招来。"

邱贵到这个时候才把案情全讲出来。

原来是张小能给邱贵出的赖银主意，企图从中渔利若干。事情大白，各责四十大板。当堂判决，邱贵立即还清借银三百两，追加利息五十两，张小能教唆犯罪，罚白银一百两交官，另罚劳役一年。审理完毕包公退堂，此案审得明白，判得公正，后人有顺口溜称赞：

赖银不想还，
受罚又挨板。
包公巧断案，
清名世代传。

智清蒙冤

北宋真宗咸丰年间，有个游方僧智清云游至西安城外的一个小村中，天已黑昏，便向一户主人请求寄宿。

主人林文进一口拒绝，智清无奈，只得斜卧于林家门檐下。

三更以后，忽然看见一个小偷敏捷地翻过围墙，跳入林家。

过了一阵，又看见偏门轻轻地打开了，小偷一手挎着一个大包袱，一手拉着一个妇人走了出来。

智清暗想："自己既然不被主人接纳，今日他家赔了夫人又失财，必定怪罪于我，"便深一脚浅一脚地匆匆而去。哪知一不留神，踩上一口枯井，"咕咚"一声，翻身跌入井中，过了好一阵，发现自己正跌坐在一人身上，伸手一摸，黏糊糊地沾了一手。智清大吃一惊，睁大双眼，借着微弱的星光仔细一看，正是刚才那个妇人，自己手上也沾满了她的鲜血。智清吓得魂飞魄散。

天亮以后，林文进见妻子失踪，连忙命家人四处寻找。

中午时分，终于搜出了妻子的尸体与智清和尚。智清和尚有口难辩，禁不住严刑拷打，只得低头认罪。

县官结案以后，申报知府。知府大小官吏都认为铁案已定，凶犯已获，只待秋后处决了。

唯独安抚使向敏中提出了两个疑点：

一、智清是游方和尚，与林妻素不相识，不可能是奸杀，再说即使是他杀了林妻，自己怎么也会跌入井中？

二、何况林家同时还丢失了不少财物，如果是谋财害命，智清又把赃物转移到哪儿去了？

知府无言反驳，只得将此案交给向敏中处理。

于是，向敏中派出大批衙役，四处暗暗察访。

一天中午，两个衙役在某村小店中吃饭，开店的老婆婆听说他是官差，便问道："前些时那桩和尚行凶案有没有了结？"

衙役遵照向敏中的吩咐，故意说："和尚挨不过严刑拷打，已经被乱棍打死了。"

老婆婆又问："如果现在捉到了真正的凶犯，会不会判罪？"

衙役又答道："既已经误杀了好人，即使发现了真正的凶犯，也不会再过问了。若要追究下去，县官、知府大人都少不了干系。"

老婆婆于是道："既如此，老妇说出来也不妨事。二位有所不知，杀死林妻的，是本村少年曹四，这是那天他在小店喝醉了酒，无意中透露出来的。"

两个衙役一听，立即赶到曹四家中，迅速逮捕了他，同时又搜出了一包赃物，一并押交给向敏中。向敏中稍一审问，曹四就招出了一切。

原来他与林妻勾搭成奸后，便约定卷财而逃。后见财物颇多，又嫌林妻累赘，便杀人灭口，独吞了财物。真相大白，向敏中当堂释放了智清，曹四则被判处死刑。

句读断产

北宋宰相寇准，二十岁便当上了成安县的县令，不料刚刚到任，他便接到一个很棘手的案子。

县内成安南门里，有个叫訾贤的富户，年老无子，一辈子只生了个女儿叫爱琴。爱琴嫁给一个官宦公子后不久，訾贤的老伴不幸暴病离世，訾贤只好把女婿张锋唤过门来，掌管家业。张锋觉得岳父没有儿子，将来的家产非他莫属，便处处显示出一副盛气凌人的模样，甚至连訾贤也不放在眼里。訾贤虽然满腹怨恨，却一直忍了再忍，心里开始另打主意。

第二年开春，訾贤决定续弦，张锋和爱琴极其不满，但又无法干涉。訾贤续弦后不到一年，妻子乔氏便生下一个大胖儿子。这一下，訾贤乐得心花怒放，张锋夫妇气得嘴歪眼斜。

于是，张锋便四处张扬："哪里见过人到花甲还能生育？我岳父小老婆生的这个儿子，长得一点都不像我岳父，我看一定是个野种，反正我们夫妇不承认！"言外之意，儿子是不能继承訾贤的家产。

訾贤闻知，却不声不响，待儿子满月之后，为其取名訾良，别名良非。

这年入了冬，訾贤患了伤寒，久治不愈，越来越重。这天，他把妻子乔氏唤到身边，嘱咐她道："我快不行了。因为訾良还小，我死以后家产全部归属张锋。今后不管他们怎样对待你们母子，你们都要逆来顺受，熬到訾良长大成人，你们再到县衙去告张锋，估计家产还能要回来。否则，你们母子难以存身。"

乔氏流着眼泪问道："你现在把家产给了张锋，将来还怎么要回来呢？"訾贤安慰她说："这个你放心，我自有办法。"

随后，訾贤又把张锋和爱琴叫到床前，对他们道："为父死后，家产全部归属你们两口。但你们一定要把弟弟訾良抚养成人，待訾良能够自谋生计时，就叫他自己去谋生，能做到吗？”

张锋和爱琴一听，高兴得连连应诺：“能，能！一定一定。”

訾贤又从枕下取出一张纸来，交与张锋，说道：“这是我的遗嘱，上面写得一清二楚，你……你们看吧……”话刚说完，訾贤便闭上了双眼。

张锋仔细看那遗嘱，只见上面写道：

訾良非我子也所有家财全部归与女婿外人不得无理争夺

张锋夫妇看过遗嘱后，连忙把它珍藏起来，别提心里有多高兴了。

訾贤死后还不到“进七”，张锋便把乔氏母子赶到了后院的偏房里去住，每日只供些他们吃过的残汤剩饭，家中所有事情一律不许他们母子过问。而张锋夫妇却整日里山珍海味，任意享受和挥霍。

訾良渐渐大了。

一天，他突然问母亲：“我是父亲的独生儿子，咱这家业为什么没有我的一份，而让姐夫和姐姐全部霸占了呢？”乔氏回答儿子道：

“这是你父亲生前的安排，你父亲还说等你长大后到县衙去告状，家产还能要回来。我看……现在你也十五六了，是时候了，咱就去告吧！听说县衙新来了个很年轻的县太爷，兴许还能告赢呢。”

訾良听后，心想原来是这么回事，便拉着母亲去了县衙。

寇准听了乔氏母子的诉说，便令差役将张锋夫妇传到县衙，升堂审案。

寇准问张锋：“你岳父既然有儿子，怎么让你这个女婿独霸了他的遗产呢？”

张锋振振有词：“訾良是我岳父六十二岁时所生。有道是人到六十古来稀，人到六十而精绝。大概岳父清楚訾良不是他的亲骨血，因此才把家产全部让我继承。他临终前还叮嘱我，只要訾良能够自谋生计时，就让他自己出外谋生。”

“你岳父的话，有什么凭证吗？”

“启禀县爷，空口无凭，有字为证。”张锋说着连忙将訾贤留给自己的遗嘱掏了出来，“这是岳父临终时亲手所交，请县太爷明察。”

寇准仔细看过遗嘱，暗自思忖，这个訾贤的葫芦里，究竟装的是什么药呢？这明明白白心甘情愿地把全部家产都给了女婿和女儿，却又让儿子前来告状，这是为何呢？寇准一时难以决断，便让原、被两告暂回家中，听候传唤。

原、被两告走后，寇准拿着那张遗嘱，心里惴惴不安，自己初来乍到，竟遇到这么个蹊跷的案子，其中到底有何端倪呢？他估计奥妙一定是在那张遗嘱上，但却怎么也看不出什么名堂。寇准便把遗嘱放在桌子上仔细端详，这一看不要紧，寇准一直紧皱的眉头蓦地舒展开来。

第二天，寇准命人将原、被两告和乔氏的街坊邻居通通传上堂来，一并审问。

“张锋，本县问你，你内弟叫什么名字？”

“启禀县爷，这个谁都知道，名叫訾良。”

“是不是还有个别名？”

“别名叫良非。”张锋指着訾良答道。

“这就对了。”寇准心中一阵兴奋，但没露声色，继续说道：“你岳父留下的遗嘱，本县已看了多遍，清清楚楚，无懈可击，下面本县就按遗嘱来判，你可同意？”

张锋一听高兴异常，感激地叩头谢道：“听凭老爷公断。”

“好。”寇准说道。

“现在，你就把訾贤家的房屋、田地等所有财产，列出一个清单，不要有丝毫遗漏，由这些乡邻做个见证，然后听本县宣判。”

张锋听后毫不犹豫，接过纸笔，很快便把清单列好。寇准又问那些邻居，訾贤的遗产有无遗漏，邻居们一一看过，都说没有遗漏。

寇准微微一笑，对众人说道：“现在我来判决：按照訾贤当年的遗嘱，全部家业财产尽属其子訾良非，与女婿张锋夫妇毫无干系！”

张锋大吃一惊，慌忙问道：“老爷您怎么能出尔反尔呢？您不是照遗嘱来判的吗？是不是搞错了。”

“嘿嘿……” 寇准冷笑几声说道：“本县正是按照遗嘱一字不差判决的呀。不信，我念给你听听。”他展开那份遗嘱，当着所有的人，神情威严地念道：

訾良非，我子也。所有家财全部归与，女婿外人不得无理争夺。

“啊？”张锋和爱琴一听傻了眼，张锋极力反驳道：“您怎么能这样念呢？”

“嗯？你说说应该怎样念？”寇准白了张锋一眼，义正词严地高声对大家说道：“这份遗嘱关键问题就出在这标点符号上。聪明的訾贤老汉就怕他死后张锋夫妇容不得乔氏母子，才费尽苦心写了这份没有标点符号的遗嘱，主要是应付张锋夫妇的。所以，他临终前让儿子长大后再来上诉。因为这是一份没有标点符号的遗嘱啊！我说张锋，你就别再无理取闹，自找没趣了！”

寇准说完，将那份加了标点符号的遗嘱往张锋的面前一扔。张锋和那些邻居们看了这份加了标点符号的遗嘱后，邻居们都会心地笑了，张锋却哑巴吃黄连，有苦说不出，拉起妻子爱琴，狼狈地走了。

这时，乔氏母子如梦方醒，一齐跪在寇准的面前，叩头谢道：“寇老爷呀寇老爷，您真是老百姓的‘青天’啊！”

明析毒案

北宋时名臣范仲淹的儿子范纯仁先后两次为河中府（治所位于今山西永济市蒲州镇）知府。在他第二次为河中府知府时，衙门有个名叫宋儋年的录事参军事(掌管司法事务的辅助官员)。

有一天晚上，这个官员在家里举行宴会招待宾客后，夜里突然暴毙。

范纯仁派子弟去吊丧，正好仵作在殓尸，那子弟见尸体口鼻都有出血痕迹，回去就报告了范纯仁。

范纯仁觉得这位部下死得非常可疑，就要求官府介入，暗中进行犯罪调查。很快就发现，宋儋年的一个小妾与本衙门的小吏有奸情，他们有着毒害宋儋年的动机和机会。于是这两人被抓了起来。

从家乡赶来治丧的宋儋年的儿子，已经将宋儋年的尸体装殓停当放在棺材里，往家乡运去。范纯仁发出公文，把宋儋年的儿子拦了回来，开棺验尸。发现宋儋年的尸体“七窍流血”，眼睛凸出，肌肤紫黑，舌头已经腐烂，浑身皮肤都已发黑，就好像是涂了一层黑漆。显然是中毒身亡。

检验结果肯定宋儋年是被毒死的。

于是，根据检验结果审问这对罪犯下毒的情节，那小妾说："是把毒药放在了大块的甲鱼肉里的。"主审的官员觉得案件可以了结了，上报知府。

范纯仁看了这段口供，说："问清楚大块甲鱼肉是第几道菜吗？这道菜肯定不会是最后一道，难道有中了这样厉害的毒药的毒还能够活到宴会结束吗？肯定还有真实情节没有坦白！"

范纯仁又亲自仔细地复查案卷，发觉其中颇有疑点。

范太守问办案的吏官说："清蒸甲鱼是第几道菜？"

吏员答道："是第四道菜。"

范太守问道："客人吃没吃这道菜？"

吏员说："都吃了。"

范太守说："我看奸人所下的毒药，吃了之后，毒性便发作，宋参军岂能于席散后毒发身亡呢？再说，众多宾客吃了这菜，怎么无一中毒的呢？可见犯人所供，其中必有原因。"

他命令重新审讯。

吏员诺诺称是，只得重新审问犯人。

这次小妾招认，是宾客散去后，宋某返回内室，在茶水中下了毒。这才是作案的真实情况。

果然后来搞清楚，在那晚的宴会结束、客人们都回家以后，宋儋年当时已经喝醉了酒，回到内室，那小妾在他的茶杯里下了毒，劝他喝一杯睡觉。宋儋年喝下去立刻就毒性发作，死于非命。原来前一次供词是有意为翻案准备的伏笔，本来宋儋年是不吃甲鱼的，而且上了甲鱼后还有好几道菜肴，这样就预留下到朝廷复审时，可以提出申诉，来混淆司法部门的视听，达到翻案目的。这应该是那个熟悉法律的小吏的诡计。范纯仁识破伪供，使真相大白，防止了犯人翻供。

玩火自焚

包拯在京都开封当了府尹，京都治安大为好转，百姓高兴，但地痞流氓们却怀恨在心，伺机捣乱。

一天晚上，有两个流氓在一条街上放起了火，疯狂的火浪向四周扩散，无数的火舌不住地盘旋上升，把京城的上空照得火红一片。

包公带领一班公差正在街上巡视，见此情景，马上分头召集百姓救火。不一会儿，人们一个个挑着水桶来了。失火处有两个巷子，一个叫甜水巷，一个叫苦水巷。人群中忽然有人问："挑甜水巷的水，还是挑苦水巷的水？"

另一个高叫道："甜水巷的水甜，苦水巷的水苦，救火当然用苦水巷的水。"

人们正在慌乱之中，也顾不得细想，跟着那一问一答的人拥向苦水巷。顿时，巷子被人塞满了，哪里还能挑出什么水来？

包公对两个公差说："把刚才一问一答的两人抓起来！"那两人被抓来后大喊冤枉。包公对人们说："这两人就是放火犯！你们上当了。这里留下一半人挑苦水，另一半人到甜水巷去挑甜水救火！"

一会儿，人们分别从甜水巷、苦水巷挑来水，救灭了火，就拥到开封府去看包公审理纵火犯。那两人禁不住包公审问，就露了马脚，最后不得不老实招供了纵火的事实。

押下犯人后，有人问包公说："大人，您怎么在刚才救人时就已经知道他们是纵火犯呢？"

包公答道："救火是十万火急的事，怎么挑水还分什么甜水、苦水呢？可他们一问一答，居然就把慌乱之中的人们都引到了苦水巷，这不是有意要让火越烧越旺吗？所以，由此我断定他们的问话是事先编排好的。再说，这两个人很面熟，当时我一想，对了，他们的父兄曾被我判过刑，看来对我是怀恨在心，因此有破坏社会治安、与我过不去的动机。凭这两点，我断定他们是纵火犯。一审问下来，果真如此。这可叫做玩火自焚吧！"

旁听的人都觉得包公推断得合情合理。

巧取合同

一天，包公受理侄子告伯母骗取合同文书、不认亲侄一案。

原来，在东京汴梁西关外定坊有户人家，哥哥刘天祥，娶妻杨氏。这杨氏乃是二婚，带来一个女儿，到刘家后再没生养儿女。弟弟刘天瑞，娶妻张氏，生得一个儿子，取名安住。父亲在安住两岁时，就给他与邻居李社长家的小女儿定了娃娃亲。大嫂杨氏打算待女儿长大后，招个女婿，多分些家产。因此，把刘安住当成眼中钉。

这一年，东京地区大旱，颗粒无收。官府发下明文，让居民分户减口，往他乡逃荒。弟弟天瑞照顾哥哥上了年岁，不宜远行，决定自己携妻儿离乡背井。天祥就请邻居李社长写下两张合同文书，把所有家产全部写在上面，以做日后见证。兄弟俩各执一份，洒泪分别。

天瑞带了妻儿，来到了山西潞州高平县下马村。房东张员外夫妻，为人仗义疏财，虽有许多田产，却无儿无女，见年方三岁的刘安住眉清目秀，乖觉聪明，就收为义子。对天瑞夫妻也像骨肉兄弟一样看待。但是不久，天瑞夫妇染上疫症，几天后相继去世。天瑞临死前掏出一纸合同文书，将儿子托付给张员外。

一晃，刘安住十八岁了，为使父母尸骨归乡，决定回老家安置。张员外就把合同文书交给他。

刘安住直奔东京汴梁，一路问到刘家门前，只见一位老妇人站在那里。那老妇人正是伯母杨氏，她一心想独占家财，就骗取了刘安住的合同文书，却翻脸不认侄子，反抄起一根木棒，打得刘安住头破血流。邻居李社长闻声赶来，问刘安住："那合同文书既被她骗走，你可记得上面写的什么吗？"刘安住一字不差地背了一遍。李社长说："我是你的岳父李社长。"当下他写了状词，带着刘安住来到开封府告状。

包拯接了状词，便传令拘刘天祥夫妇到了公堂，责问刘天祥："你是一家之主，为何只听老婆的话不认亲侄子？"

刘天祥回答："小人侄儿两岁离家，一别十几年，实不敢贸然相认，凭合同文书为证。而今他和我妻一个说有，一个说无，我一时委决不下。"

包公又问杨氏，杨氏一口咬定从未见过合同文书。包公假意愤然对刘安住说："他们如此无情无义，打得你头破血流。大堂上，本官替你做主，你尽管打他们，且消消你这口怨气！"

刘安住流泪道："岂有侄儿打伯父伯母之理？小人为认亲葬父行孝而来，又不是争夺家产，绝不能做为出气而责打长辈的事。"

包公自有几分明白，对刘天祥夫妇说："本官明白这小子果然是个骗子，情理难容，改日定将严刑审问。"令刘天祥夫妇先回去，而将刘安住押至狱中。

第二天，包公一面让衙役四处张扬："刘安住得了破伤风，活不了几天了。"一面派差役到山西潞州接来张员外，于是真相大白。

几天后，包公传来一行人到公堂。

张员外所言句句合情合理，杨氏胡搅蛮缠死不认亲。于是，包公传令带刘安住上堂。不料差人却来禀报："刘安住病重死在狱中。"众人听罢大惊，只有杨氏喜形于色。包公看在眼里，吩咐差人即刻验尸。一会儿，差人回报："刘安住因太阳穴被重物击伤致死，伤口四周尚有紫痕迹。"

包公说："这下成了人命案。杨氏，这刘安住是你打死的，如果他是你家亲侄，论辈分你大他小，纵然是打伤致死，不过是教训子侄而误伤，花些钱赎罪，不致抵命。如果他不是你的亲侄，你难道不知道'杀人偿命'吗？你身犯律条，死罪当斩！"即命左右将杨氏拿下，送到死囚牢中。

此时，杨氏吓得面如土色，急忙承认刘安住确是刘家的亲侄。包公问："既是你家亲侄，有何证据？"杨氏只好交出那张骗到手的合同文书。包公看后，差人叫刘安住上堂。刘安住接过包公拿出的合同文书，连称"青天"。杨氏方知中计。

包公提笔判决此案：表彰刘安住的孝道和张员外的仁义；杨氏本当重罪，准予罚钱赎罪；刘氏家产，判给刘安住继承。

观画断案

米芾(中国北宋书法家、画家、书画理论家。)在安徽无为县任县令时，曾巧断过这样一件案子。

有个做买卖的李老汉，上县衙哭诉三家邻居赊欠了他的货款，赖账不还：一个邻居叫侯山，说要进一批山货，将李老汉的银子全借走了；另外两个邻居叫马有德和朱进城，说要帮李老汉换货，将他店里的货物悉数拿走了。但都是银两有借无还，货物有出无进，搞得他身无分文。

米芾便把三个邻居找来对质，他们都异口同声："生意人讲究的是货银

两讫,即使赊欠,也有凭证,他无凭无证,纯属诬告。”

李老汉连声叫屈:“大老爷明鉴,这三个恶邻欺小人目不识丁,所立借据都是伪证。幸亏我早做防备,记下账目,请大老爷审查。”说着呈上一卷画。

三个邻居也不相让,说道:“这种瞎涂乱画算得了什么账目?”

米芾拿过画卷一看,见几幅画虽然画得都很粗糙,但形象可辨。他端详了一会儿,就频频颔首,若有所思,对三个邻居说道:“这画卷,可是真凭实据,铁证如山,你们休得抵赖。”

三个邻居还是不认账。米芾指着一幅画说:“这里有只猴子背靠着一座大山在吃山货。难道不是你侯山赊欠他银子做山货生意吗?”然后,他指着另一幅画说:“这匹驮货的马,蹄下有个婴儿,但是马屈着腿没有往婴儿身上踩下去,这不就是马有德行吗?这马驮的货正是你马有德搬走李老汉的货物。”米芾又指着一幅画说:“看这头猪在城门内拱食,这些食物都是人们吃的东西,明明指出你朱进城从李老汉店中搬走的货物。”

在审理此案时,米芾特地将李老汉的街坊邻居都找来旁听。其中不乏正义感的人。因为以前他们觉得李老汉拿不出账目,又讲不出画中的内容,所以有话也不敢说。现见米芾一眼看透了事实的真相,也就纷纷出头作证,说他们曾耳闻目睹过三人向李老汉借过银两,搬过货物。而三人生意越做越兴旺,李老汉却变成了个穷光蛋。

米芾对着侯山等人斥责道:“物证、人证俱在,你们还有何说?”

侯山、马有德、朱进城三人见抵赖不过,只得当堂将本息全数归还给李老汉。李老汉收回本钱,重整旗鼓,生意又兴旺起来。

元 朝

钓鱼诱饵

元朝英宗至治年间，江西铅山（县名，今江西东北部）地方造伪钞成风，主犯就是当地土豪吴友文。他们把伪钞使用到江苏、安徽、河北等地，危害很大。

吴友文奸诈狡狯，心狠手辣，靠印伪钞发了大财。他还暗中指使手下党羽恶少四五十人，用行贿拉帮的手段，混进官府当差，作为坐探。如有人上官府告吴友文的状，党羽就立即给他通风报信，上告人不出数日就会被暗杀，使老百姓都不敢告发他。吴友文还先后霸占他人妻子十一人为妾，真是作恶多端，民愤极大。

至治二年，福州罗源（今福建省东部沿海）人林兴祖（字宗起、进士出身、历任铅山知州、道州路总管）调升到铅山任知州（宋代派的地朝臣为州的一级地方行政长官，称“权知某军州事”，简称“知州”）。他对吴友文的劣迹早有所闻，下决心要除掉这个大害，他说：“这个大害不除，怎能管好百姓！”

但又苦于抓不到罪证。林兴祖就设下钓鱼之计，先四处张贴布告，严禁制造伪钞，违者严惩不贷；同时，悬赏告发制伪钞者。

布告贴出几天后，林兴祖又暗中布置一人前来揭发，却又判他是假的，把他赶了出来。因此吴友文也就没有加害于他。老百姓见此人告发吴友文，没有遭到暗害，胆子也就大了一些。

一天，又有一人扭住两个制造伪钞的人，连同赃证前来告发。这两个人又说是吴友文叫他们干的，林兴祖就将这两人关押了起来。

吴友文自恃有财有势，与官府中某些人素有往来，就身带重金来州衙贿赂林兴祖，要求开脱这两个罪犯。林兴祖既已抓到了罪证，一方面严词拒绝了贿赂；一方面就毫不容情地把吴友文扣了起来，将他投入监狱候审。

消息传出，立刻轰动了四方街邻，霎时间就有百余人拥来揭发吴友文的罪状，提供的人证、物证如山，不由吴友文不认。

林兴祖就将吴友文的同党二百多人全部抓来，逐一依法论罪，除去了地方上的大害。

蜘蛛上槐

元朝时候,内乡城北十里铺,有个姓王名泰的年轻人,娶妻李氏,婚后年余生下个胖小子。一家三口,小日子过得可说是红红火火。然而,祖上积债过多,眼下又无力偿还。王泰无奈,只得跟妻子商量外出做生意。妻子虽然留恋燕尔之情,但手短无硬汉,账债不饶人。只好忍痛割爱让丈夫外出挣钱还债。

王泰收点儿山货,带着来到汉口,时值陈友谅起兵反元,一时两军对垒,道路封锁。王泰不便向家里捎信,但也更难得到家里来的音讯。娇妻爱子,王泰时常牵肠挂肚,有心绕道回家,然而生意难做,钱不凑手,回家拿什么向债主还账。就这样夫南妻北,两地相隔,一晃就是八年。

最后这一年,王泰时来运转,生意做得十分顺手。中秋节近,王泰决定探家还账。身背百两白银,一路小唱回到县城,时间尚早,便择一家酒店喝起老酒来,临暮时分,清了酒钱朝家里赶,出了县域,北风一吹,不觉燃起三分醉意。心想:八年了,家里怎么样?眼下一无所知,古来酒肉朋友,米面夫妻。妻子变心了没有,正道不正道?心存疑念,想入非非,临进村时,换了一身旧衣裳,把百两纹银藏于老槐树树洞里,学起薛平贵转家的故事来。

摸到家门,看看还是依然如故。推推门,门已上闩,屋内静悄悄的。他喊了几声,老婆听准了声音才应腔开门。一见是丈夫归来,满心喜欢,忙唤起不满十岁的宝儿,宝儿见了爹爹,高兴得只嚷嚷妈妈快做好的吃。李氏自从丈夫走后,守着孩子清水淡饭,哪来的香油,王泰取出五个小钱交给妻子,却被宝儿抢去,"妈,我去灌油。"小宝儿找了油罐跑出门外。

夫妻久无见面,相见分外亲切,李氏一边烧茶,一边问长问短,叙说着这几年兵荒马乱,实怕王泰外边有个三灾八难。债是祖长留下的,咱挣下就还。现有几亩薄田,人家都饿不死,还能饿死咱家,苦做甜吃,也胜似在外担惊受怕。说着两眼发赤,嘴唇哆嗦,忍不住竟哭了起来。王泰见妻子洁身自守,心是热乎乎的,暗骂自己多疑善感。连忙宽慰妻子几句,正要说出银两事由,小宝儿灌油回来打断话路。一家人说说笑笑吃着晚饭。

王泰饭菜难下咽喉。李氏望着丈夫失神的样子,不由疑云满腹,忙问丈夫是身体不好，还是路途得风寒。此时，不由王泰不说。便毫无隐讳地把赚有纹银百两，放在老槐树树洞里的事告诉了妻子。李氏听了大惊，连忙说：“放在外边，若被他人发现，岂不枉费了数年心血”。说得王泰心急，放下饭碗，嘱咐妻子自己去取了就回。待到王泰来到老槐树下，手往树洞里一探，顿时呆若木鸡，连声叫苦，树洞里空空如也，银钱不翼而飞。

李氏在家长等短等不见丈夫回来，深夜她怕事出意外，来到老槐树下一看，吓得她魂飞天外，丈夫早已吊死在槐树上。

她抱着王泰尸体号啕大哭。

夜深人静，哭声惊动了四邻八家。大家一看，数年在外的王泰怎么回来就不明不白地吊死在树上？怀疑李氏从中作祟，忙告知地保报官。

内乡县令元好问是个才华横溢、勤于政事的清官，见地保来报，当下带人下乡查看。

仵作验证王泰确系自杀吊死时，便唤过李氏细问详情。

李氏把事情的始末说了一遍。元好问揣度片刻，围着老槐树转了数遭。正当人们不知这位县令用意何在时，突然间，元好问仰天大笑，用手指着正在槐树上爬行的蜘蛛，吩咐地保把它拿了。

地保望着蜘蛛不知所措，面有难色，舌尖打结：“老爷，这，这……”元好问正色道：“亏你还是地保，连这点小事还解它不开，此乃是冤魂不散，蜘蛛上槐，这岂不是苍天暗示杀人凶手是‘朱尚怀’吗？”一语出唇，霹雳晴空。

只听“扑通”一声，一个叫朱尚怀的人，双膝跪地，连连磕头，乞求大人饶命。众人见了暗自称奇。只听元好问大声喝道：“朱尚怀，你知罪吗？还不从实招来！”朱尚怀朝前爬了半步，说出了其中事由。

原来，朱尚怀祖上开座油坊，家产颇富。到了他这一辈，凭着家大业大，横行乡里，仗势欺人。他见王泰妻子李氏有几分姿色，借讨债之名逼走王泰，胁迫李氏就范。谁知李氏家穷身正，洁身自爱，几经挑逗，数年间未能如愿。昨晚他见小宝儿前来买油，顿起恶意，心想：王泰长年在外，小孩夜半买油，岂不是养汉婆娘假正经。今晚倒要看看李氏是怎样个贞节人。当他来到王家隔着门缝一瞧，见李氏正陪着王泰吃饭。“王泰真是回来了！”他有兴而来败兴欲归，忽听王泰说出树洞藏银之事，朱尚怀大喜，人难到手，我且能得到银子，看你怎个过活。谁知王泰失了银钱，感到走投无路，悬树丧生，惹出失银伤命一案。

朱尚怀诉说完毕，元好问当场立判：先将朱尚怀脊杖四十，然后押入大牢，日后充军边塞。

李氏丧夫，孤儿寡母，由朱门赔银千两，以备安葬活养之资。判毕，打道回衙。霎时，群情欢声雷动，齐声赞颂“神明”。

事后，当人们问及元好问怎知蜘蛛就是朱尚怀时，元好问笑道：“这有何难，朱尚怀劣迹累累，路人皆知。小孩买油知者又无二人，朱尚怀贪恋女色，窃银害命者能有谁呢！下官不过是借景生情，逢场作戏而已。”

明　朝

荆花毒案

明朝成化年间，单县（今山东省西南部）地方有一对夫妻，男耕女织，相处十分和睦。

这一天，丈夫吃完早饭，扛着农具照例下田干活去了。

到了中午时，妇人在家做好饭菜亲自送去。

丈夫在田头吃完，刚放下饭碗，不料，丈夫突然觉得浑身难受，脸色苍白，捂着肚子痛得大喊乱叫，翻滚一阵后便两腿一蹬死去了。

妇人见状，不知所措，拼命跑回家去找来了公婆。

公婆见儿子不明不白地死去了，以为媳妇有奸情，存心毒死丈夫，一口咬定是她在饭菜里下了毒，不管媳妇怎么解释都不听，还是将其绑了送到县衙门。

妇人见丈夫不明不白地死去了，又遭到公婆的冤枉，哭得死去活来。

可是，妇人虽问心无愧，但丈夫食用了自己亲手做的饭菜后死去是事实，她真是有口难辩。

县官许进（灵宝人，进士出身，官至兵部尚书。）却是个深明事理，办事精明，颇有威望的父母官。

接案后，他并不急于按被告口供结案，而是做了细致地分析和研究。

许进对衙役说："夫妇相处谁都期望白头偕老，这对夫妻相处又十分和睦，哪有狠心毒死丈夫之理！即使女方有此蓄谋，也只能候机于暗中进行，哪有趁白天送饭时就下手的，这案子必定另有蹊跷。"

因此，许进和颜悦色地劝慰妇人不要害怕。然后问："你在给丈夫送饭的途中曾遇到过什么人吗？"

"没有。"

"你送给丈夫的是什么饭菜？"

"我今天烧的是米饭，又煮了鱼汤。"

"路上经过哪些地方？"

"路经荆树林。"

"饭菜上面可有布巾盖住？"

妇人见许进如此明理，才含泪答道："有。可在路经荆树林时，遮盖鱼汤的纱巾被风吹落在荆树上，我把饭菜碗放在面前的地上，把纱巾捡回又盖在上面。但是，我送到地里时，汤饭都还是热的。我夫君吃下没一刻工夫就死了。"

许进听后，忽然心头一亮。

随后，叫上衙役让那妇人亲自带他们到现场去勘查了一番，并捡拾了一些荆花回去。

回到县衙后，许进随即叫厨子照样烧了鱼汤和米饭，亲自把饭放入鱼汤，还抓了把荆花撒在上面，拌匀后分别喂给猪、狗吃。

片刻之间，只见吃过鱼汤和米饭的猪以及狗都滚地而死。

同时，他还发现吃过拌有荆花食物的猪和狗，发病的状况跟她的丈夫惨死的情景一模一样。

接着，许进又令仵作分别对人和猪、狗进行尸检。

根据比较和分析，仵作做出了结论：其丈夫为荆花花粉中毒而死。

这就证明：米饭、鱼汤和荆花混食会产生剧毒。

当天，许进就把妇人的公婆和邻里全都叫来，当面对他们说："现在，正是荆树花开的时候，你儿媳妇路过荆树林时，当盖在饭菜碗上的纱巾被风刮掉时，荆花花粉也就随之落入碗中，你儿子是食后中毒而死，并非儿媳妇故意放毒，她是无辜的，是无罪的。罪在荆花。"

许进为那妇人开脱了罪责，放妇人回去了。

从此，村里人知道荆花有毒的常识后，避免了许多类似事件的发生。大家都非常感谢许大人。

验名辨凶

明朝正德年间，殷云霁任清江知县。

有一天，县民朱铠在孔庙内西侧的小屋被人谋杀，凶手已逃之夭夭。

殷知县命衙役四处查询，毫无结果。正当他在后堂漫步深思之际，忽闻衙役来报,他们早晨在知府大门缝拾到一封匿名信,信上明白地写着:“杀死朱铠的凶手是其邻居王三。”

经查,王三与朱铠素有冤仇,他具有杀朱复仇的动机。衙役们都认为,匿名信举报是有根据的,不存在诬告陷害。殷知县听了众人的意见,并没有马上做出结论。此刻,衙役们已摩拳擦掌,只等知县一声令下,马上出动逮捕王三。

半晌,殷知县环视衙役们说:“此封匿名信是企图转移我们的视线。”

众衙役迷惑不解。

殷知县胸有成竹地问:“你们谁知道,县衙里谁和朱铠平素要好?”

“牢头姚明。”

一衙役回答。

殷知县点了点头,然后吩咐衙役们将县衙全部公事人员召集至公堂。大家不知道殷知县有何训示,都默默地垂首肃听。

殷知县审视大家片刻,随和地微笑说:“我喜欢书法,请大家书写自己名字呈上。”

大家听了知县的话,都松了一口气,一个接着一个到桌边挥洒笔墨。衙役们则将写好的名字一一递给知县过目。

当署有姚明的字帖呈上来时, 殷知县发现字迹与那封匿名信的字迹相同,顿时传唤姚明上前。姚明听到知县唤,以为知县喜欢他的书法,要赏他银两,洋洋自得地拨开人群,大摇大摆地来到殷知县桌前。

殷知县大声喝道:“你为何杀死朱铠?”

姚明一听脸色突变,冷汗在额上直冒,瘫倒在地上,如实地招供出来。

原来,姚明和朱铠是好朋友,他得知朱铠要带款去苏州做生意,顿生歹意, 早上就去苏州路过的孔庙等候。当朱铠身背银两和贵重珍品匆匆过来时,他忙迎上去,哄骗自己有事相托。朱铠信以为真,就尾随姚明进了孔庙,来到庙里常人少到的西侧小房。姚明趁着屋里光线昏暗,从腰间拔出匕首,刺进朱铠胸膛,朱没有来得及吭声,就倒地身亡。姚明慌慌张张拎着装银两的包袱,从庙后门逃离现场。姚明回到家里,整日惶惶不安。他深知殷知县的精明。就绞尽脑汁,写了匿名信,趁夜色偷偷塞进县衙大门缝下,企图嫁祸给王三。不料,他自认天衣无缝之计,还是被殷知县察觉了。

事后,衙役们纷纷向殷知县探个究竟。殷云霁淡淡一笑说:“孔庙内那间小房十分偏僻,非十分要好,朱铠未必随去。朱铠与王三有仇,王三不可能邀其同去,并且在毫无戒备时谋财害命。朋友之间,如不为巨财怎能如此残忍?当我在苦苦思索这个人是谁时却收到匿名信,我就顺藤摸瓜,通过笔迹鉴定,就断定姚明为杀人凶手了。”

众衙役听罢,无不佩服殷知县的深谋远虑。

张淳擒盗

明朝时,永康县有个巨盗卢十八,杀人越货,凶悍异常。

有一次,卢十八竟然盗窃了官库中的大量黄金。这一来震动了朝廷,严令各级官府缉捕。可是卢十八神出鬼没,一晃十几年,始终逍遥法外。

这一年,张淳出任永康县令,某御史知道他很聪明能干,就请他负责缉捕。张淳一口应允。

御史问:“你需要多少时间?”

张淳答道:“只要大人全力相助,三个月内,卑职定能将其擒获。”

于是,张淳便请御史在一月之中,连续下发了数份布告,张贴于境内各处,悬赏捉拿。

又过了几天,张淳故意笑着对部下道:“我们搜寻多日,毫无影踪,那卢十八一定是早已远远地逃离本县了,到哪儿去追寻?”

于是,下令不再让部下继续缉捕了。

县衙里有个捕快叫王荣,其妻冒氏长期与卢十八私通。这王荣得了卢十八不少钱财,就暗中充当卢十八的耳目,很快就把张淳的话悄悄告诉了他。卢十八吃了这颗定心丸,不久便又潜回了永康县。

张淳早已掌握了这一情况,便指使另一个捕快李甲,要他诬告王荣借钱不还。张淳不由分说,将王荣关进了狱中。

一天深夜,张淳单独提审王荣。

“冤枉啊,冤枉?”王荣不住地大声喊。

张淳拍案喝道:“你确实冤枉,也的确没有借李甲的钱,可是你为巨盗卢十八通风报信是事实，这样你就成了凶犯的同党，这可是十恶不赦的死罪，你怎么抵赖得了？”王荣吓得面如土色，连连磕头求饶。

张淳道：“王荣，你若想活命，除非擒住卢十八，你才能将功抵罪。才可能回家。”

王荣哭丧着脸说：“卢十八凶暴剽悍，力敌万夫，小人去不是活活送死吗？”

张淳笑道：“你可如此如此……”

第二天，冒氏就被关进狱内，算是代替丈夫做人质。王荣则被放回家中，四处筹集资金，说是待凑足钱偿清了债务，就能赎出妻子。

卢十八见心上人身陷囹圄，忧心如焚，急忙乔装改扮一番后，混入狱中探视。

冒氏早已被张淳晓以利害，愿意合作，这时便一杯接一杯地劝卢十八痛饮，直把他灌得酩酊大醉，卢十八自投罗网，在狱中束手就擒。

张淳只用了两个月，就将卢十八押送给了御史。

神钟巧辨

明朝福州浦城县内接连数次失盗贵重器物，衙门内关了大批嫌疑犯，经过几天反复审讯，毫无结果。

县令陈述古思来想去，终于想了个破案的妙计。

他先向大家谎称：“县城附近寺庙里有口神钟，能判各种疑案，尤其是辨盗十分灵验。”

于是，派人将此钟送进衙内，安置在后院楼阁，便焚香点烛，视为神灵。

这一天，县令亲审嫌疑犯，对众人说：“不为盗者摸之无声，为盗者摸之有声，既然都不承认偷了东西，我就只好请神钟来辨认。”

言毕，便率官员对神钟焚香叩头，然后叫人用篷布盖起神钟，并悄悄在钟上涂满了黑墨。

这时，狱吏把一队嫌疑犯带进漆黑的帐篷里令他们伸手摸钟。

所有的嫌疑犯都这样做了，可是神钟并未发出一点声音，在场官员大失所望，偷东西的贼暗自庆幸……

此刻，陈述古突然命所有的人通通举起手来，别人的手全是黑的，唯独有一双手白白净净，没有一点黑色，县令指着他怒斥道：

“偷东西的就是你！”

于是，这双手颤抖了，罪犯低下了头，认罪伏法。连续失盗的案子终于了结。

从此，陈述古的“神钟巧辨心虚贼”便传为佳话。

元仲辨盗

明朝永乐年间，江西吉安州一个姓赵的富翁为儿子举办婚事，新娘刘氏是远村富户之女。远远近近的亲戚朋友纷纷赶来庆贺，家内张灯结彩，门前车水马龙，好不热闹。谁也没有注意到，一个盗贼苗五儿也混入了人群之中，并且悄悄地摸入新房，藏匿于床下，想等天黑以后大捞一把。

哪知赵家为了图吉利，一连三夜，新房中的蜡烛长明不熄，光耀一室。外间客人送走一批，又来一批；主人则分班应酬，殷勤招待。这可苦坏了苗五儿，三天三夜滴水未进，饿得头晕眼花，渴得喉咙冒烟。到第四天时，实在熬不住了，就瞅了空子，从床下钻出来朝外就跑。刚跑到院子里，就被仆役们发现了，一阵搏斗后，终于被擒获。赵翁当即将他五花大绑送进了州衙。

公堂之上，苗五儿狡辩道：

“我不是盗贼，是个走江湖的郎中。刘氏患有一种妇科病，服了我的药后，颇有疗效，就央求我跟随她到赵家，以便及时治疗。”

州官听后半信半疑，就拿刘家一些情况盘问他。苗五儿对答如流，不但对刘家人口房屋田产等了解得一清二楚，就连一些碎杂之事也了如指掌，不由州官不信。

其实，这些都是苗五儿伏于床下时，偷听小两口的枕畔私语。不过为了谨慎一点，州官打算传刘氏到公堂来对证。赵翁一听，连忙磕头请免。

州官怒道：“你家新娘子若不出面，谁能辨别这小偷是真是假！”

赵翁急坏了，一退堂就急急向老吏贺元仲求救。

贺元仲六十多岁，已在衙中服役近四十年，见多识广，足智多谋。他听赵翁诉完了苦衷，就去劝州官道："怨不得赵家不肯对证，新娘子刚入门，就被传进公堂，抛头露面，无论官司能否打赢，都是莫大的耻辱。"

州官为难地问："如不让新娘子对证，这苗五儿又无法判，放又不便放，该如何处置？"

贺元仲沉思一阵后说："大人何不如此如此……"

州官连连点头称善。

于是，传上苗五儿，问道："你既然是医生，明天敢不敢在公堂上与新娘子对证？"

苗五儿已无退路，只得硬着头皮答应下来。

第二天上午，一辆彩轿抬进州衙，一位凤冠霞帔的美人儿刚刚掀开轿帘，苗五儿就三步并作两步地迎上去，直呼着刘氏的乳名，愤愤地质问：

"你既请我替你治病，为什么又诬陷我是盗贼？"

凤冠美人微微冷笑，州官也哈哈大笑。

苗五儿正摸不着头脑，只听州官一声断喝："大胆盗贼，还敢装模作样，给我拖下去狠狠地打！"苗五儿知道露了馅儿，吓得连连磕头服罪。

原来，贺元仲认为：苗五儿如果真是个盗贼，那么他偷偷混进赵家，又悄悄地摸出来，必然记不清新娘子的容貌，就让一个妓女假扮刘氏前来对证。苗五儿不知底细，果然露出了马脚。

一鸟五命

明英宗天顺年间，杭州嘉禾巷老翁沈九，饲养画眉一只，不光鸣叫悦耳动听，而且凶猛善斗，为沈九赢了不少银子，被视作掌上明珠。

一日，有个徽州客商慕名而来，许以五十两纹银求买画眉，沈九一口回绝。徽州客加价至一百两，他仍不愿卖。此事于是不胫而走，杭州男女老少，都知沈九有画眉善叫能斗，非五百金不卖。

九九重阳日凌晨，沈九携带画眉，去郊外登高。至西湖边上，感小腹剧烈疼痛，不能举步，便倚着一株大杨树坐下，哼哼不止。蒙胧中，有个箍桶匠经过，闻听有人喊痛，忙放下桶担，上前询问搀扶。沈九认得箍桶匠，央他辛苦一趟，代向家中报个信。

不一会儿，沈家独生子由箍桶匠陪着赶到，岂料沈九已倒在血泊之中，头颅不知去向，那只画眉连笼不翼而飞，旁边丢着一把沾满血迹的箍桶刀。沈家之子认定父亲系箍桶匠所杀，告到官府。

知府升堂，箍桶匠大喊冤枉。这时仵作检验已毕，判明杀人凶器确是那把箍桶刀。

知府喝令动用大刑，箍桶匠被打得体无完肤，几番死去活来，终于屈打成招道："因知画眉可卖大价贪心突发，杀死沈九，将画眉连笼卖与他人，得银子五百两。"

问他银子何在，说是去沈家报讯路上走得急了，不知掉于何处。又问沈九之头哪里去了，称已私入湖水之中。

然而，五六个公差去湖中打捞了半日，终无所获。

知府因头颅未获，银子又不见，不敢贸然定案，下令四处张贴通告，悬赏收买沈九之头，以为结案依据。

时过一月，有打鱼兄弟俩，捧着一颗溃烂的人头前来领赏。知府以为人头久经水泡，虽然无法辨认，但近来辖下没有无头案发生，便认定此即沈九之头，忙忙结案，将箍桶匠处斩。

日月飞逝，转眼三年已过。

沈九生前友好何干去苏州游玩，发现沈九所养的画眉挂在一家店堂内，便询问来历。

店主告诉他，三年前从杭州徐三麻子处买来的。何干回杭州后，即向沈家报告，沈九之子追问徐三麻子，对方一口咬定，未卖过画眉，争吵既久，揪扭到衙门。

新任王知府将苏州商人传来对质。

苏州商人详述买鸟时间、地点、所付银两以及证人。徐三麻子无从抵赖，只得承认沈九是自己所杀，并说人头就藏在那株大杨树树根洞里。王知府派人去搜，果有头骷骨一个。又把渔人两兄弟传来，追问献的人头何处得来。两人吞吞吐吐，不肯实说，重刑之下，只好招供真情说："当年见悬赏收购人头，恰父亲病故，为贪那笔赏钱，偷偷把父亲头颅割下来请赏。"

案情大白，徐三麻子及打鱼兄弟被一并押赴市曹，斩首正法。为了一只画眉鸟，只因前任知府草菅人命，竟使五人丧生！

智捕樵夫

明朝末年，山东阳谷县城内有位孀妇，因母病重，起早赶往娘家。

天色尚未大亮，雾色朦胧中，她隐约听得身后传来急促的脚步声。回头一看，只见一樵夫模样的汉子，肩扛扁担，手操利斧，已逼近面前。孀妇预感不妙，躲闪未及，已被那人摁倒在地。那汉子将其强奸后，又把她的首饰、财物尽抢一空，方悠然向山里走去。

孀妇悲号不已，正欲寻短见，几个衙役簇拥一顶轿子已来到面前。

轿中走出一人，乃阳谷县新任县令陈某，下乡巡案途经这里。孀妇哭述了经过，陈县令细细问明了情况。尔后，令衙役带上孀妇同返县衙。

到了衙门，县令吩咐左右不得走漏风声，并叫来十几个精明干练的捕役如此这般嘱咐一番。

众捕役奉命走出县衙，仨一群、俩一伙，串街走巷，边走边喊："今晨有一樵夫被老虎吃掉了。此人高五尺，黑圆大脸，身穿青布衫，头缠白毛巾，腰扎布绳，脚穿草鞋，是谁家的呢？"

几个时辰过去，两个捕役转进一条僻巷，刚吆喝了几声，一个三十岁上下的妇人便跑出门来询问情况，捕役道："有人亲眼见着了才报的案，错不了。"

然后，又把樵夫的模样细述一遍，那妇人听后，放声哭道："那就是我的丈夫啊！"二捕役劝慰几句，让其在家等候。

等那妇人掩面进了屋，他们便在巷口隐蔽处设伏。

日薄西山，落霞满天，那"被虎吃掉的"樵夫挑着柴，哼着小曲，美滋滋地出现在巷口。

二捕役见此，飞步向前，未及樵夫叩门，一条锁链已锁在樵夫的脖子上。

经孀妇辨认，此人正是强奸她的人。其后，又在樵夫怀中搜出那妇人的首饰、财物。人证、物证俱在，那樵夫不得不如实招供。

敲诈疑案

清朝万历年间，浙江湖州小贩孙霁在永嘉贩卖生姜。一天上午，他提着大半篮生姜在富户王生家门前叫卖，二人争吵起来。孙霁因心中恼恨，言语之中便夹杂了几句侮辱性的粗话。王生勃然大怒，挥拳猛地向其背上一击，孙霁扑地而倒，正好跌撞在门槛上，当场晕死过去。王生大惊，连忙唤家人将其抬进屋中，又是按摩，又是灌药，七手八脚地忙了好一阵，孙霁才慢慢醒转。王生连忙向他赔罪，又摆下好酒好菜，殷勤招待。饭后，王生按高价将其篮中生姜全部买下，还送给他一匹上好绸缎，弄得孙霁反倒过意不去了。

孙霁辞别王生后，来到渡口。

船夫刘阿四问道："客人从哪儿得来这么好的一匹绸缎？"孙霁便把卖姜争吵，被王生击晕及其赔罪赠绢等情详细叙述了一遍，并感叹地说："我差一点就丢掉老命，成了他乡野鬼了。"这时，江面不远处漂浮着一具流尸。刘阿四心中一动，闲谈之间，便提出要买下绸缎。湖州离永嘉将近千里，带着绸缎回家，路上诸多不便，孙霁自然同意。船到对岸时，刘阿四又向他讨要那只竹篮，孙霁也欣然应允。

送走孙霁后，刘阿四立即找到那具流尸，将其捞上船来，替他穿好衣裤，然后一直将船撑到王生家门口。

这时，天色已经完全黑了。刘阿四提着竹篮与绸缎，径直去敲王家大门，见到王生，又故作惊慌失措地说："大祸事！大祸事！午后有个名孙霁的湖州客人，乘我的渡船过江。船到江心时，他忽然口吐鲜血，昏迷不醒。我好不容易才将他救治过来。于是他诉说了上午在先生家卖生姜、被先生打成重伤的经过，央请我唤其妻儿来永嘉告状、办理后事等，还留下这个竹篮与绸缎作为见证。此时他已经死了，尸体就停在我的船上，请先生前去检查，并请拿个主张。"

王生见了竹篮与绸缎，哪里还有半点疑心，全家又惊又怕，哭作一团。王生连忙捧出二百两白银，送给刘阿四，求他乘夜将尸体掩埋于密林深处，千万不要声张。刘阿四接过银子，诺诺连声而去。

送走刘阿四后，王生害怕孙霁的家属找上门来报冤。于是，变卖了房屋田产，移居别处。王家有个奴仆毛二，既狡猾又奸诈。他抓住了主人的这个把柄，就不断地向王生敲诈。到后来，胃口越来越大，眼看主人再也无法满足他的欲望了，就向官府告发了孙霁一案。

官府立即将王生拘押到案，王生承认自己失手打死了孙霁，却没有供出刘阿四。官府问他埋尸之处。王生声称地点已记忆不清。官府认为他不老实，狠狠地责打了几顿。王生懊恼痛悔，棒疮发作，不久就病死于狱中。

第二年，孙霁又来贩卖生姜，顺便带了一些湖州土产，前来拜访王生。哪知田园房屋依旧，主人却已换为他姓。好不容易寻访到王家的新居，才知道已发生了一场大变故。

王生的妻子、儿女们见了孙霁，又惊又喜，又悲又恨，终于明白是上了刘阿四的当，连忙带着孙霁，去官衙击鼓鸣冤。

官府立即将刘阿四与毛二缉捕归案，严加审讯。刘阿四无可抵赖，只得供出设计敲诈的前后经过。毛二则被定了个“奴仆诬主”罪。官府将二人一顿痛打，又披枷戴镣，关进大牢。后来，二人也都瘐毙于狱中。

片言获狱

明朝初年的一天，某县有一商人雇了一条船，要装货去外地贩卖。

货已装妥，就等随行仆人到来开船。谁知船家见货物贵重，钱财很多，此时又只客商一人，地处偏僻，就趁商人不备，将商人推下河里淹死，又很快地将全部钱财货物藏了起来。为了掩盖自己的罪行，船家还故意连夜跑到商家敲门，问：“娘子，商人为什么到这时还不下船？”

商人的妻子听说她丈夫不在船上，家里又没有，就慌了起来，急忙叫人去寻找，但毫无踪影。

问随行的仆人，仆人说是他去船上时，只见船上空无一物，主人又不在，他这才折了回来。

这时，船家故作惊慌说：“糟了！想必因船上无人，货物被坏人抢走了。”

商人的妻子只好向里长报案，里长又把这案转报到县里。

知县对商人的妻子、仆人、船家以及邻居屡加拷打追问，反复审讯，每个人的口供都一样，找不出任何疑点，因而查不出凶手，破不了案。

后了，调来了一位聪明能干的李知县。

他先单独传讯商人的妻子，问道："船家夜里来喊你丈夫下船时，他是怎样说的？"

商人的妻子答道："我丈夫出门后，到了半夜，只听有人很急地在敲门。我还未开门，就听船家在门外喊道：'娘子，为何官人还不下船？'"

知县又单独传船家问话，要他交代夜里去商人家喊人时的情状和问话。船家说的与商人妻子说的完全一样。

知县当即冷笑道："对了！谋财害命的不是别人，就是你！你不打自招，用不着其他证据了。"

船家跳起来嚷道："我不服！我不服！"

知县说："你夜半敲门找那商人，应该是叫官人的，但是你早知道商人不在家，所以门还没开，就喊'娘子'。你来找官人，岂有不见到他就知道他不在家的！"

船家被质问得哑口无言，只得从实招认。知县还派人查出了船家的全部赃物，便定案将船家正法。

抱瓜识贼

一天，清官海瑞来到浙江淳安排头岭下。忽然听见有人争吵，便叫衙役前去看看。

一会儿，衙役将一个汉子和一个怀抱小孩的妇人带了过来。

只听那汉子哭诉道："大人，大人为我做主啊大人，小人有片瓜田，就在这岭下那儿，这贼婆娘偷我的瓜，当场被我捉住，我叫她赔，她一个劲儿地吵闹不休。"

只见那妇人手中抱着个周岁左右的小孩，又气又急，呜呜直哭，说道："大人，你不要听他的。我今天给小姑买了条裙子，他看上了眼，跟我抢，我死活不肯给他，他就打我，还赖我偷他的西瓜，求大人评评理啊。"说罢，哽咽着继而号啕大哭……

那汉子怒吼道:“你走没走过我的瓜田地?”那妇人怯生生地道:“走过!”

那汉子又问道:“你是不是在我瓜田里蹲着?”那妇人道:“是蹲着的,我是在给我孩子把尿!”

那汉子哈哈大笑道:“古人说得好‘瓜田不纳履,桃李树下莫整冠’。何况,我从你怀里亲自夺回我的瓜,你还敢耍赖?”

那妇人忙争辩道:“你胡说,我什么时候抱过你的瓜?”

海瑞没等那汉子再辩说,喝道:“住口!”转而问道:“她偷了你几个西瓜啊?”

那汉子眼中闪过一丝奸笑,大声答道:“两个,都是极大的。”

海瑞说道:“也罢,在这儿也说不明道不白的,先到你瓜田去看看吧!”

来到瓜地,海瑞先叫那妇人把如何走过瓜地边,如何给孩子把尿,重新给来了一遍,那妇人一一做了。接着又叫那汉子把如何发现妇人偷瓜,妇人如何抱瓜走,瓜又如何被他夺下的情景重做一遍。

等到那汉子把瓜塞入那妇人怀里的时候,妇人不肯抱,海瑞大声喝道:“咳,这就是你的不对了,如果你没偷瓜,为什么叫你抱一抱都不肯呢?”那妇人双眼含泪叫屈道:“大人,我一手抱孩子,另一只手如何能抱得两只瓜啊?”

海瑞笑道:“那你就让他放放看。”那汉子把两只瓜慢慢堆入妇人怀中,海瑞叫妇人走了几步。又问那汉子道:“当时就是这样子的吗?”

那汉子两眼发光,笑眯眯道:“大人英明啊,当时情况正是如此。”

海瑞又转向那妇人道:“你说你不好抱两只瓜,你现在不是抱了吗?瓜应该是你偷的吧。”那妇人急得满脸惨白,大叫冤屈,那汉子脸上却满是欢喜。

海瑞又问道:“当时,有人看到这些情景吗?”那汉子道:“没,没有,当时这儿什么人也没有。”

海瑞又问:“这些情景都是真的吗?”那汉子道:“怎么不真呢,千真万确的事情,她偷我的瓜是我亲眼所见,亲手捉住的。”

海瑞又道:“这妇人真是可恶,她还不承认偷瓜呢,来,你做一遍给她看看!”

海瑞叫妇人把孩子交给那汉子抱着,叫他把妇人偷瓜的情行重做一遍。

那汉子右手抱着孩子,弯下腰,用左手抱瓜,开始只能抱一只,等他抱另

一只瓜的时候，这只瓜却滑掉了。抱来抱去，足足抱了有一个多时辰，累得满身大汗，还是抱不起来。围观的百姓看到这情景，案情已经一目了然了。众人看了没有不拍手称快的。最后，那汉子只好承认自己抢不到妇人的新裙子，便摘下这两个瓜，诬赖她偷瓜。

海瑞吩咐人把那汉子带回衙门静候处置。

海瑞经过一番了解，知道这汉子叫王二根，外号“双头蛇”，是排头岭一害，便严惩了他。

临海血案

明朝时，浙江临海县迎接新入学的秀才入校舍就读。有位住在学校附近的农家少女，名叫宋莲娟，看见一位秀才仪表堂堂，甚是喜爱，不觉注目凝视了好一阵。

适逢旁边有一个专卖妇女用品的孙婆，拎着个针线篮在叫卖，见此情状，便对莲娟道：“这个秀才名叫徐士南，是我邻居的孩子，我去为小娘子做媒，让你们配成一对佳偶，怎么样？”莲娟羞红了脸，低头不语，心中却着实欢喜。

当天晚上，徐士南放学回家，孙婆果然登门来做媒。徐士南一怕荒废学业，二嫌莲娟是个农家女子，便婉言谢绝了。

孙婆失望地回到家中，嘴里还不住地念叨：“这个徐士南真是个书呆子，如花似玉的莲娟主动找上门来，他竟然无动于衷，实在太迂腐了！”

言者无心，听者有意，孙婆的儿子孙培儿，从母亲的絮叨中终于听清了事情的大概，不觉暗暗欢喜，待母亲睡下后，他就悄悄地摸到宋家，在莲娟卧室的窗户上轻轻叩击。

莲娟已经熄灯睡下，惊问：“是谁？”

孙培儿低声说：“快开门，我是徐士南啊。”

莲娟又惊又怕又喜，禁不住孙培儿一再撺掇，终于开门将其放入室内。到后半夜时，孙培儿又悄悄地开门而去。一连好几夜，孙培儿都来与莲娟私通。昏暗之中，莲娟一直以为他就是自己的心上人徐士南。

这天，莲娟父亲的一个朋友带着妻子远道而来，莲娟的父母留他们住宿，让莲娟暂时搬出来住，将闺房让给了朋友夫妇。

哪知第二天早上一看：女儿的床上只有两具血淋淋的尸体，头颅已被歹徒剁下拿走了。宋家夫妇吓得魂飞魄散，连忙向官府报了案。

临海县令程廷良，闻报后亲自赶往现场勘验。开始时以为宋家谋财害命，待到把客人的行李打开一检查，贵重财物都没有丢失，作案的动机是什么呢？于是问道："这床原来是谁睡的？"

莲娟的父母说："是我们的女儿。"

程县令思索一阵后，立即把宋莲娟押至县衙，厉声讯问道：

"你的奸夫是谁？快快从实招来，免得受刑！"

莲娟不敢隐瞒，供道："是秀才徐士南。"

程县令又把徐士南拘至公堂，喝道："无耻凶徒，怎敢奸骗民女，又行凶杀人？"

徐士南大声呼冤，程县令道："你的姘妇宋莲娟已经招供了，你怎么赖得了？"

徐士南这才记起了，连忙说："那天孙婆确实向我提过这门亲，我根本就没有答允，更不可能到她家中。大人如若不信，可传孙婆来问。"

程县令于是又审问宋莲娟道："徐秀才身上有什么标记？"

莲娟答道："左臂上有个痣。"

程县令又带上徐士南检验，手臂上并没有痣，程县令沉思了一阵，唤过一书吏，吩咐道："你带两个衙役去孙婆家查一查，看她有没有儿子。如果有，就将他带至公堂。"

书吏领命而去；过不多久，就把孙培儿押进来了。

程县令察看他的右臂，果然有颗大黑痣，马上沉下脸来，厉声喝道："原来你就是杀人凶犯！快给我拖下去痛打！"

孙培儿吓得磕头如捣蒜，当堂供出了实情。

原来那天夜里，孙培儿拨开宋家大门，蹑手蹑脚地闪进莲娟的闺房，摸到床上一男一女两个人头，只以为莲娟另有奸夫，醋意大发，就不顾一切地把他们杀掉了。

案情大白，徐士南与宋莲娟都被释放回家，孙培儿则被依法处斩。

偷油之鼠

无锡县有个卖肉为生的尤葫芦，因生意亏本，向亲戚家借了十五贯钱，回家再做营生。晚间，当地赌棍娄阿鼠去尤家偷窃，杀死了尤葫芦，盗走了十五贯。

这事牵扯到尤葫芦的继女苏戌娟和外地客商熊友兰，他们被无锡知县屈打成招，承认同谋杀人，窃钱私奔。

苏州知府况钟奉派监斩两人。

两人高呼冤枉，况钟觉得案情确有不实之处，便向上峰请求复查。

他来到尤葫声家中，在床后寻到一粒骰子。但查访乡邻，都说尤葫芦并无赌博恶习，当地只有娄阿鼠是个赌棍，但此人已失踪好久。

况钟假扮一个测字先生，几经周折在惠山脚下的一座破庙里寻到了娄阿鼠。娄阿鼠做贼心虚正求神灵保佑，见测字先生来到，便取自己名字中的“鼠”字求测，以卜凶吉。

况钟问道：“你是自己问卜，还是代人测字？”

娄阿鼠掩饰着说：“我是代人测字。”

况钟说道：“老鼠惯于夜间活动，而且善于偷窃。此人一定犯了偷窃的官司。”

娄阿鼠一听不由心惊肉跳，但又急于要听下文。

况钟继续说道：“老鼠喜爱偷油，所以被窃之人姓尤，偷油油漏，这场官司恐要败露。”

娄阿鼠更加慌张了，问道：“可有解救之法？”

况钟踌躇了一会儿问道：“若要解救，你必须以实话告我，这字是测别人还是测你自己。”

“是我自己，先生救我。”

况钟面露笑容，说道：“老鼠钻洞，无人寻得，洞即是穴，鼠加穴即为‘窜’（‘窜’的繁体字是‘穴’字下面一个‘鼠’字）。当下之计，你只有逃窜为上策。”

娄阿鼠哭丧着脸说：“偷来的十五贯钱已被我用尽，我已身无分文，如何逃走啊！”

“不妨！”况钟说，“我雇有小船一只，正要开往苏州，你不妨跟我同行。”

娄阿鼠大喜过望，便随同况钟前往码头，果见那里停有一只小船。正待上船时，娄阿鼠突然喊道：“你不是测字先生！”

况钟以为情况有变不由大吃一惊，问道：“你说什么？”

“我是说，你不是测字先生，倒是救命菩萨。”

小船直驶苏州。娄阿鼠糊里糊涂地被带到府衙，当即被押进监狱。

次日，况钟将一干人犯提上大堂审问，娄阿鼠见威严地坐在公案后面的苏州知府就是测字先生，自知事情败露。待等人证和骰子物证出现在他眼前时，再也无法抵赖，便如实招供了杀人谋财的经过。

饿驴找骡

明朝，广西太平县深山老林中住着一个老头。一天，他骑着一头骡子，驮着钱物，出山赶集。

走到半路上时，骡子尥蹶子，不肯走了，无论老头怎么赶都不顶用。

正在这节骨眼儿上，有一位陌生人骑着一头毛驴来到眼前。瞧老头正在吃力地赶骡子，就忙问：“你老这么急，要上哪儿去？”

老头回答：“别提啦，急着赶到前面县城去，可这畜生硬是不听话！”

陌生人笑道：“啊，正巧，我也要去县城办事。咱们一块儿走吧！”然后，他又关心地对老头说：“你老这么大岁数，这头骡子性格又暴躁，也真够你受的啦！”他搓了搓手，似乎下了很大的决心最后又开口：“你看我这头驴，驯服听话，咱们就换着骑吧！”

老人很感激，忙连连点头。

陌生人笑着跨上老头的骡子，狠抽几鞭。骡子撒蹄飞奔起来，一时尘土飞扬。老头刚想追赶上去，已经来不及了。一会儿，骡子和陌生人早已跑得踪影全无。老头连连跺脚，连声叫上当，就气喘吁吁赶到县府告状。

知县袁道问明情况后，对老头说：“你别着急，先把驴留在这儿。过四天。你再来。”

等老头走后,袁道命令手下:把驴拴在一间空屋里,不喂一口草料!

四天后,老头又来了,袁道向老头发话:“你还记得那骡跑去的那条路吗?”

老头不假思索地答道:“记得!”

袁道笑了:“这下,那你就有好戏看啦!”

袁道马上命令两个衙役牵出驴来,跟着老头走。一会儿,这一行人来到了四天前骡子被拐跑的地方,衙役放开驴绳,任其自去。毛驴饿了四天,饥不可耐,又熟识回家的道,就一口气地跑去。衙役在后面紧紧跟上。驴子跑到家里,衙役也紧随到达。

众人一看:老头的骡子正系在门口呢!

衙役们呼啦拥上,利索地绑缚了那个陌生人。带他回到县衙大堂,一经审讯,陌生人只好乖乖地认罪。

智毁淫窟

广西南宁府永淳县有座宝莲寺。寺内有个“子孙堂”,堂廊右侧是一排整齐的净室。

相传不育妇女来此求祈子嗣者,颇多灵验,因此,远远近近的善男信女们相继而来,布施的钱财香烛等物,堆积如山。要想进入这子孙堂净室,还得遵守寺中多条清规:

第一,求子嗣的妇女必须由丈夫陪伴前来;

第二,必须是中青年妇女,身体健康者;

第三,入室前必须斋戒沐浴,不得沾染荤腥;

第四,必须在神灵前虔诚祈祷,获得神灵垂训允准。

那些求过子嗣的妇女,有的声称半夜里梦见金佛前来送子,有的说是罗汉送子,有的则默默无言。有的妇女在净室中住了一宿后,就再也不肯来了,有的则屡来屡宿。这些净室都严密无隙,绝无偏门窗户可通。夜晚,当妇女们进入净室后,其丈夫则自带锁钥,各自将妻子反锁于内,自己则于门外搭铺而卧。因此,人人都深信不疑。当然,也有不少妇女果然因此而怀孕生子的,于是一传再传，越传越神，宝莲寺的香火也越来越旺盛。

明朝嘉靖年间，福建人汪旦出任永淳县令。

到任不久，就有人向他提及子孙堂一事。汪旦心中怀疑，就唤来两个精细衙役，又找来两个妓女，要他们装扮成两对夫妇，当夜前往宝莲寺求取子嗣。临走之前，汪旦交给一个妓女一段黑墨，交给另一个妓女一支朱砂，吩咐道："夜晚有什么动静，你们不必惊慌，也不必抗拒声张，只要悄悄地把这黑墨汁涂抹在对方头顶上就行了。"四人领命而去。

第二天一早，汪旦调集兵众，埋伏于宝莲寺外，自己则带着几个亲随，入寺来检察巡视。众和尚听说县主驾到，都仓皇而集，前来谒见，约莫有一百人。汪旦命令众僧摘掉僧帽后再参拜。众僧不敢违拗；遵令除帽。只见其中的四个和尚，两个头上有黑墨，两个头上有朱砂。汪旦立即喝令将这四个和尚捆绑带出，两个妓女各拿着一包药丸，出来作证道："半夜以后，有两个和尚钻入室中，恣意淫乐一番后，就送了这包'调经种子丸'。"

汪旦大怒，立即召集兵马入寺。众和尚表情异常，谁也不敢轻举妄动，一一束手就缚。汪旦又派人仔细搜查净室，原来床底下都有暗道。看来，被众僧污辱的妇女已无从统计了。

一百多个和尚被带入县衙，监狱立刻住满了。

当晚，方丈法显对监狱小头目凌志道："我们犯了如此罪孽，肯定有不少人要被处死，我身为方丈，更是必死无疑了。不过，这狱中又湿又冷，让我们回寺收拾点铺盖被褥来可否？我当了四十年的方丈，积聚了无数金银珠宝，宁愿赠送一半以作酬谢。"

凌志见利心动，便同意法显带着三个和尚前往，自己则带着八个狱卒紧紧跟随。到了寺中，法显打开了地窖，里面堆满黄灿灿、白闪闪的金银，耀人眼目，任由凌志等搬取。法显等人则假装收拾卧具，暗暗搜集寺内刀、剑、斧、鞭等裹挟于被褥中，然后跟着凌志等回到监狱，将武器暗暗分给众僧，约定于三更时分斩门而出。

这一晚，汪旦正秉烛构思申报文书的草稿，忽然心中一动，暗想：一百多个和尚囚于一狱，万一猝然生变，这几个狱卒和衙役如何对付得了！于是立即命令县尉，召集捕盗兵卒，迅速入署警卫。兵卒们刚刚聚集，和尚们已经打开了狱门，冲杀而出。

双方混战，杀声连天。和尚们用的都是些短刀和短斧，兵卒们就用长枪大戟对付厮杀一阵后，和尚们连连死伤倒地，渐渐支撑不住。法显知道事情难成，高声呼喊道："大家住手，我有话说。我们僧众之间有善有恶相公不一一仔细审讯查问，却不加区别地都要给予重惩，这才激起变乱。何况真正持械造反的不过几个人，刚才已经被杀死了。我要面见相公，诉说实情。"

汪旦便派一个刑吏去安抚众僧道："相公也知道你们并非尽数造反，然而造反者既已死了，其余的就应该立即交出全部武器，明日当庭审讯，然后才能细分区别，作出不同处理。"法显等只得交出了武器。

汪旦连夜审讯，百余名和尚均按刑律处死。

汪旦又追查武器入狱的原因，才知道是凌志等贪财徇弊所致。而凌志等人在变乱初起时，已最先被和尚们杀掉了。

清　朝

争立嗣子

李铁桥刚去广东某县做知县时，就遇到了一个争立嗣子的案件，那是前任知县遗留下来的。

告状的是位老妇人，她说她丈夫早就去世，没留下儿子，她丈夫的哥哥却有两个儿子，为了占有她的家业，大伯想把他的小儿子过继给她，做合法继承人。可是，小侄儿的品行很坏，挥霍无度，经常辱骂顶撞婶母。婶母十分厌恶他，便收养了另外人家的一个孩子。大伯发怒说："按法律应由我这个儿子继承！"她也很生气地说："立谁为嗣是我的事，我爱立谁就立谁。"

双方告到县衙，但拖了几年不能判决。新任知县李铁桥刚上任，双方便又来告状。

一天，双方齐集于公堂，大伯坚持说："有两个儿子，按法律规定，应过继一个给我弟弟家。"

李铁桥说："对！你说得很有道理。"于是问妇人："你有什么理由来告状？"

妇人说："照规定是应立他儿子为嗣，可是，按人情应允许我自行选择。他儿子浪荡挥霍，来到我家必定败坏家业；而且他性情凶顽，经常顶撞我，我已年老。怕靠他不住，不如选我称心如意的人来继承家产。"

李铁桥大怒："公堂上只能讲法律，不能徇人情！怎么能任你想怎么样就怎么样呢？"那哥哥一听赶快叩头称谢，旁边的人也齐声说对。于是，李知县让他们在结状上签字画押，然后把哥哥的小儿子叫到面前说："你父亲已经与你结断关系，你婶子就是你的母亲了，你赶快去拜认吧。这样一来，名正言顺，免得以后再纠缠。"那孩子立刻向婶母跪下拜道："母亲大人，请受孩儿一拜！"

婶母边哭边说："要立这个不孝之子当我的儿子，这等于要我的命，我还不如死了好！"

李知县说："你说这个儿子对你不孝，你能列举事实吗？"于是，那妇人便一件件地叙述，说得清清楚楚。李铁桥对那哥哥说："按照法律规定，父母控告儿子不孝，儿子便犯了十恶大罪，应当处死，现在这个孩子也应该按法律处治。”于是立即命令差役：“用棍棒打死那个儿子！”

那个哥哥一听要打死自己的儿子，慌忙苦苦哀求，旁边的人也纷纷跪在李铁桥面前请求免刑，李知县沉默许久才说：“我怎么敢不依法办事呢！现在只有一个办法，就是不要他去做婶母的儿子，这样，她也无从以不孝重罪来告她侄儿，你儿子的小命也可以不死在棍棒之下了。”

那哥哥连连叩头，声称照办。于是，李铁桥让众人改口供，由妇人立她所选中的人做嗣子。

妙审箩筛

清朝雍正十年的一天，安史明在一个县城赶场。散场了，却发现场口处还有一堆人围在那里，人群中有两个人拉住一个箩筛在争吵，他便凑上去瞧热闹。

一个穿着很阔气的酒糟鼻男子，指着箩筛对一个穿着青布衫裤的中年妇女说：“吴妈，你莫扯远了！这个箩筛，我已经买了好多天了。筛面粉都不晓得筛了多少回了，是你的？”说着，又要去拖箩筛。

那位妇人用手紧紧地拉住箩筛的一端不放，说：“区大爷，说话要凭良心，这个箩筛是我乡下兄弟给我编来筛碎米用的，我用了两个多月了，端阳节前我拿点碎糯米去晒，才丢了的。你不信，喊我兄弟来问嘛！”

酒糟鼻说：“我管你兄弟不兄弟，反正这箩筛是我区大爷的。你看清楚，这上面粘着一层灰面，都是三筛三磨的精白面，你家拿得出一两一钱？”那个妇人仍然死死地抓住这箩筛不放。

安史明在旁边听明了原委，就分开众人，走进人群中，对双方的人说：“这件事情，如果大家愿意，让我来办一办！”大家都听说过安史明的本事，也想看看他怎样解决这个难题。安史明说：“俗话说得好，人各有志，物各有主。这箩筛到底是哪个的，只有它才晓得。今天，我们就来审——箩筛！”

只见安史明叫人拿了一块布垫在地上，又借了一根光光的擀面棒拿在手中，将箩筛扣在布上“乒乒乒”就是几下，口中还念念有词边打边问：“小小箩筛竟然混淆视听，蒙蔽主人，搞得区老板和吴妈为你伤了和气，险动干戈，你知罪不知罪？”说着，“乒乒乒”又是几下，指着箩筛继续审道：“今天不向安大爷说出真正主人，安大爷就要办你！”这时，安史明煞有介事地移动箩筛，盯着地上的布转了两圈，又对箩筛说：“愿招？愿招免受皮肉之苦，从实招来！”说完，安史明这才把箩筛提起来贴在耳边，细细地听了一阵，说：“箩筛恋主，已经从实招了，它是属于吴妈的。吴妈，你就领它回家去吧！区老板，你还有什么话说？”

区老板脸上一阵发红，但嘴仍硬得很：“这箩筛我区大爷买来之后天天筛面，从来没有离过店中人的手，怎么会是吴妈的呢？”

“你天天筛面，从来不筛别的东西？”

“只筛精白面。”

安史明说：“各位乡亲，刚才我安史明审箩筛时，这箩筛禁不住棒打，不仅是筛缝里的面粉落在布上，还有一些碎米屑也落在布上。这位区老板既然天天筛面，从没筛过其他东西，那这碎米屑又从何而来呢？——这箩筛到底是谁的，不是很清楚了吗？”

众人纷纷竖起大拇指赞扬安史明机智的判断。

字画断案

费益斋是清朝道光年间有名的清官。他在接任江西义宁州州官后，首先上街察访民情。

一次，费益斋应一个地方绅士之邀，到他家中做客。这个绅士名叫鲍发，他家中府第高敞，陈设华丽，厅上挂满了各种名贵字画。可是鲍发出言鄙俗，行为粗鲁，与其身份很不相称。

费益斋不由暗暗生疑。更使他疑惑不解的是，当他饭后在花园里散步时，遇见一个穿着华丽的少妇，他便主动上前施礼：“夫人，可是府上的主妇？”

少妇慌忙回礼：“费大人为官清正，小女子久闻大名。”说着两眼含泪，欲语又止。

费益斋见少妇神态优雅，举止文静，与鲍发的举止谈吐大相径庭。又见她似有难言之隐，便问道：“夫人，可有什么秘事要告诉下官？”

少妇沉吟片刻，还是掩饰道：“不，小女子失礼了，就此告退。”说着泪珠夺眶而出，慌忙离去。

这事使费益斋更加对鲍发生疑。回到厅上，他指着墙上的字画，赞赏道：“府上如此多的珍品，收藏确非容易。”他想探问这些字画的来历。

鲍发洋洋自得地说：“有钱还有办不到的事吗？”

费益斋便进而问道：“厅中高挂的那副对联很是雅致，不知写联之人与阁下有何交情？”

鲍发见问，显露不安神色，搪塞着说：“小民有的是钱，巴结我的人很多，哪里记得这副对联是谁送的？”

费益斋紧接着问：“盖在字画上的图章却有名有姓，不知与你又是什么关系？”

鲍发还是原话对答：“我只知花钱，与那些人员是买卖关系。”

“那么，都花了多少钱？”

其实，鲍发并不知那些字画值多少钱，就随手指了副粗糙的字，胡乱说了一个价：“这副字，我花了一千两银子。”

其实这是一副唐朝怀素和尚的狂草真迹，市价在万两银元之上。费益斋从以上种种迹象，判断出鲍发的这些字画来路不正。

回到衙中，费益斋派衙役将鲍发拘来审讯，并派人用轿子将鲍妻接来衙中。费益斋善言相劝，让鲍妻讲出真情。鲍妻见州官如此严明，便哭诉了事实。

原来十八年前，原籍在广东的一个官员，告老还乡，路经鄱阳湖，突然遇到了强盗，一家除一个尚未成年的女儿被抢走外，其他人通通被强盗杀了，官员携带的财物，也被掳走。

因湖中强盗出没无常。地方官虽经多次的侦查，也无结果，此案竟被搁置了十八年之久。

谁知，这个江西义宁州鼎鼎大名的鲍发就是这次抢劫案的盗首，他的妻子就是当年掳来的官员女儿。那些字画则是那官员毕生搜集来的珍藏。

人证物证俱在，经过审讯，鲍发无从抵赖，只得供认不讳。

请神破案

清代有个裁缝，妻子早逝，膝下仅有一个女儿。

小女长大出落得十分水灵漂亮，引得乡里一班浪荡子对她垂涎三尺。为免遭骚扰，裁缝每次外出，便把女儿关在楼上做针线活。一日，裁缝晚上回来，见房门大开，呼女不应，顿知有异，他心急慌忙赶上楼，只见女儿死在凳上，双手被绑，裤子拖在脚上，地上有半截人舌，喉咙有手掐的痕迹。他痛不欲生，立即向官府报案。县官验尸完毕，认定裁缝女儿是被断舌人奸杀。马上发令，追捕罪犯。捕快四处撒网追踪，果真在县庙的香桌底下抓住了断舌人。此人口中鲜血直滴，不能言语。证据确凿，县官便将此人定死罪，报上司批文发落。可是，几天后县官就被调走了。

新任县官袁枚觉得此桩杀人案很可疑，他推理：舌头被女子咬断，那人一定负痛逃走，怎么还会把女子绑在凳子上强奸致死呢？此中情节一定不是一人所为，凶手不一定是断舌人。于是，他决定另行复审。

这天，县衙门贴出公告，说在武营公开审理此案。时值中午，袁枚坐于武营，喝道："将犯人带上来！"人们感到奇怪，只见衙役摆出一张长凳和一条裹脚布放在正中，而袁枚却一本正经在审问这两件东西。于是，围观的人水泄不通。忽然一声炮响，大门紧闭，人们都不知要干什么。

袁枚正色说："我为破此案，不得不夹凳打布，昨夜有神仙告诉我，今天凶手可获，要我把绑那女子的裹脚布系于堂上两边柱子上，想要出去的人用手摸布，若是凶手，布就会把他的手绞住。"人们闻言纷纷按次序摸着布出去。其中有两个人，尚未靠近布，手已颤抖不已。袁枚见状喝令拿下。果然，经审讯，两人便服罪招供。

原来，那天有个货郎经过女子家门叫卖，女子下楼买线，按价进去取钱，货郎见她如此姿色，心生歹念，尾随上楼强行搂抱亲嘴。女子一怒之下咬断了他的舌头，他疼痛难熬，弃女而逃。正巧有两个浪荡青年经过，见门半开，就侧身摸进去，里面没有动静。到了楼上，见女子一人在哭泣。他俩就把她搂住调戏，女子大叫。一人就堵住她的嘴，一人解下她脚上的裹脚布把她绑在

凳子上,将她轮奸后,怕她告至官府,就把她掐死了。

袁枚审物擒奸人的事一时被人传为美谈,百姓无不称他为“神君”。

拾虫窝石

彭永思任清朝楚雄县的知县时,某官员解送一批饷银到达省会,打开贮藏饷银的木箱大吃一惊,发现木箱中有一块石头,清点便发觉少银子二百两。

地方官怀疑是挑木箱的役卒从中做了手脚,便下令将役卒捆绑起来,送往省府,刚好彭永思在省城,上司就把此案交给彭永思处理。

彭永思察看那块冒顶银子的石头,发现上面有虫做的窝,觉得此事很蹊跷。他想:石头有虫窝说明此石并非道路上的石头,那么此案可能并非役卒而作。他用手掂掂那石头的分量,忽地又想起一个关键问题,便问那役卒:“石头比银子轻,你肩上担着银子,左右轻重必须保持平衡。你什么时候感到倾斜过?”

役卒经他一提示,猛醒道:“是的。今天早上从客店出来上路时,就感到担子倾斜了。”

彭永思一听,心中有了底,对地方官说:“你们一行人随我同行。”说完就关照备轿,将那块石头装于轿中,沿着地方官来的那条路往回走。

一路上,彭永思细心察看路边的石头,只要遇到与它有些相像的石头,就拾起来,居然拾了十几块,拿来比较,却又不相像。

走着走着,便到昨夜地方官打点住夜的客店。店主外出迎接,一见地方官等人,面露惊慌之色,但随即正常。这一闪的神情已被彭永思看在眼里,但他丝毫不露声色。

傍晚,彭永思装作散步,在客店旁踱来踱去,忽见竹林处有人私语,细窥,只见地方官的侍从正和店主在窃窃私语。彭永思仍不惊动他们,转到后屋见角落处有堆乱石,上面有许多虫窝。上前捡起一块石头细瞧,心中大喜:此石与饷银箱中的极为相似。

彭永思把石头带到客店,当即吩咐手下就地升堂,并唤来店主和地方官的侍从。

众人到齐,彭永思正色道:“关于饷银失窃一案,本官已有眉目。今日且看我审问石头。”

众人不解。

石头何能语言?如何审得?

只见彭永思微微一笑,取出饷银箱中的石头和那一路上捡到的石头,叫地方官的侍从和店主一一比较,都说:“不像。”

彭永思又拿出刚才捡到的石头给他们看,问:“像吗?”

两人则都说:“像!”

彭永思听罢厉声说:“这种石头为什么出在你的后屋呢?”店主顿时失色,无言以对,只得服罪招认。原来,他和地方官的侍从是共同盗窃银子的罪犯。

冤鬼奇案

清朝雍正年间,一个月黑风高的深夜。

直隶总督府后院书房中,残烛摇曳。总督唐执玉仍在执卷读书。

忽然,中堂外面传来阵阵凄哀的哭声,好像是从院中传进来的。在寂静的深夜,听起来令人心里发毛。唐执玉急唤童仆开门察看。这小书童战战兢兢掀开门帘,往后院一看,惊叫一声,便瘫软在地上。

唐执玉抖擞精神,仗剑而出。在似明似暗的夜色树影之下,只见在石阶前阴森森跪着一人,面绿发红,指甲约有两寸长,在不住地朝他磕着响头。这分明是一个厉鬼呀!

唐执玉顿时面色如土,但转念一想:不做亏心事,不怕半夜鬼敲门,况且我乃堂堂钦差大员,怎能惧怕区区一个小鬼呢?

于是,强作镇定,朗声说道:“下跪之鬼,可有冤情?且与本官道来。”

那鬼幽幽说道:“我叫冯德生,生前家住武清县,在经商途中,被强人所杀。武清县令这个昏官,抓了个无辜的良民,却任真凶逍遥法外。久仰大人青天之名,今夜打扰,望大人为我申冤。”

唐执玉急忙追问:“请问那真凶是何人?”

那鬼一字一顿地说了十六个字:“一口天上,一口土里,屋后是河,宅边有柳。”言毕,翻墙而去。

第二天一大早,武清县两名差役解送来一名囚犯,到总督府报告凶案。唐执玉听罢案情,不觉一惊,原来这正是冯德山遇害案。

想起昨夜冤鬼之词,唐执玉忙问差役:“死者在何处被杀?”差役回答说:“是在武清县柳家庄附近。”

唐执玉又问:“这柳家庄后可有一条河?”

差役回答:“正是。”

唐执玉一拍惊堂木,传令道:“速将柳家庄名叫吴吉的人拿来!”

书童在一旁听了默想:“一口天上,一口土里,不正是吴吉二字吗?”心中对唐执玉的才智暗自佩服。

且说抓来吴吉,带上堂来,一番审问,唐执玉随即命将他押进死牢。唐执玉又把差役原先押解来的那个杀人凶犯提到堂上,对他说道:“本官一向秉公断案,你的冤情现已昭雪。我今天已烧化纸符一张,让那为你诉冤的冯德山的亡魂于三天之内送来诉状。你可暂给家人捎信,报个平安,待本官得了诉状,即可放你。”

三天后的夜里,果然冤鬼又出现了。

唐执玉接过那鬼递上的诉状,忽然将它一把撕碎,大喝一声:“给我将他拿下!”四下里埋伏的衙役一拥而上,当场把这鬼生擒。

经过审讯,真相大白:其实,这“鬼”是人装来骗唐执玉的。那凶犯杀死冯德山后被捉拿归案,为求生路,和家人商议,花重金收买了一个善于飞檐走壁的贼人,扮作冤魂,嫁祸于人。

众衙役和小书童又惊又佩服,问唐执玉是如何识出这“冤鬼”是假扮的。

唐执玉笑道:“本官从不信世上真有鬼存在。况且我观察后院墙上有明显脚蹬过的印痕,鬼的来去,会有这么笨拙吗?于是,我将计就计,引出此‘鬼’,昭明实情。”

无辜的吴吉被送回柳家庄,杀人凶犯和装鬼飞贼被依法严惩。

这一段唐执玉计破“冤鬼”奇案的故事,在民间被传为佳话。

架下觅毒

清朝高宗年间，浙江永嘉县的周生以贩卖货物为生，长年只身在外奔波。家里只有妻子和瞎眼的母亲。媳妇早晚服侍婆母，好得如同母女一般，左邻右舍对她们既羡慕又尊敬。

一天，周生回到家里，母亲命媳妇杀鸡款待儿子。当时正是酷热的夏天，他们将饭菜摆在院子的葡萄架下，一同进餐。

那天，婆媳两人都吃素，陪着周生一边吃一边叙谈别后发生的种种琐事。

可是到了半夜，周生忽然暴病死亡。

婆媳俩抱头大哭，哀伤至极。邻居得到消息，都来问询、吊唁。

里正觉得周生白天好好的，怎么半夜就死亡了呢？死得太突然了，这里一定有蹊跷，便向官府报了案。

官府派仵作验尸，结论是：中毒身亡。

县官怀疑女子与外人通奸谋杀亲夫，便将她逮捕，用严刑拷问。女子受不住刑罚，只得含冤供认自己是凶手。

县官追问："奸夫是谁？"

女子说："没有。"

县官又命差役动刑罚。女子被打得急了，只好胡乱说了一个人的名字："十郎。"

十郎是周生的堂弟，周生每次远出，都嘱咐他代为照管家庭。县官听了周生妻的招供，即派人将十郎逮捕归案，向他询问通奸杀兄经过。

十郎大惊失色，坚不承认，县官喝令严刑拷打。

案子上报后，巡抚某公怀疑其中大有冤情，要为之平反，却为幕僚劝阻。

结果，周妻与十郎便被面对面地绞死在市集上了。

一时群众纷纷为死者鸣冤。

巡抚听到议论心中烦闷，便化装成百姓悄悄察访。到周生家里，见瞎眼老太坐在屋檐下哭泣，便问："老人家为何悲伤？"

老太说："我儿惨死，虽然没有查出原因，我却认为这是天命啊。而昏官竟然诬陷害死我贤惠的媳妇,我死了之后必要成为厉鬼为媳妇报仇!”

巡抚惊问:“为什么说媳妇贤惠?”

老太说:“别人不知,我是知道的。儿子在外,她夜夜伴我睡,夏天为我驱赶蚊虫,冬天给我贴身暖背,就是母女之间也做不到,更有什么机会同人通奸呢?听说巡抚仁慈公正,我正日夜盼望冤案可以平反。可今天看来,巡抚也是个昏官。老天啊!冤枉啊!我要到皇宫去告状,以此来为儿媳申冤啊!”

巡抚听了,愧悔得汗如雨下。

巡抚说:“家鸡难道会有毒吗?一定有特殊缘故。你们在什么地方吃饭?”

老太说:“葡萄架下。”

巡抚便出钱请人代买一只鸡,烧熟后仍置放于葡萄架下当时吃鸡的处所,热气蒸腾而上,一会儿,一缕白丝自上而下掉在鸡盘中,巡抚全神贯注细看才隐隐辨清,十分惊异。巡抚立即返归衙门,换上官服,召集曾承办此案的各级官员,鸣锣开道。来到周生家,瞎老太大吃一惊,跪在地上迎接。官员们都莫名其妙,不知巡抚葫芦里卖的什么药。

巡抚命令下人烧熟一只鸡,仍置放在葡萄架下原处,叫官员们细细审视。一会儿,细白丝自上而下落入鸡盆。再撕一块肉喂狗,狗吃了立即毙命。众人大为惊骇。巡抚便叫差役拆毁葡萄架,细加搜索,捉得一只长约四寸的毒蝎,细丝原来就是它的涎液。官员们见了面面相觑。

巡抚沉痛地说:“这就是周生暴死的缘故。两个无辜百姓被判刑是冤枉的,难道不是我们这班父母官的罪过吗?!”即日奏报朝廷,请求处分。县官以枉杀无辜论罪,其余官员也给予不同的处罚。

书楼寻证

清朝时,太原有个叫杜有美的秀才,家里有书楼,藏书极为丰富。同县的黄林、韦生都是名士,有时来杜家借书阅读,就在书楼过夜。恰逢杜有美与卢家姑娘慧娟结婚。卢慧娟与杜有美是姑表兄妹,自小青梅竹马。举行婚礼时,黄林、韦生都来庆贺。

黄林私下里对韦生说:“听说杜有美向卢姑娘求婚时还有一段曲折哩。”

韦生好奇地问:“怎么曲折法?”

黄林说:“卢公比较固执, 坚决反对姑表亲联姻。于是他俩个个相思成病,不知花费了多少唇舌才成就好事。今晚他们进入洞房,夫妻间不知有什么私房话,我们去偷听,可作为笑料啊。”

韦生笑着表示同意。哪知此番话被躲在屏风后的杜有美听见,不觉暗暗发笑。

到了深夜,参加婚宴的客人纷纷散去。

杜有美脱掉衣裳准备就寝,忽然想到白天黄林对韦生的谈话,疑心他们一定还在书楼上。好在新房就在书楼下,于是只着了短衣裤摸黑登楼,准备悄悄观察动静。

只见一人靠着楼栏杆,心想这一定是黄林了,便蹑手蹑脚走到他背后,用双手遮没他的眼睛。那人猛地兜转身子,用手死劲扼勒住杜有美的喉咙,不一会儿,杜有美昏死过去。

且说新娘慧娟到了杜家新房,正想今天新婚之夜,丈夫不知要对自己怎样温存体贴呢, 心里就像吃了蜜糖似的。忽然看见丈夫穿了短衣裤登上书楼,不知什么缘故,便吩咐丫头为他准备浴水,她要洗澡换衣。

忽见一个男人匆匆冲进洞房,从衣着鞋子看完全像杜有美。那男的吹灭蜡烛,搂抱着慧娟上床。慧娟又惊又骇,默默想道:有美素来温文尔雅,怎么会如此粗暴迫切?这人肯定不是有美!于是她竭力抗拒,那人见不能得手,便抢夺她头上的金钗和腕上的金钏。这时婢女已将浴水送到。慧娟大喊:“点蜡烛!”那男人便跳下床夺门逃去。众人对此大为惊疑。

一会儿,忽从书楼上传来呻吟之声。慧娟即同婢仆拿了蜡烛登楼照看,只见杜有美赤身露体躺在地板上,好像死去一样。

大家将杜有美救活后, 杜有美一五一十将昨日周生的谈话和夜来之事讲了出来,还说:“我被扼住喉咙,失去知觉。醒来也不知什么时候,看到自己一丝不挂,才知他是剥了我的衣裳逃去了。”

慧娟也详细叙述了夜来险些被强奸的事,夫妻相对惊诧叹息,想黄林是时下名士,德行竟是如此,总算玉身未被玷污,杜有美考虑友谊为重,不想多事,就隐忍下来不加声张。

再说黄林对韦生的谈话本是无心的玩笑话。等婚宴之夜饮酒,他竟酩酊大醉，呕吐狼藉，衣裤给污染。众人帮他脱去，扶他躺睡在书房内。韦生等黄林不醒，径自离去。

黄林醒来时发现客人都已散尽，看见自家污秽的衣服，非常难为情，就着了短衣，趁着夜色昏暗跌跌撞撞走出杜家。看门人说是要去向主人借些外衣给他，黄林说“不必”，径自出门去了。

天亮后，看门人向主人报告，杜有美将情况印证对照，更加相信夜来强暴之事是黄林所为。

慧娟回娘家时将此事透露，父亲卢公大怒，逼杜有美告官，杜有美不肯，卢公就自行报案。县令同黄林友好，接案后私自召见黄林询问。

黄林大惊，说：“我绝不会做出此等事。”

县令相信黄林的为人，便派人向卢公委婉劝说撤销诉讼。卢公更加愤怒，要向上司申报。

县令郁郁寡欢，忽然寻思道：“真凶犯既然扼勒杜有美喉咙，又剥下他衣服自穿，那他的衣裳必然丢在书楼上。”

县令立即派差役前去杜家书楼搜索，果然在书柜下搜得衣裤和通知赌博的信件一封。

原来真凶是杜家乳母之子，名叫阿笨，原在杜家当仆人。由于品行不端，早被驱逐。可他并不死心，所以趁婚礼纷乱之机混入，企图抢掠财物作赌本。

最后，阿笨被追捕归案严办，黄林的冤枉也就得到昭雪。

细查折据

萧爵寅担任宿迁县(清代属江苏徐州府)知县时，有个叫王庆生的人，他的父亲与同宗开南货店的王鼎和非常要好。父亲去世后，王庆生办理丧事的费用都是向王鼎和借支的，总计约有几十贯铜钱，一直没有归还。

王庆生有个叔父是讼师，他不但不叫侄儿还清这笔债务，还唆使他母子假造王鼎和欠钱六百贯的折据，上面写着每月利息九贯，以“王鼎和赖债并坑骗王庆生家财物”的罪名向县府提出控告。

王鼎和在公堂上申诉道：“我从来不欠王庆生的款子，相反王庆生还欠我借款几十贯,我的账簿上记得清清楚楚的。”

王庆生反驳道:“王鼎和把话说颠倒了,他的账簿是假造的,而他欠我家六百贯的折据却是白纸黑字,抵赖不了的。”

原告和被告争执不休,这桩官司拖延了十六年,经手的县官也有十三任了,没有一个能够将它结案。

萧爵寅到任后,他们又第一个来县府打官司。

萧公提取卷宗,只见调查审理此案的材料已装订成厚厚一套,他很想把此案早日了结,又苦于找不到问题的症结。他细细地观察、研究折据,只见招面上盖有“王鼎和”的印章,记载着下列字样:“某月某日借钱六百贯,每月一五利息,以后逐月应付。”

横看竖看,找不到任何漏洞。翻呀,看呀,萧公看见有一条所盖的一枚阴文石章,模模糊糊,辨不清印文,心里顿时生出疑惑来。他又反复细细察看,发觉折据第一条即封面与别条大不相同,此面又硬又厚。他一边喝茶,一边苦苦思索缘由,不小心泼出茶水将封面浸湿。嘿,封面顿时显露出粘合痕迹!用手轻轻撕开,里面竟记载着:“正月初七海参四两,计钱二百四十文。”

这才真相大白:原来这个欠钱折据是用货折糊粘伪造的!萧公便派人将王鼎和的历年账簿全部查阅一遍,发现在一个叫廖建德的名下,记有上述的海参账,便问:“廖建德是何人?”

左右答道:“是本县官府的书吏。”

萧公便将折据按原样重新糊粘妥帖,随即宣布当日传讯所有当事人,并要廖建德到公堂伺候。萧爵寅说:“这个案子拖了十几年,现在是应该了断的时候了。”县城的百姓听到消息,都蜂拥前来旁听。

萧公升堂,拿了王庆生伪造的折据询问王鼎和:“这是你的折据吗?”答道:“折据的确是本店的,可里面记的账是假的!”

萧公又问王庆生母子:“是这个折据吗?”

王姓母子说:“我们呈上折据,画上花押,是这个,没错。”

萧公说:“根据折据,王鼎和欠你们很多钱,积累本息数额不小,你们可不可以让他少还一点?”

王庆生说:“遵照大人指示,我们的利息就让了,不要他还了。”

萧公说:“本金六百贯,就折半让他还三百贯,好吗?”

王庆生说："不。"

萧公说："让他还四百贯。"

王庆生说："不。我们让了他利息，已是十分大量了，这六百贯本金是一个子儿不能少还的。"

王鼎和听了萧知县与王庆生讨价还价的对话，又气又恨。旁听的观众都私下议论县令糊涂。

忽然，萧爵寅拍了下案桌，对王庆生怒骂道："好个黑心的无赖！你偷了廖建德的货折，糊粘伪造了王鼎和的欠钱字据，不知认罪，反而要我判他把你造假的六百贯本金还给你，这不是骗和偷吗?！"即叫人将折据的糊粘处揭开给他看，又拿它询问廖建德，廖建德说："的确是我失窃的货折。"

王庆生顿时面孔失色，只得乖乖地认罪。

萧知县叫差役重重地打了他一顿屁股，还勒令他限期归还所欠王鼎和的丧事款项数十贯。

案子了结后，王鼎和跪地叩头千恩万谢，民众无不称颂萧爵寅明察秋毫断案如神，都说："看出货折倒还容易，萧大人怎么连货折的失主廖建德也查清楚了呢？"

记载上述公案的魏息园感慨地说："萧知县心细，认真，所以能看出破绽啊。"

马褂觅疑

清朝的张治堂在担任南昌同知时，奉命审理广昌县盗贼拒捕犯杀死失主，又在按察使司推翻供词的案件。

缘由是这样的：

该犯入室偷窃，失主发觉即紧抱该贼不放，该贼慌急用刀连连猛戳，失主登时松手倒毙。县令派差役捕捉到该犯，审讯时该犯供认了上述经过。县府即把案犯和追获的物证：血污短衫一件、无血青缎羊皮马褂一件、凶刀一把一同解送府里复审，再由知府转送按察使司审批，谁知该犯竟然翻供，只好发还重审。

张治堂细细阅读案卷，其中记载的血衣凶刀都是当场缴获的，该犯是真正的元凶无疑。可是提审时,该犯竟说:“血污白布短衫是失主的,不是我的,衣上有三个刀戳破痕处可以为证。凶刀也是差役后来上交的,并不是从我身上搜出来的。我不是盗贼,更没有杀人,是差役怕不能及时破案遭到责罚平空陷害我的!”

张治堂命左右查验血污短衫,果然有刀戳破痕三处,确是失主被杀血衣,而且是贴身穿的,既然受刀伤血污和破损,不值得剥取,何况失主被杀之时,该犯正在逃命,哪有时间剥取血衣?死后剥衣已很难让人相信,杀人犯再身穿血污之衣难道可能吗?这当中自有可以翻供的理由,以致该犯连凶刀也抵赖掉,不但不能使他承认自己是杀人犯,而且要弄清他杀人的动机都不可能。那么,那无血的羊皮马褂呢?张治堂当着凶犯询问差役:“有没有穿羊皮马褂的小偷啊?”

差役愣住了,不能回答。

张治堂又转问嫌疑犯:“恐怕这件马褂也不是你的,是借别人的吧?”

那人答道:“这件马褂是我的。我从来不借衣穿,人家也不借我的衣穿。”

张治堂又问:“你的马褂有无标记?”

回答道:“领口后背合缝处有线绣的‘万’字,靠近领口的扣襻还是去年新换的。”

一查,确实是他的。张治堂又将马褂反复细看,只见缎里陈旧,皮面泛黄,里子和皮面似乎都有用水擦洗的痕迹,唯独胸前一块皮面硬邦邦的并露出水印,便盘问道:“怎么会有水印的?”

该犯答道:“是雨水打湿的。”

张治堂冷笑道:“为什么天下雨只打湿胸部?”

那人面色苍白,结结巴巴不能回答。张治堂继续追问,凶犯说:“这是擦洗油腻弄湿的。”

张反驳道:“油腻不是水能擦得掉的。”

那人低头不答,已显窘迫之状。根据他的慌张神色和理屈词穷,未尝不可以定案。但擦洗血迹这一点终究还不够扎实,难以使犯人心服口服,即使招认,难保他不再翻供。张治堂再一细想擦洗不是拆洗,水分浸湿皮服,血污一定不会少,而且胸前出风处毛黄色重,估计里面贴边布定有鲜血渗入。

果真如此,案情就大白了。

随即拆看，白布贴边果然有大血点四处。张治堂随即叫凶犯自己看自己回答。凶犯面如死灰，只得将他拒捕杀人经过一五一十供认出来。不靠刑讯，只靠事实和深入的盘问查出真相，让犯人服罪，此案再也不能翻供了。

追究犯人翻供的原因，都是因为办案的县官、府官为了少费口舌和思索工夫，把死人的血衣当成犯人的血衣，同凶刀一起上报，好让上级早些审批下来。谁知犯人却抓住办案的破绽翻供，反而拖延了时日。可见，即是真案也马虎不得呀。

断案妙语

庞振坤(清朝河南邓州人，有“中州才子”之誉。)机智聪明，爱打抱不平。

一天，庞振坤正在城里走着，见十字街头有一群人围看，里面传出一阵喧闹声。挤进去一看，见一个瞎子正和一个农民争夺一匹白布。

瞎子呼喊道：“大家快给我做主吧！刚才我骑了他一会儿驴子，他欺侮我眼瞎，要抢我的布！”

农民也喊道：“我给你行了好，你反倒要讹我的布，你还有没有良心！”

这时，州官的轿子路过，问瞎子：“你说这布是你的，你有什么凭证？”

瞎子说：“大人，我这布一共三丈三尺长，一尺半的门面。”

州官令人一丈量，果然不错。

又问那农民有什么证据。

农民说：“大人，这布是小人问邻家借的，卖了为老母治病的，没丈量过。”

州官喝道：“哪有借布不量的？来人。给我拿下，重打四十板！”

农民连声喊冤。这时庞振坤听人议论说：“那农民人称王憨，向来忠厚老实，哪会白日行劫？”

另一个说：“那瞎子素来刁奸，今日之事恐怕有诈。”

庞振坤想了想，来到瞎子面前指着白布说：“哎呀，这块蓝布染得可真不错。”

瞎子忙说：“俺孩子他舅是个染匠，还能染得不好？”

众人顿时大笑起来。州官马上将瞎子拿下，重打了四十大板。瞎子招供：原来刚才他骑农民的毛驴时，暗暗用手摸着布丈量了一遍。要不是庞振坤一句妙言，邓州岂不添上一桩冤案吗？

几个月后的一天，有一个素不相识的老太来找庞振坤。

这老太是个寡妇，有两个儿子。大儿子王憨，就是上回庞振坤搭救的那个农民；小儿子阿二当了和尚。不幸的是，老太的病刚好转，大儿子却突然得了急病而亡。老太只得到庙里求当家和尚，让她小儿子还俗返家。那老和尚坚决不允。老太告官也没有如愿，只好来请庞振坤帮忙。

庞振坤十分同情，提笔帮她写了一张状纸，正文只有十几个字。老太想："以前那状纸写了满满十大张，都没能打赢官司，这么几个字怎行呢？"

庞振坤笑笑说："老人家，胶多不粘，糖多不甜。字虽少，但句句在理。从上次你大儿子的案子来看，那州官有错能纠，还是通情达理的，你去吧。"

再说那州官接过老太递上的状纸，见上面这样写道："和尚有再收之徒，寡妇无再生之子。"言简意赅，合情合理。州官就当堂传来那当家和尚，叫他准许这老太的儿子还俗，然后重收一个徒弟。

假碑之计

明清时期，李家的祖坟沿江靠山是块风水宝地。李家虽然清贫，但子孙却很有才华，一个个中举，光宗耀祖。邻居都说这是得益于祖坟的风水好。

邻村有个张员外，虽富有家财，但子孙却是不学无术的纨绔子弟，眼看家业无继，张员外不免心急如焚。他不怨自己教子无方，反而怪祖宗不加庇佑，于是他就想夺取李家的风水宝地，说这块地原是张家的祖坟，后被李家夺去的。两家为这块祖坟打起了官司。

张员外为了打赢这场官司，就备下重金去买通县衙的绍兴师爷。明清时期，许多府县衙门的师爷都是绍兴人，他们为主事官出谋划策，鱼肉百姓，为财主富豪消灾避祸，称霸地方，所以"绍兴师爷"几乎成了恶讼师的代名词。但其中也不乏正直之人。张员外买通的周师爷，就是这样的一个人，他看不惯张员外仗势欺人的行为，但还是佯装着答应帮忙。

周师爷对张员外说："要打赢这场官司，必须要有确实的证据。"

张员外说："我为此正想请教师爷，不知师爷有何高见？"周师爷沉思片刻，出谋划策道："可以秘密派人去那坟地埋下一块祖坟的墓碑，以作凭证。"

张员外听了大喜，称赞道："此计大妙，不知墓碑立何年代为好？"

周师爷思索了一会儿，说："年代太远了不好，太近了也不好，依我看，选一个不远不近的年代吧！"

张员外想了想说："甲子这个年代不远不近，也比较吉利，不知师爷以为如何？"

周师爷听到甲子这个年代，觉得正中下怀，便说："在下不敢为尊祖立碑，就依员外的意思办吧！"

张员外依计做了一块石碑，趁着黑夜叫人抬到山上埋下。

隔了几天，县衙发下传票，会齐两家人实地勘察，差役在破土之后，挖出了一块石碑，上写"张公某某之墓"，下面的落款是"大明万历甲子年立"。

张员外顿时趾高气扬，振振有词："铁证如山，这块风水宝地原是我家的。"

李家主人觉得此事蹊跷，但一时也无话以对，县官见事非已有分晓，便将他们带回县衙审理。

县官刚进县衙，书童送来周师爷的一个禀帖，打开一看，只见上面写着"万历皇帝无甲子"七个字。县官急去翻看历书，只见上面载着：万历皇帝癸酉年登基，在位四十八年，这其间果然没有甲子年。他马上明白了，那块墓碑原来是假的。

县官大怒，开堂审讯时，责问张员外："你身为乡绅，为何作假，欺骗本县？"

张员外被问得倒吸一口冷气，还待强辩，县官在堂上将历书摔在他面前，怒道："万历皇帝无甲子，你当我三岁孩童吗？"

这场官司，张员外打输了，但他始终没有弄清楚是吃了周师爷的暗亏。这真是搬起石头砸自己的脚。

善察踪迹

清朝时期，有个商人被强盗杀死，一时抓不到凶手。县令严令衙内捕役，限在十天内一定要捕获凶手。那些捕役一个个愁眉苦脸，一筹莫展。

其中有个叫汪小二的捕役说："我有个朋友叫赵大明，在邻县当捕役，十分聪明,有一天赵大明在河边散步,忽然跳上一只空船。对船夫说:“你船里有物,我要搜查!”那船夫生气地揭开舱板说:“你搜查吧!”结果里面什么也没有。赵大明又命令他打开底板,可船夫坚决不肯,赵大明强行打开一看,底下全是金银布匹,下面又有底,都是为了隐藏赃物。赵大明把这船夫押送到县衙。一查,原来他是个大盗贼。有人问赵大明,根据什么知道船里有偷盗来的赃物?赵大明说:“我远远见这船很小,可是风浪却不能动摇它,而且系船的缆绳,拖着小船显得很沉重,所以知道船底里有夹层,而夹底板中有东西。那船夫把东西隐藏得那么好,不是赃物又是什么呢?”

捕役汪小二讲完这个故事,又说:“你们瞧,善于观察分析的赵大明不是比我们强得多吗?为什么不向他求教呢?”

赵大明被请来了,他听完案情,说:“既然商人是在船上被杀死的,那帮强盗很可能经常出没于水道,我们应该经常在河边察访,看看有什么可疑的迹象。”

一天,赵大明坐在河边的茶店中,见一条船经过,他放下茶盅,对身边的汪小二说:“快叫弟兄们截住那条船,强盗肯定在船中!”

那只船上的人被押到公堂一审,果然是杀死商人的强盗。

众捕役问赵大明:“您怎么知道船中有强盗呢?”

赵大明笑笑说:“很简单,我看见那船尾上晒着一条新洗的绸被,绸被上聚集了很多的苍蝇。要知道,人的血迹虽然可以洗掉,可血腥气难以洗掉,那么多的苍蝇聚在上面,很可能是上面有血腥气。再说,船家即使怎么富裕,也不会用绸被,而且,绸面不是另外拆去,却连同布夹里一起洗,这就证明船上的不是正派人,强盗才会这样大手大脚。”

众捕役十分佩服赵大明善察贼踪。

智辨淫妇

相传清朝时太原有一人家,婆媳均守寡。婆婆年届四十,却熬不住空房寂寞,常约村上一帮无赖汉夜半翻墙爬窗进入卧房鬼混。媳妇看不过,便在婆婆的窗台上偷偷放上铁蒺藜之类的东西以示警告。不想惹恼了婆婆,想法

要撵媳妇出门，以除眼中钉，可媳妇居然忍气吞声不愿改嫁。婆婆无奈，就告官说媳妇和人私通。

县官问她儿媳妇的奸夫姓名。这婆婆道："这要问我儿媳，她自然清楚。"

县官传她儿媳上堂讯问。儿媳果然报出几人，却说这些奸夫都是她婆婆的。县官便把其中一名无赖押到堂后。无赖狡辩。县官用刑后，无赖竟咬住说是和儿媳妇通奸。县官大怒，将儿媳妇一顿痛打，可儿媳妇死也不承认。县官把她赶出衙门。

儿媳妇受此屈辱，心中气不过，告到省里，结论仍是不了了之。她再告，上边便把这案子批到临晋县令孙柳下手中。

人犯押到临晋，孙柳下便吩咐差役们准备了不少砖石瓦块，还有刀子和锥子，留作审讯之用。

次日升堂，孙柳下将所备之物唤人拿上大堂，对婆媳两人说："目前，你们二人谁是淫妇一时难定，然而奸夫是确定的。你家原本清白，全是被歹徒引诱，败坏了家风，罪责全在那歹徒身上。现在堂上有的是砖头石块和刀锥，你们可以抄家伙杀了他。"只见婆媳都在犹豫。县官又道："别担心，打死亦不偿命。"

言毕，婆媳两人齐动手，捡起砖头瓦块一阵乱砸。儿媳妇怀着仇恨，心中怨气尤甚，恨不得马上要那无赖的命。手扔石头既大又狠，每下都砸得无赖惨叫。而婆婆呢，毕竟是她的情夫，舍不得真砸，捡的都是些小石头朝无赖屁股上扔而已。孙县令见状心中有数，还想一试，便命她们用刀。儿媳妇操起刀，毫不留情直朝无赖的胸口刺去，而婆婆却犹犹豫豫下不了手。

孙县令喝住她们，脸露微笑道："行了。此案本官已有决断，淫妇是谁一清二楚了。"说罢，孙县令命衙役把那婆婆抓起来严厉审讯，婆婆果真道出真实情况。

此桩拖延多日的悬案只经孙县令稍一摆弄，便水落石出。

为盗借金

县令张佳胤正在堂前批阅公文，忽然闯入一胖一瘦两个锦衣卫使者。锦衣卫使者权力极大，从京城径直来到县里，定有机密大事。张县令不敢怠慢，忙起身相迎。

使者说："有要事，暂且屏退左右，至后堂相商。"

在后堂，锦衣使者卸除化装，露出了强盗的本来面目，威逼县令交出库金一万两黄金。事出突然，猝不及防，但张县令临危不乱。他不卑不亢地说："张某并非不识时务者，绝不会重财轻生，但万两黄金实难凑齐，减少一半如何？"

"张县令还算痛快，数字就依你，但必须快。"

张县令说："这事若相商不成，不是鱼死，就是网破，但既已相商成功，你我利益一致，你们嫌慢，我更着急呢！一旦泄漏，你们可一逃了之，我职责攸关，绝无逃遁可能。然而，此事要办得周全，就不能操之过急。"

强盗问道："依你之计呢？"

张县令胸有成竹地说："白天人多，不如晚上行事方便，动用库金要涉及很多人员，不如以我名义先向地方绅士筹借，以后再取出库金分期归还，这才是两全之策。"

强盗觉得县令毕竟久历官场，既为自己考虑，又为他人着想，所提办法确也比较稳妥，就当场要他筹措借款之事。

张县令开列了一份名单，指定某人借金多少，共有九名绅士，共借黄金五千两，限于今晚交齐，单子开好后随即让两个强盗过目。接着他对两人说："请两位整理衣冠，我要传小厮进来按单借款。"

两个强盗心想，这个县令真好说话，想得又周到，要不是他及时提醒，岂不要被来人看出破绽，于是就越加信任县令。

不一会儿，县令的心腹小厮被传了进来。县令板着脸说："两位锦衣使奉命前来提取金子，你快按单向众位绅士借取。要办得机密，不得有误。"

小厮拿了单子去借款了，果然办事利落迅速，没多久，就带了九名绅士将金子送来。他们为了不走漏风声，将金锭裹入厚纸内。然而等揭开纸张，里面竟是刀剑等兵刃，他们以迅雷不及掩耳之势，直扑两名强盗，强盗还没弄清是怎么回事，已被绳索捆绑了。

原来，这就是张县令对付强盗的计策，他先"诚意"地和强盗讨价还价，还处处"好意"地既为自己又为强盗着想，说话做事处处谨慎，具有真实感，

使强盗对他信任,从而丧失警惕。他开列的"绅士"名单却是本县的九个捕快名字。强盗是外来的,当然不认识这些名字,而小厮一看就心中有数。九个捕快都是捕盗好手,知道县令的计谋,于是结伴而来,一举擒获了强盗。

知县断耳

婺州(在今浙江金华一带)武秀才胡发,精通医术,常给别人治病。

有一天,某农民上门来请他去给其妻看病。胡发马上步行而去。他刚走到病人床前准备诊视,突然被人从后面抱住,右边耳朵被另外一人用刀割掉,胡发一时疼痛难忍,昏倒在地,不省人事。

那农民拎着血淋淋的耳朵奔到县衙告状,控诉胡发企图强奸他的妻子,被女方割掉了耳朵,请青天大老爷做主,严加惩处胡发这衣冠禽兽。

胡发的秀才功名被县官革去、他伤口愈合后,便被打入监牢关押起来。这案件发生后三年,县里都一直没判决。

新任知县刘起喜到职。这县太爷还没进县,那个农民原告突然出现在这一行人面前,中途拉住马头高呼:"冤枉啊!胡发这贼为何不判?"

刘知县稍稍问清事由,不由皱起眉头,仔细琢磨后,猛然严加训斥:"胡发企图强奸你妻,已经打入大牢,你还叫什么冤枉?胡发既是武秀才,必定身强力壮,一个女人家怎么能轻易地割掉他的耳朵?再说,你妻子怎么会预先知道他要行奸,而早早把刀预备在手边呢?你今天又急急忙忙叫冤,显然是想先入为主,把我引入迷途!"

农民正惊恐间,刘知县早令随从绑住他,带回县衙。

几经审讯,事情真相终于弄清:

原来,胡发与邻人施竺田同师求学,本是朋友。胡家有几十亩竹园,周围溪水环绕,出产丰富,景色秀丽,施竺田久已垂涎欲滴,一心想占为己有。可施竺田又想:胡发家境富裕,不会突然破产,这个竹园轻易弄不到手的。再加上县中有个名门之女,胡发与施竺田都想娶做妻子,结果那家把女儿许给了胡发。施竺田越想越恨,心生歹念,便用钱买通那个农民,设下了这个圈套,陷害胡发。

刘知县依法判处,将那农民杖击一百下放回家,判处施竺田流刑,发放到湖南服役。胡发获释,恢复功名。

奸夫杀奸

山东省博平县知县胡秋潮上任后,第一次碰上这种怪案子。

金家庄村民金四在发现妻子张氏跟邻居高法科通奸后的第五天, 杀妻后上县衙自首。胡知县再三调查,金四的父亲金管也说是儿子杀了媳妇,他家邻居初泳全建议胡知县查明奸情再说。高法科和张氏通奸证据确凿。胡知县带人验尸,见张氏尸体遍身刀戳的伤痕,胸部肋部被戳得找不到一块完整皮肉,确似一时气愤杀死。可胡知县心里老不踏实。

有一天,胡知县的一个远方朋友来访,见面第一句便数落他:"我进贵县不久,就听人议论:'谁说胡太爷是青天知县! 杀死张家女儿的真正凶手不是正逍遥法外吗?'"

胡知县马上拍案惊叫道:"果然如此,差一点判错!"

他马上重审金四,婉言相劝:"我看你不像杀人凶手。你即使杀人,肯定有同谋。按法律,丈夫杀死淫乱的妻子无罪,别人根据本夫请求从旁协助,罪也不大。我已知道谁是同谋了,你要如实供清,否则吃罪不起!"

金四见势不妙,忙供认:"邻居初泳全帮我捉奸,首先提出杀死张氏。我想他肯为朋友两肋插刀,自己该一人承担,不敢牵连他人。"

胡知县一阵苦笑:"普天之下, 哪会真有帮他人杀妻之事? 你受人愚弄啦!"

胡知县马上提审奸夫高法科,细细盘问:"张氏还跟其他人通奸吗?"

高法科想了一会儿,支支吾吾道:"原来还有别人。我去后,她就跟那人断绝了。但确不知是谁。"

胡知县一道命令,初泳全马上被带上大堂。县官对他申斥道:"好狠毒的借刀杀人,你装什么人样!"

初泳全居然毫不畏惧地问:"证据呢?"

胡知县厉声呵责:"原来你证明别人有罪, 现在有人证明你行凶! 听清了，你杀张氏有金四为证，与张氏通奸有高法科为证！人证俱在，你赖什么？”

初泳全当即心中慌了：“金四原来不知道我与张氏有奸，才肯一人承担。现在知道了实情，能饶我吗？索性招供，免受刑罚之苦！”

他当即供认了通奸杀人罪行。一起本夫杀奸妇案变成了奸夫杀奸妇案。

三夫一妻

清代，某天，合肥县（当时属安徽庐州府治）的县衙大堂上，孙知县受理了一件很难处理的案子：三个男人共同争夺一个姑娘。

公案前跪着那个体态丰盈、秀色可餐的姑娘，她那美丽的眼睛呈露出抑郁的痕迹。她的身后是三个男人，左侧一个青年人英武剽悍，神采奕奕；中间一个是身材臃肿的中年商人，看上去富有经验；右边一个是个矮小的干瘦青年，眼睛一眨不眨地盯着知县，看上去小心谨慎，这是个小财主。一旁，跪着一个中年妇女，那是姑娘的母亲。

事情是这样的：县民刘某与武官陈某是好朋友，刘某生下一个女儿叫小娇，陈某生下一个儿子叫大通。两人为儿女定下了娃娃亲。几年后，陈武官携带家眷返回原籍，从此中断音讯。刘小娇长到十八岁，母亲觉得不能再等，就把她许配了一个商人。那商人送去聘礼后外出经商，一去两年不回。小娇的母亲就把女儿另许给了同乡的一个小财主。就在小财主迎娶的日期将近时，商人回来了，派人前去商定结婚的日期。恰巧这时武官的儿子陈大通也备了迎亲礼品前来。于是三家为了刘小娇打起官司。

孙知县琢磨来琢磨去，一时间难下判决，只得宣布退堂。

第二天升堂再审。孙知县对姑娘说：“看你长得很漂亮嘛，怪不得他们谁也不让谁。”小娇害羞地低下头，不敢吱声。孙知县又说：“你不能同时嫁三个男人，而你母亲又确实都接受了他们三个的聘礼，本官又不能随便偏袒哪一个，看来，这三个中间，只能由你自己选择了。”孙知县催了她几次，她都不作回答。知县就又问：“那么你愿意怎么办呢？”

小娇一个姑娘家哪能自己选婿呢？不要被人笑话吗？即使别人不笑话她，另外两个男人能放过她吗？她左右为难，又羞又恨，说了句绝话：“我愿意死！”

孙知县说：“恐怕你还没有坚贞的意志吧！”

小娇一时气极了，说：“我但愿快点死！”

孙知县对一个差役耳语了几句，回头又对姑娘说：“看来也只有你死了，才能平息这场官司。好！快拿毒酒来！”

一会儿，差役果真拿来一壶毒酒。小娇无可奈何，含泪一饮而尽。她的母亲和那英武的青年人要去夺酒壶，却被差役拦住了。小娇喝下毒酒不久，在地上滚了几滚，就直挺挺地躺在公案之前。差役报告说：“死了。”

孙知县问那小财主说：“你把尸体领回去吧。”

小财主说：“我的轿子怎么能装回一个死人呢？既然她以前有未婚夫，我就应该让给他。”

那商人撇了撇嘴，也说不想要死人。

只有武官的儿子陈大通含着泪，对孙知县叩拜道：“小生遵照先父的安排，决定娶小娇为妻，她死了，我也不能背弃夫妻的情义，愿意领回，用对待妻子的礼节埋葬她。”

陈大通把小娇背回他住的地方，当晚小娇居然苏醒过来。

原来孙知县让她喝的不是毒酒，而是麻醉药。

絮语诘盗

清朝，山东莱州有个强盗，凶狠奸诈，罪行累累，被官府捉拿后常常翻供，审讯的官员拿他无法，不知如何定罪。

新任太守张船三一到职，离任太守便向他移交此案。问清案情，张船三笑道：“这类小事，在下三天便能结案。”

第二天早晨，张船三到衙门客厅，伸开两腿坐在炕上，茶几上放着一大盘金华火腿，台阶上放着一缸绍兴美酒。书童扇炉暖酒，书吏记录口供。

张船三把强盗叫来，边喝酒边问：“你是郯城人吗？”

强盗回答说：“是的。”

“你年龄多大了？”

“三十七岁了。”

“你住在城里还是乡下？”

“住在城里。”

“你有父母吗？”

“小人不幸，父母都死了。”

在旁记录的书吏感到好笑，不知新太守何故老是问些细碎小事，如此审讯哪能结案？

第二天，张船三依然问强盗说：“你年龄多大了？”

答道：“三十九岁。”

“你住在乡下还是城里？”

“住在乡下。”

“有父母吗？”

“父亲早死了，只剩下母亲。”

这时书吏更觉好笑，认为太守所问和昨天没有什么不同。看来这位新太守是个糊涂虫。

到了第三天，张船三传衙役准备刑具，听候结案。他照例来到客厅喝酒，又把强盗喊来问道：“你年龄多大了？”

答道：“四十一岁。”

“你住城里还是乡下？”

“有时住城里有时住乡下。”

“你有父母吗？”

“小人全福，父母双在。”

书吏在旁暗自摇头，想太守所问就如老太婆谈家常，怎么能就此定案。

这时张船三连饮三杯，严肃地对强盗说：“看案卷，你犯罪事实确凿，为何屡屡翻供？”

强盗回答：“小人实在冤枉，恳求大人怜悯详察。”

张船三拍案斥责道：“少来这套，人家说你狡诈，确实没有说错！我和你闲谈三天，都是家常小事，你三天所答，前后不符。小事尚且如此出尔反尔，谈及案子本身的事更是如此！如果再敢掩饰强辩，我就把你三天所答之话用来证明你的反复无常，即使用严刑处死，也不算过分。”强盗还想辩解，张船三命令衙役:“狠狠用刑,打死勿论!”

强盗这时吓得急忙求饶,情愿交代,发誓不敢再翻案,并在供词上签字画押,这件案子就此了结了。

那位书吏见状恍然大悟,对新太守张船三叹服不已。

换套救人

清代,浙江会稽县出了一个案件。

有个年老的盐商,家有万贯家财,但无子嗣,就娶了个二十多岁的穷家姑娘做二房。姑娘进门一年多就生了个又白又胖的儿子。可是这个二房姑娘未满产期就死了。由盐商的妻子出头告发,说二房姑娘是吃了一碗西湖藕粉后中毒死亡的,这碗藕粉是婢女兰香冲调的,兰香显然是觊觎如夫人的地位,而毒死了那个二房姑娘想取而代之。这个案件并无确凿证据,但由于盐商妻子一口咬定,况且钱能通神,那兰香被绍兴府判处死刑,关在死牢里,只等刑部下达批文,一到秋天就要斩首。

兰香的父母当然不甘心女儿无辜做刀下之鬼,便四处托人,解救兰香。

杭州省城的首席刑名师爷周省三原籍绍兴府会稽县,和兰香是乡亲。他看了绍兴府送来的案卷,也觉得此案办得不实。但绍兴府已上报了刑部,“秋斩”期限即到,再要复查已来不及了。这个古道快肠的热心人,苦苦思索着如何来复查案子,搞明真相。

当时他正在批阅公文,由于心事重重,竟把一支“大白云”的毛笔错塞到“乌龙水”的铜笔套中去了,这一“错套”顿使他的脑子闪过了一个念头。

刑部发往浙江各府的公文都是由杭州省城转发的。他以首席师爷的身份,查看了所有刑部下达的批文,果然看到了刑部发给绍兴府批斩兰香的公文。他又找了一封刑部同日发往浙江边远地区的公文。他把两个公文的封套用烛火将火漆融掉,然后将两件公文互调后转发下去。绍兴府和另一地区的府衙接到退件后,总以为经办人把公文套错了,由于职责攸关,是不敢声张,更不会调查的。等到纠正过来再发批文时,已过了当年秋斩的期限。这样,就为周省三复查这个案件赢得了时间。

于是,周省三抓紧时间,来复查案件,查明了毒害二房并非兰香,而是盐商的妻子。因为她既要传“香火”,又要拔除二房这个“眼中钉”,还可“嫁祸”于盐商早想染指的婢女兰香,真可谓是“一石三鸟”。她用钱买通了一些人做伪证。周省三抓住了这些伪证者“证词”中的漏洞,顺藤摸瓜,终于找出了真凶。那盐商妻子在事实面前也只得供认不讳。

周省三将真实的案情禀明了杭州知府,由杭州知府出面上报刑部,刑部将案子核实无误后,就推翻了原绍兴府的判决,兰香的冤情得到了昭雪。

一语翻案

山东青州府益都某地有个男人和某家黄花闺女相好,经常潜入她闺房昼夜通奸,两人感情如胶似漆,来往密切,简直难以割舍。但这事给闺女的父亲知道了。不由得怨恨攻心。为了拆散他们以保持自家清白的声誉,父亲就诬陷那男人强奸了他的女儿,派人捆绑了他扭送县府告状,要求严惩。同时,又将女儿叫来当面训话,关照道:“公堂对质时,县官问你,你要说是被那男人强奸的。”

女儿觉得良心上说不过去,便道:“这不是说假话,让他吃冤枉官司吗?”

父亲怒喝道:“小贱人、小骚货,事到临头,你还帮着姘夫说话!你如果不听我的话,出来后便要你的命!”说完拿出买来的杀猪刀来威胁女儿。

女儿给吓坏了,哭哭啼啼地答应了。

却说那男人在县府公堂受尽了种种刑罚的折磨,却咬紧牙关,始终不肯承认自己犯了强奸罪。打入监牢后,他翻来覆去睡不着觉。次日天明,趁机向前来探监的亲友传话,请他们火速派人去向县府的讼师爷求教应付,事成之后必有重谢。

讼师爷听了事情的详细经过,对来人说:“你去告诉他,要活命,公堂上只能承认是强奸;如果硬是不肯承认强奸,那一定会死在重刑之下。这是拿生命开玩笑啊!”说着,又在纸条上写了一行字,交给来人,嘱咐道:“叫他照纸条上的办法招供,沉冤就会昭雪,案子很快就可以公正地了结。”

来人将信将疑,将讼师爷的话和纸条通过亲友传送给牢里的“强奸犯”。

过了数日,县令再次升堂,把此起“强奸案”有关当事人一起召集到公堂上。他喝问受讯者,“大胆淫棍,原告告你强奸,你竟敢抵赖说是通奸。再不说实话,乱棒之下打死,死有余辜!”

跪在一旁的闺女在父亲眼色逼迫下,哭喊道:“大人,他是暴力强奸我啊。请为我申冤啊!”

县令冷笑道:“淫棍,你有何话可说?”

“强奸犯”恨恨地朝旁边的父女瞥了一眼,伏地供认道:“确实是强奸,但总共只有一次!”

闺女听了,急忙驳斥道:“瞎说!你往来有一个多月,难道只有一次吗?”

父亲心里连连叫苦,恨不得当场要骂自家女儿“笨猪”!这时,县官听了先是一愣,随后却是恍然大笑道:“哈哈!哪里有强奸而可以往来一个多月的?!”笑完,便将此案判为通奸,释放了男的,对女方的诬陷罪给予适当的处罚。

智捕内贼

清朝福建闽侯县知县段光清,善断疑案。

一次,福建省总督府签押房中失窃七百锭银子。总督要段光清限期破案。段光清一口应诺道:“多则十天,少则六天,下官保证将盗贼缉拿归案。不过请大人答应三件事:第一,请准许本县差役守卫总督衙门四周;第二,凡从大人衙门口出入者,一律准由卑职派人检查;第三,卑职见大人,不论何时何地,望勿拒绝。”

总督一一答应,段光清立即回县衙部署。一连几天,段光清接二连三求见,白天,深夜一天来几趟,总督因事先答应,也不便拒绝。可段光清到了总督面前却又一句话也不说,只是在前后左右看个遍即告辞。总督莫名其妙。

第六日一早,段光清带着衙役和刑具直奔总督府。正逢总督想出巡,仆役前呼后拥走至门口。段光清上前行礼后便道:“案子已破。”

总督大喜问:“窃贼何在?”

段光清指着总督身边的一个随从,厉声道:“就是他!拿下!”

总督见此乃他心腹之人,大惊道:“有何证据?”

段光清并不搭话,只是领众人来到总督府中的花厅。里面有一张床。段光清令人将床抬走,只见床下有一堆松土,挖掘开来,里面果真藏着一大包银锭,一数只有二百锭。段光清对被捕者道:“老实交代,还有银子藏于何方?否则严惩!”

被捕者吓得浑身发抖,只得供出其余五百锭银子的藏匿地点。

总督钦佩地问段光清:“你是怎么破此案的?”

段光清笑道:“签押房是机要重地,只有内贼才有机会行窃。可此地吏员仆役甚多,何人作案难以判断,故向您提出三条请求。盗贼心虚,一定急于了解我的行踪及破案情况。我来求见,他必定设法窥听。不出所料,我每次来总见该人悄然窥视窃听,如果不心虚,何必如此呢?但是,所失之银藏于何处,我还不知,便在府中到处观察。一次走过那间花厅,无意发现里面床被人移动过,再一注意,又见那仆役的眼神也时常盯着床处。于是,我断定这儿可能便是藏赃之处。”

雨中探情

清朝时,河北大兴县县宰换了林清光。这天,他复审到一个杀人案:县内一对年过半百的老人有个十六岁的女儿,被她表哥强奸后扼死了,但被告一直不服。

林清光提来姑娘表哥讯问,被告不语,只顾低头哭泣。林清光疑窦顿生,招来姑娘父母,又问不出个究竟。

林清光左思右想,决定外出微服私访。他装扮成一个书生外出。出门不久,风雨交加,他忙跑到一个院落大门洞内躲雨。

风雨稍小,院里出来一个人。这人是这家厨子,林清光看他见多识广,有意扯到那姑娘被杀案。厨子沉默了一会儿,才从牙缝里挤出一句话:“那小伙子挺冤的!”说完,马上闭口不言。

林清光心中一亮,邀请他一块儿来到一家酒店喝酒。林清光打酒买菜,热情劝饮。几杯酒下肚,厨子脸红头热话就多了。

林清光又问到姑娘被杀案，厨子把嘴一抹："不瞒你说，杀姑娘的那人过去跟我最好。有一次我俩喝完酒，他告诉我，那姑娘是他杀的，还特地嘱咐我千万别多嘴。他妈就在我做饭的那家人家当奶妈。他杀人后，一直藏在那家人家里好几个月了。前几天，我向他借几个钱，他不给不说，还拿拳头打我，打落了我的一颗牙齿！你说他有多心狠！我怕他下毒手报复，才把气往肚里咽。今天要不是碰上你这么讲义气的朋友，我才不说这事呢！"

林清光心中暗喜，又劝饮了好几杯。这时雨过天晴，林清光回府后，马上命令吏卒前往藏匿凶手的那户人家，指名要人。那家岂敢包庇，只得乖乖交出罪犯。

经过审讯，凶手不得不如实供认。原来，他跟死者是邻居，见姑娘长得俊秀，多次挑逗，都遭到拒绝，姑娘父母却一直不知道。直到几个月前的那天，凶手探知姑娘父母外出奔丧，家中只剩她一个人。他偷偷爬墙进去，潜入闺房，强奸后，用手扼住姑娘脖子，活活掐死。

姑娘表哥的冤案昭雪，真正的凶犯得到惩罚。

典当通道

县官钦正天接到街民胡飞的一张状纸，状告族人胡诚若强行在他家门前进出，搅得他不得安宁，随状还奉上白银十两。

县官随即将胡诚若传来讯问，胡诚若却说门前走道原是两家合用的，胡飞想霸占他的房屋，故意挑起事端，无理取闹。

胡飞当然有理由，他说，祖辈造这大院时，门前通道原是合用的，但胡诚若的父亲在世时，因家穷缺钱，以八十吊大钱将合用的通道典给了他。后来他们一直无力赎回，当然不能继续使用，说着递上一张典契。

县官接过典契一看，是非曲直似乎已经明了，他对胡诚若说："你父亲既已将通道典给人家，你已无权使用，倘要行走，必须将通道赎回。"

胡诚若连喊冤屈："我父亲再穷，也不会将出入之路典给别人。"

胡飞反唇相讥："既然你家有志气，你拿出八十吊大钱赎回通道就是了。"

"这个……"胡诚若穷得不名分文，哪里拿得出八十吊大钱来赎呢？

“这八十吊大钱由本县代付了！”县官说道，“不要为些许钱财，伤了两家和气。”他叫胡诚若先行回家，让胡飞在堂上等候，他去后宅取钱。

胡飞这下叫苦不迭，他的本意是要阻断胡诚若的通道，好将他的房屋廉价收买，使胡家大院归他一家所有。谁知县官出头还钱，使他的计谋不能实现，心中实在懊恼。

他左等右等也不见县官出来，肚内已饥肠辘辘，就想回家吃饭。他刚行走，就被差役挡住，这时县官走了出来，说道：“胡诚若从你家门前走过，你要收他的钱，现在我也学到了你的办法，你从我衙内走过，我也要收你的钱。”

胡飞已知县官看出了他的计谋，只好答应：“不知要收多少钱？”

“八十吊大钱。”

胡飞无话可说，因身边没有带钱，就写份八十吊的借据。

县官拿起借据和那张典契说道：“这两张文契钱数相符，就算相互抵消了。”接着他又对胡飞说：“你这典契，墨迹鲜亮，分明是伪造的，再说你为了区区八十吊大钱，却送本县十两银子来告状，妄想让本县贪赃枉法，你可知罪吗？”

“知罪知罪！”胡飞跪下连连磕头。

县官告诫说：“十两白银交入县库。你今后不准再以势欺压乡邻，如有此类事情发生，本县定不再轻饶。”

“不敢，不敢！”胡飞大汗淋漓。自此，再也不敢欺压邻居了。

杀蟒平冤

陕西礼泉县曾县令一日升堂理事，忽接有人禀报说某村昨晚出了一桩无头命案。曾县令闻报即带人赶至现场查看。

一行人到了凶杀现场，曾县令定睛观看，只见死者侧身睡卧，两腿微屈，颈上无头，仔细端详伤口，不似刀伤，死者身上亦不见伤痕。曾县令便将软禁的嫌疑犯——死者妻子传上询问。

曾县令问：“你夫平日待你如何？”

少妇眼圈通红哭泣道：“恩爱万分，他平日在外贩布，这次出去了一个月，直到昨日才归……”

曾县令见少妇面带羞涩，便道："为弄清此案，你不必害羞，请将昨夜情况实说。"

少妇垂泪含羞说道："平日他不在时，我睡柜那头，昨日他就睡柜那头。他与我叙了别情，又戏弄同房一番便入睡。我生怕惊动他，便另睡一头。不想今早我起床，只见血流满炕，他颈上无头，吓得忙叫人。谁知地保硬说我因奸害夫，望老爷为我辨明是非。"

曾县令听着少妇诉说，一阵轻风吹来，他忽闻到一股异样清香味，再一闻断定此乃少妇身上所发，便问："你身带什么清香之物？"

少妇说："这是我夫从外地带回的发油，我时常搽用，故而发香。"

曾县令命少妇下去，再吩咐差人到左右邻舍打探少妇平日行为。不多时，众人回报，均称少妇贤惠异常。

曾县令觉得此案甚奇，便折身进卧室观察，忽然，出神地盯住墙上的那个"马眼"观看，这"马眼"和死者头部正好上下是一对直线。他心中忽地一动，觉得一计可试。便又将少妇带上道："今晚，你照样搽上那发油，仍睡在你丈夫昨夜睡的地方。不要关门，大开窗户，别害怕，我今晚就坐在窗口。"

当晚，曾县令手持宝剑坐于窗外，双眼瞪着那个"马眼"。到了三更，曾县令惊叫起来。众差人赶来。他即命带上刀矛硫磺及弓箭，直奔后院搜查有否洞口，查至仓屋墙角果见一个大洞，曾县令命人点上硫磺放入洞中，只见一条大蟒冲出洞外。众人一拥而上刀矛齐戳，大蟒一下便被杀死。曾县令又说："将蟒开膛。"众人动手，果见里面滚出一个人头，竟是少妇的丈夫之头。

众人皆道曾县令神明，曾县令说："非我神也。只因死者给妻子买了种贵重发油，特别香。恶蟒闻到后，到晚间就从墙上的'马眼'伸进头来舔那头。恶蟒前夜误将死者当少妇，伸舌头舔油，没舔到清香的发油，反让那硬茬头发刺了舌头，一怒之下咬去了他的首级。刚才我从窗外见了恶蟒探入'马眼'故而惊叫，它受惊蹿入后院，所以命令追赶。"

偷换颈骨

浙江德清县有个女子嫁给一个放荡的男人。这个丈夫素来品行卑劣，竟跟后母通奸。妻子察觉了丈夫同那女人之间的隐私,深深感到耻辱和痛苦。一天,后母命令她做鞋子。鞋子做好后,后母细加审视,说:“稍微有点不够端正,怎么办?”

媳妇说:“鞋子不正,有什么关系?重要的是只要走路端正就可以了。”

后母大为羞愤,认为这是媳妇在揭露她的丑行。夜里她便同那放荡的男人密谋,用酒灌醉媳妇,再猛击她颈部使之丧命,然后以“暴病而死”向她娘家报丧。她娘家清贫而软弱,不敢对男方的家族提出诉讼。

过了一年多,地方上的人都愤愤不平,议论纷纷;都说那个媳妇死得冤枉,就推派代表向县府控告。尸首埋葬的时间已久,县官令差役掘开坟墓,打开棺材,验尸仵作查验后报告说:“尸首没有伤痕。”于是这场官司只得作罢。

不久县官调任,地方人士不服,又向新县令控告,新县令再派员掘坟开棺,查验结论跟前一次相同。越级上诉,还是没有结果。事情就这么拖了数年。

总算那死了的女子有个兄弟,入了翰林名籍在朝廷做官,为此事详细写了状纸向刑部控告,刑部大臣照例向皇帝奏报。这时,正好浙江要换督学使者,某公接任此职。告别朝廷时,皇帝叫他把这个案子审理清楚。

某公到达浙江后,就将案卷提出来审阅,又讯问了当事人,觉得毫无头绪,尸骨也验不出什么伤痕。他想,这个女子活得好好的怎么会不明不白暴死?如果冤枉不能申雪,那么既不能告慰死者亡灵,又不能向皇帝交差。想了好久,心生一计,于是向外推托生病,闭门谢客,自己却乔装打扮成百姓,偷偷地出行到邻省去,访问到一个退休的老仵作,用重金聘用,同他一起返归,同他一桌吃饭,一床睡觉,朝夕相处,形影不离;目的是防止有外人对他进行贿赂。不久,贴出通告,公布开棺复验尸骨的日期。

到了那天,原告、被告双方当事人全部到齐,四面八方来观看的百姓围得水泄不通。老仵作对尸骨细细查验,报告说:“确实没有伤痕,但脖子下一根颈骨已被调换了。”

某公的一颗心总算踏实了,围观群众顿时活跃起来,被告面如死灰。

老仵作继续解释:“死者青春年少,仅二十余岁,其颈骨应该若干分量才对,而现在的颈骨是四十多岁的人所有,分量不够。因为年龄越大,颈骨越轻。”

某公派人拿秤来称,果然如此,于是派人将以前历次验尸的仵作召集到现场,严加审讯之下,有个仵作只得供认:地方人士第一次告发时,他就接受了被告的贿赂将颈骨偷换了。某公便派差役将原来的颈骨追回,查看之下,伤痕非常明显。

那个放荡男子到此地步已无可抵赖,只得承认是他伙同后母将妻子灌醉,然后用竹笆斗猛力打击她的颈项而将她压死。案情大白,两个被告被处死。

扮盗除恶

清朝时,山东福山县一家富翁,生有一独子。儿子成年后老两口给他娶了一个非常漂亮的媳妇,一起居住在楼上。媳妇过门后孝顺公婆,料理家事,夫妻恩爱,全家和睦。邻家见他家娶了个如此美丽而达理的媳妇,均赞不绝口。

没想到,媳妇的美貌竟引来了一段横祸。富翁家中有一个仆人,十分狡诈而好色,且长得五大三粗。自那媳妇进门后,他便魂不守舍,朝思暮想欲占有此妇。平时,他窥视机会与那少妇套近乎,极力讨好,并动手动脚语言挑逗。少妇是个正经女子,不吃这一套。仆人碰了几次壁后,心中生恼,设毒计要强行奸污她。

一日深夜,仆人手拿绳索、铁钉、榔头和刀子,悄悄地上楼,进入卧室立即关上门,利落地用大钉把门钉死。少妇和丈夫从梦中醒来大惊。男的正欲下床,便被仆人狠狠一拳打翻在地,恶仆拿粗绳先把男的捆到楼柱子上。少妇吓得发不出声,被仆人用另一条绳子绑在床上。恶仆淫心大发。将少妇强行奸污。少妇遭此奇辱,无法寻死,无力抗拒,只得同她丈夫一起在楼上呼喊求救。

老两口闻声上楼,焦急万分,门被钉死进不了屋。若破门进去,恶仆又在楼上威胁道:“如若强行破门和报官,就先把你们的儿子杀死。”老两口怕伤了儿子性命,硬是无可奈何。

一连几天,恶仆从楼上放下绳子向老两口要吃要喝,不给就恐吓说让他们儿子和媳妇挨饿,送的饮食不如意,就用棍棒打他们的儿子。吃饱喝足,便又在少妇身上发泄。听着儿子的哀号,媳妇的哭吟,恶仆得意的声音,老两口忍无可忍,终于横下心来,来到县衙哭诉。

县令简单地看了一下状词,就把它投掷于地,说:“这类事近年来很多,没法治。你们既然留恋儿子不忍心舍掉他的性命,我有什么办法解救呢?”

老两口只好回家暗自流泪,恶仆在楼上听到这个情况,越发恣意大胆。

那天晚上,恶仆正想上床睡觉,忽见火光照耀,数十人破门入室。紧接着,听到楼下有乞求救命和翻箱倒柜搜找东西的声音,恶仆在楼上听见非常惊慌。一会儿,又听见这伙强盗吵嚷说:“这上面有楼。一定有藏钱的地方,为啥不搜出来一起带走!”恶仆正非常恐惧之时,一伙人已砸门拥入。恶仆还没来得及藏匿,就被这伙强盗捆了起来。

原来,这些人并不是强盗,而是县衙的捕快。县令白天不受理投诉,是怕泄漏意图,再者当即兴师动众前往捕捉恶仆,会伤及人质的生命。于是设计扮盗,使恶仆出其不意被擒。

雷击之谜

清朝雍正十年六月的一天夜晚,在献县(今河北省中部)一带下了一场大雨,雨势猛烈,电闪雷鸣,煞是吓人。

第二天一早,有人到县衙来报案说:在县城西郊的一个村子里,有一个叫吕松的男子被天雷击毙了。

人命关天。

知县立即带人踏着泥泞的道路赶到现场验尸、查勘。只见现场惨不忍睹,草房房顶被揭去,屋房梁被劈飞,土炕炕面被揭开。

知县打算找死者家属询问情况,得知死者吕松的妻子不巧前一天已回娘家。随即吩咐里正备棺殡殓,就地掩埋。

雷击毙命,一时间成了献县一大新闻事件,人们多以命里注定,在劫难逃一言以蔽之。在此期间,谁也不曾留意,负有秘密使命的人在街市、店铺里密察暗访之后,将各种信息禀报给了知县。

过了半个多月,知县突然拘捕了该村村民丁坤,当堂无头无脑地审问他道:“你买火药做什么用?”

那丁坤吃了一惊,随即又恢复常态回禀说:“小人用来打鸟的。”

“用铳(读chòng,旧时的一种火器)打几只鸟雀,只要买几钱的火药就够了,即使打上一天,也只要两把火药,你怎么一下子要买二三十斤火药呢?”

丁坤又答说:“我准备留作以后用。”

知县说:“你买火药还不满一个月。就算你天天打鸟,也不过用了一二斤,余下的火药如今放在哪里?”

经知县这么一问,丁坤的脸色顿时变得煞白,张口结舌,答不出来。

于是,知县就喝令“给杖”,那丁坤这才招认。

原来,丁坤和死者吕松之妻通奸,怕败露不能长久,两人便串通买下了二三十斤火药,趁那个雷雨交加的夜里,用火药将吕松炸死,将房屋炸塌,装出被雷击过的模样。

现在案情既明,男女同罪,按律一起处斩。

这案子看来破得很神奇,但其中究竟有什么奥妙呢?

事后,有人问知县:“你怎么看出是丁坤作的案呢?”

知县答道:“没有数十斤火药,是不能冒充雷击现场的,而合制火药又少不了硫磺。现在,时值盛夏,并非过年过节燃放爆竹之时,买硫磺的人寥寥可数,我就暗中派人到硫磺店查访近日谁买得最多,店主们都说是某某工匠。我又派人去问某工匠,他说:‘合制火药后,卖给了丁坤。’因此我很容易地查到了凶手。”

有人又问:“你怎么知道吕松不是死于雷击的呢?”

知县道:“凡是雷击,必须是自上而下,地面不会迸裂;如今现场的苫草、屋梁等都被炸飞,土炕的炕面也被揭起,可见爆炸是从下而起。再说那夜的雷电虽然猛烈,然而都在云中盘绕,并无下击之势,由此便知现场有诈。这定是人为的‘雷击’现场。”

知县就是这样凭着科学常识,顺藤摸瓜,循迹追捕,就把这个凶手抓到了。

喝粥丧命

清朝乾隆年间的一天清晨，山东济阳府(今河南省东北部)出了一桩命案。

案发后不到晌午，就已传得沸沸扬扬了。说是新嫁娘周氏过门才一个月，回了趟娘家，在回来的第二天，她丈夫王巧就中毒身亡了。

这定是周氏在娘家早有奸情，受奸夫的唆使把丈夫害死，以图长久之计。周氏公婆以此情理当即将周氏捆送到济阳府某县衙。

县令朱垣要原告讲清楚媳妇毒死他们儿子的经过。

婆婆说："早晨的粥是周氏煮的，我儿子王巧起来喝了两碗就下地了。还没到地，他就捂着肚子急急跑回家来，上吐下泻不停，不到一个时辰就断气了。"

公公说："周氏准是在粥里下了毒。我已带来残粥和王巧吐的秽物，呈请大人检验。"

县令立即叫人带来两条狗。它们争着将残粥和秽物舔得干干净净。过了好久，两条狗仍是东嗅西闻地到处觅食，丝毫没有中毒的迹象。

朱垣又带着吏员来到现场验尸。

尸体直挺挺地躺在门板上，面容脱形，脸色灰黑，周身也无中毒的迹象，只是牙关紧闭，分拨不开。

朱垣对周氏说："你公婆告你谋杀亲夫，你自己则说是冤枉的。现在王巧牙齿咬得死死的，无法查验。你若能把它撬开，我就能替你辨别清楚。"

周氏跪在地上，一面流泪，一面毫无顾忌地对着王巧的嘴不断地吮吸拨弄着。

不久，王巧的牙关终于被她启开，使围观的人无不感到惊讶。

接着，吏员用一把银汤匙插入王巧的喉咙。

王巧如果真是喝了毒粥而死，银器接触到喉中的余毒，就会变黑，周氏杀夫的罪名也就可以证实了。但是，吏员几次将银汤匙从王巧的嘴里插入后又取出，汤匙都保留着原来的银色，足以证明王巧的嘴里并无毒性。

那么,王巧究竟是怎么死的呢?

朱垣驱散众人,只把周氏留下来,叫她讲述从娘家回来后夫妻相会的经过以及王巧死时的情状。这才弄清楚她丈夫是在房事以后喝了三瓢冷水,是死于伤寒。

朱垣便把她公婆叫来,说明真情,宣告周氏无罪。

姚女闯堂

清初,江南某旧城之中有陈豪、陈俊兄弟二人,均已成婚,并靠着先父留下的大笔遗产度日。

一年,弟弟陈俊不忍坐吃,外出经商,赚得了一些钱后,便回到家里。恰巧,妻姚氏马上就要分娩,恐于习俗,陈俊只身到兄家寄宿,不料第二天暴病身亡。

数天之后,兄长陈豪才将陈俊暴病身亡的噩耗告诉姚氏。姚氏闻讯,便抱着丈夫遗腹子大声地痛哭起来。

孩子满月之日,兄长陈豪请来亲朋,为侄儿祝福。姚氏父亲、县学教谕姚文恒也在其中。

席毕,陈豪牵着微醉的姚文恒来看姚氏,刚推开姚氏房门,猛地从她屋里蹿出了一个赤身裸体壮汉。如此辱没门风,使姚文恒早已醒酒,几步闯进女儿屋里,扯起床上姚氏,劈脸便打。待姚氏叙述原委、死不认奸时,父亲指着女儿床旁的一套男人衣裤,定要女儿供出奸夫。一旁的陈豪扯过姚文恒,劝其家丑不要外扬,又动员姚文恒趁姚氏年轻,赶快再择夫家;姚文恒就是不听,声言明日定将女儿活埋。

姚氏深知父亲暴烈禀性,一夜流泪之后,来了理性:如此就死,不如告冤,或许还能洗清自己的不白之污。

第二天一大早,她便只身闯入县衙,擂响了讼鼓,状告父亲和陈豪污其清白。

县令秦如水细听了姚氏从丈夫经商到兄家暴死的经过后,觉得其中有疑点。

于是传来陈、姚二人，几句话便问得陈豪哑口无言。当听到县令命人掘坟验尸时，早把陈豪魂魄吓飞，于是供出一系列阴谋。

原来，陈豪在父亲死后，早就想霸占弟弟的家业。那天，弟媳临产，陈俊回家，于是陈豪趁机将弟弟拉入其家，在陈俊的夜宵粥里放入水银，将弟弟毒死。第二天便把死尸装敛埋掉。姚氏生下孩子后，陈豪又几次撺掇弟媳改嫁，不成。此时，趁着孩子满月之庆，陈豪将姚氏父亲邀来，又让一长工事先潜于姚氏的屋内，让姚文恒亲眼目睹姚氏作奸之“实”，以此逼死或逼跑姚氏，将来再杀死幼侄。

经过剖棺解尸，仵作证实陈俊腹内存有大量水银；捕获扮奸长工审问，得到的口供与陈豪交代的完全一致。残害亲弟弟谋产的陈豪很快被斩立决。

妒奸疑案

清朝嘉庆末年，陕西韩城县有一朱家坪，坪中胡氏，生有一女，名叫秀姑，嫁朱有成次子朱小成为妻。朱有成三女闺名淑贞，幼年许与瞿姓，已择定吉日，行将出阁。嫁期仅隔两日，忽然淑贞被人杀死在卧榻上，全家惊骇。一面向瞿家讣告，一面报官。知县和仁到现场验尸，验得刃伤咽喉，气、食二管俱断。

勘验尸体后，知县便让尸属买棺入殓，静候缉凶。又命人搜检个个卧室，竟在秀姑随嫁婢女小桃枕边，搜得一封私函。函中写道：

> 小桃姐：
>
> 耳目众多，事宜缓图。请姐早晚留神！将来我与秀姑，决不负姐！淑贞前不可轻泄。
>
> 瞿

知县得了私函，认定这是谋杀证据，传示众人，都瞠目结舌。小桃目不识丁，莫名其妙。知县就提秀姑、小桃至前，告函中语意，追问二人，二人均呼大冤。知县哪里肯信，屡次刑讯，主婢受刑不起，屈打成招。知县即定秀姑以奸谋毙小姑灭口罪论死，小桃为从犯。

不久，知县因事被免职，由赵焕文代理韩城县知县。赵知县接任后，审查案卷，觉此案尚有隐情未明，决计重审。他密派衙役，拿瞿如玉到案审讯。瞿如玉初尚抵赖，直至传小成对质，方才供称与小桃有瓜葛。瞿如玉本是轻薄少年，因与朱家属老亲，时常往来，他见小桃娇小玲珑，就看上了眼，时常背人与她勾搭。小成屡次看在眼里，都未声张。及至传讯，方才供出。但瞿如玉却说："私函不是咱写的。可对笔迹。"赵知县令拿纸笔，瞿疾书数十字呈案，果然笔迹不符，只好暂行收禁。综合案情，上报请示机宜。

恰逢林则徐出任陕西按察使。林公默察案情，甚为复杂，决定亲自勘审。

林公命把本案人犯亲提审讯。验过瞿如玉的笔迹，又命小成也照私函内容书写。小成不肯，辩道："死者系属胞妹，为何要咱对笔迹？"

林公见他不肯，觉得可疑！便喝道："你不对笔迹，无以折服凶手，快快写来！"

小成不得已，照书一纸呈案。虽然故意矫饰，笔锋自不可掩，竟与私函同出一手。

林公便问小成："笔迹既符，你还敢狡赖吗？"小成力辩："小民无缘无故，为什么要谋杀胞妹？就算笔迹相符，也与胞妹被杀绝无关系。"

林公命将小成带下，复提瞿如玉至案前问道："私函不是你写的，何以叙你的姓？你要脱罪，从实招来。"

瞿如玉供道："青天大老爷明鉴，此函是小成给我，转授小桃，递与秀姑观看。据他说，因嫌秀姑貌丑，打算休妻另娶；苦无逐妻把柄，特用此函陷秀姑于不贞，借此休妻；我本来不肯，他说如不替他办，他便将我和小桃的事宣扬出去，无奈才转给小桃，不知她如何把它藏在枕席之下。至于淑贞被杀，实不知情。"

林公见案情更觉离奇！但不外奸夫与妒杀两种可能了。

当下又提男女用人到堂，逐一询问，先问瞿如玉和小桃的关系，众口一词说是二人确有时常混在一起。

林公又问："被杀小姐，平日为人如何？可有男子往来？"

一个丫环仆妇道："淑贞守身如玉，为人和善，就是瞧见姑老爷到来，尚且回避，莫说不相干的男子。老天无眼，如此好人，却遭到惨死！还望青天大老爷替她申冤！”

林公挥手令仆妇退去，又传瞿如玉喝问：“本司初拟此案是奸杀，现经多人证明，死者系守身如玉的处女，即可断定不是奸杀，定是妒杀。你生就浪子骨骼，对于女色定然爱好，除却小桃，你还有几个外遇？从实招来！”

瞿如玉惊骇，供道：“外遇除小桃外只有个屈大娘。她与朱家比邻而居。前日闻我吉期将届，和我争吵过好几次，要我强逼退婚。我因她是寡妇，不能与她成为正式夫妻，婉辞拒绝。她因此怀恨，曾说，必须设法破坏，此后她不与我往来了。”

林公点头，立刻标了朱签，提屈大娘到案。

屈大娘初尚抵赖，瞿如玉做了佐证，才供称因不愿见薄情人与他人成花烛，那日深夜从露台上越过朱宅，趁淑贞睡熟，将她杀死。

林公当即判秀姑、小桃无罪开释，屈大娘死罪，小成、如玉行为不检点，各责手掌二百，命家长领回，严加管束。一起重大疑案，就此大白。

绣鞋失踪

清代乾隆年间，河北定州（今定县地区）有一姓丁的村民，家中只有母亲和他漂亮的妻子王氏。王氏虽是邻村的姑娘，但是难得走趟娘家。秋收后，邻村演地方戏时，娘家经过多次交涉，才将王氏接回。可是没住几日，丁某便三天两头去催，而每次均被他岳母所阻拦，他为此耿耿于怀。

有一天晚上，丁某独自来到邻村戏场，发现妻子与众姐妹列坐屋檐下看戏，便悄悄绕到其侧，趁其妻专注看戏之机，偷偷将她的一只绣鞋脱下，揣在怀里匆匆而归。王氏正在入神地观戏，忽然觉得一只脚微凉，用手一摸，一只鞋不见了。不由大吃一惊，又羞又怕，未等到散戏便悄悄回房。她用布将失鞋的那只脚包住，即向父母辞行。二老十分惊讶，问她怎么回事她也不说，再三挽留也不听，只得派佣工用毛驴送她回到婆家。

为失鞋之事，当晚丈夫骂了妻子几句，妻子趁丈夫睡熟就自缢梁上。

丁某一觉醒来，见状大惊，急忙解带将妻放下，可是她已浑身冰凉。他又怕又悔，为了逃避罪责，竟将尸体连夜投入隔壁寺庙井中。

次日一早,丁某佯装无事,又去王家接人,他岳父说昨晚已将女儿送到婆家。丁某则极力否认。由于护送王氏的佣工因事早出,所以谁也说不清王氏的下落,于是丁某和岳父同赴州衙报案。

当时定州知州胡某,曾以聪察民事而远近闻名。他听了双方的陈述,即传佣工到案,佣工说:“我送小姐回丁家时,还听到她和婆婆说话哩!”

又传丁母出庭, 而丁母所供确与佣工所说吻合。此时丁某方知难以隐瞒,遂当堂供出实情。

可奇怪的是,命差役到寺庙井中打捞时,捞出的却是一具和尚的尸体。

原来王氏被抛井时,并未入水,正好跌在井下土坎上,随着寒气的侵袭,她渐渐苏醒过来,仰视天光,始知置身井内,于是大喊救命。此时天色将亮,一僧人汲水浇菜园时,听到井内有人呼救,经询问,知道落井者是邻居新妇,遂急忙取绳搭救。由于井深六七丈,王氏又纤弱无力,所以僧人费了很大力气,也未将她救出。

正在惶急之间, 来向僧人学圃的林某来了, 见状便说:“哪有普度众生者,自己却站在岸上之理?”

于是让僧人顺绳坠入井下,将王氏缚紧,由他将她拉上来。

林某见救起的王氏十分貌美,顿生歹心,便说:“你先上台阶休息,我拉师父上来。”

王氏刚走,林某取井旁巨石砸入井中,将僧人击毙于井下。林某胁迫王氏出了寺院,来到荒野一间土屋内,对她说:“你将衣服拧干,然后我送你回家。”

说罢出了土屋。

王氏关上屋门,正在拧衣服水,不料林某破窗而入,将其强行奸污。

事后,他向王氏说:“我是新乐村人,愿意嫁给我吗?”

王氏想起丈夫的绝情,又没脸再回娘家,便答应了林某。

可是她说:“我仅有的一只鞋也失落井中,为我找双鞋,方好同你去。”

于是,林某出外寻鞋,只是鞋都穿在人们脚上,无法下手。

傍晚返回土屋时,忽见田间小路上有双红绣鞋,他不假思索捡起就走。王氏见他拿来一双鞋,真是喜出望外,拿在手里一瞧,不由大惊,问道:“这是我穿过的鞋,放在婆家,如何被你弄到手的?”

林某正欲讲述鞋的来历，忽然见门外闯入两个差役，不由分说，捆上他连同王氏一并押到知州衙门。

胡知州何以如此神算呢？

是因为他在验看僧人尸体时，发现了王氏的一只绣鞋，而未见女尸，断定王氏未死，又从她双足无鞋，而估计尚未走远。于是从丁家找到王氏另一只绣鞋，命差役将一双鞋置于偏僻小径，并令其暗中监视，追踪捡鞋之人，从而找到了王氏。

到此，僧人死因真相大白，判林某死刑，丁某也依律治罪。

这正是：

村民戏妻酿苦果，
胡公推理堪称绝！

蹊跷中毒

乾隆年间，在长清县有一位县令叫朱文正，此人明察秋毫，断案如神，在百姓中享有“青天”之名。

长清县城内，有一家杂货店主刘长发与对门张皮匠素来关系不错，两家生意也挺好，可就是喜欢相互开个玩笑，这个说：“张皮匠，张皮匠，有獐皮无用场。”那个说：“刘长发，刘长发，留不住长不发。”

有一天，张皮匠家走进来一个胖和尚，是长清寺内负责采买的和尚，因佛事需要，在张皮匠处预订了二百双僧鞋。这可算是一桩大生意，张皮匠两口子恭维不暇。可对面的杂货店主刘长发看着人家来了生意，便有点眼红，又开玩笑说：“和尚，和尚，莫要进房。若是进房，当心婆娘。”张皮匠夫妻俩送和尚到门口，听到刘店主这么一说，送也不是，不送也不是，哭笑不得，十分尴尬。胖和尚在门口一个劲地念叨：“阿弥陀佛，阿弥陀佛！”

张皮匠为了这笔生意想忍忍算了，但大丈夫尊严又不能没有。看着旁边老婆桂花的脸红一阵，白一阵，气恼万分，火冒万丈，指着刘店主破口大骂。刘店主嘴硬惯了，哪肯认错，反唇相讥，进而撸衣挽袖，动手动脚，双方便打了起来。张皮匠身单力薄,不是杂货店主刘长发的对手,结果被打得鼻青脸肿,瘫痪在地上。张皮匠老婆桂花拍手跺脚,叫骂不休,胖和尚在旁念佛不止。

第二天，张皮匠受伤躺在床上，为了尽快让张皮匠伤愈做好二百双僧鞋,胖和尚和寺庙内打杂工送来十条带鱼,探望张皮匠。可谁知当天晚饭后,张皮匠突然死了。

桂花告到县衙。状告对门的杂货店主刘长发,出言不逊,动手打人,致伤人命,胖和尚可以作证。

公堂之上,刘长发分辩说:“当时是双方纠缠,你推我搡,也谈不上是谁打谁。”说着撩起衣服暴露伤痕。桂花叫喊有胖和尚作证。

这时,刘长发眼睛一翻,反诬胖和尚和张妻通奸,合谋杀死了张皮匠。双方相持不下,各执一词,朱县令只得将此案暂时搁下。

升完堂朱县令回家后,他认真细阅了供状卷宗,一晚上都没有入睡。

第二天一大早,朱县令把桂花叫到县衙,问:“你丈夫受伤这么严重,为何不找大夫医治?”

桂花答:“回大人,怎不医治,请的桥头王大夫。”

朱县令再问:“怎么不用药?”

桂花又答:“药方刚开好,病人就咽气了。”

朱县令找来药方一看,并非跌打损伤之药,而是收敛止泻之剂。

立即传来桥头王大夫问讯,王大夫说:“当时张皮匠受伤虽较重,但不至于伤命。我来诊治时,张皮匠又吐又泻,药方未取便已身亡。”

朱县令怀疑是否是带鱼中毒或其他原因,于是亲自到张皮匠家察看。进屋后,朱县令东瞅瞅,西看看,最后目光停在屋顶房梁上。只见这草房的房梁上有一个燕子窝,他转身问桂花:“这燕子窝平时有燕子进出吗?”

“以前有,可前不久忽然就没有了。”

朱县令点了点头,立即叫人到集市上又买了几条带鱼,仍叫桂花当面烹调,然后将带鱼放在屋内中堂饭桌上。随后朱县令命众人出去,自己一人留在屋内观察。过了一会儿,朱县令喊众人进屋,并命人牵来一条狗,将那香喷喷的带鱼倒给狗吃。不一会儿,狗就在地上打滚哀号,上吐下泻,很快就死了。

众人惊讶不已。朱县令立即派人将草房房梁上的燕窝用棍子捅了下来，这时从燕窝里爬出一条毒蛇，众人立即将毒蛇打死。

“这条毒蛇平时以吃鼠为生，吃饱后就在燕窝里休息。那天张皮匠之妻将带鱼端上饭桌以后，香气被燕窝里的毒蛇闻到，它伸着头垂涎三尺，流下的毒液掉进带鱼盘里，导致张皮匠食后中毒而死。”

朱县令边说边指着毒蛇问胖和尚：“为何出家人，却用带鱼送礼？”

胖和尚道：“鲜活鱼杀生，送食死带鱼无罪。”

尸骨复原

清朝雍正年间，饶州府乡下有个乡农，名叫王小牛。

这天下午，他身穿粗布麻衣，头戴白孝帽，急匆匆地从乡下赶到城里县衙告状，说他们那里的山上出了猛虎，他哥哥王大牛早晨上山打柴，已被老虎给吃掉了。

知县叫施如棠，是不久刚到饶州县任职的。

他端坐在大堂上听了王小牛哭诉后，惊问道：“我从来没听说这附近山里有老虎，怎么会咬死你哥呢？现在你哥哥的尸身在何处？”

王小牛叩头道：“已被老虎撕咬得东一块西一块，血淋淋的非常难看，小人瞧这样子实在太惨，怕吓着了嫂子，就捡一些枯柴断枝来堆着烧了。”

施大人惊怒道：“你好不晓事！凡有人横死，都要由官府查看、仵作验尸，有了定论，方可下葬。你不但擅自做主，还毁了尸。这又怎么说？”

王小牛忙磕头道：“小人是个乡下人，从没见过世面，这道理一点不懂，求大人恕小人无知之罪。”

施大人说：“你先回家等着，有什么事随叫随到。找猎户的事，本县自会安排。”

王小牛谢过后，磕头离去。

施大人心想：“这人口口声声称乡下人不懂道理，我看他上堂下堂一应规矩件件在行，实在不像是一个没见过世面的人。再说，若真是啥事不懂的乡下人，老虎吃了人，只好算自己倒霉，说与村邻知道，也就完了，如何又特地从乡下赶到这里来要我为他捉老虎报仇？还有，一早去打柴，也不会上了山就遇着老虎；就算上山就被老虎吃了，他做弟弟的未曾一块儿去怎么马上就得知？哥哥上山被老虎吃了，弟弟他知道消息上山、找到尸体、火烧尸骨，就短短一个上午的事，为什么这么巧这么急？这里面一定有鬼！”

施大人立即派捕头带人下去调查。

原来王小牛家住山脚下，要找到他家还真不容易。王大牛的妻子正哭得死去活来，她哭哭啼啼告诉捕头，近些日子，大牛与小牛不和，起因是为争家产。王小牛家周围就有两家邻居，可都不知道山上出了老虎，也都是听王小牛说的。猎户们说，近来这山里不像出老虎，若是出了老虎，一般的麋鹿、野猪、狍子等野兽早就好四散奔逃了，可是它们生活依旧未变，仍然出没在山林里。再说，也没有发现虎粪、虎脚印什么的。

捕头又奉命突然搜查了王小牛家，在后门柴堆下搜到斧头一把，上有血迹。

这些事向施大人禀报后，施大人说："我看，这事只好看尹峰杰的了。你们去把尹峰杰叫来。"

尹峰杰是个中年仵作，人还未老已是谢顶。有人说他办案如神，聪明绝顶。他见施大人召唤，忙来报到。

施大人道："尹峰杰，你先查一查，看这斧头上面的血。"

尹峰杰上前道："大人，被杀人的尸体现在何处？人即便死了，血还是可以验的。"

施大人说："尸体已被王小牛烧了，只留下些骨灰。"

尹峰杰说："这人果然狡猾，不过，不知这骨灰可曾有人动过？"

捕头说："我们已去看过，骨灰还在，现场尚未破坏。"

尹峰杰道："如果这样的话，尚有一法可以一试。"

"何法可试？"施大人急道，"快说！"

尹峰杰摸着自己光秃秃的脑袋说："小人死去的老爹在衙门当差时曾做过一次，小人还依稀记得，我试试看吧。"

施大人沉吟一会儿，就不辞劳苦，亲自带了一班人上山去了。

尹峰杰要助手取来两大篓白炭、一斗芝麻。白炭是山区特产，要多少有多少；芝麻也不是罕见的东西。不多一会儿全取来了。

尹峰杰要别人走开,亲自将白炭一块块在骨灰上排列整齐。他排得又紧又密,一处不落,然后叫人生起火来。山高风大,转眼间,火头呼呼往上蹿,甚是火红。尹峰杰叫助手端起盛芝麻的竹筐跟着他。他自己则手抓芝麻,一把一把撒向炭上,两眼一眨不眨地盯着,神情甚是专注。

众人只当他在念咒降神,都站着笑嘻嘻地看着他。芝麻撒在火上,发出"哔哔剥剥"的声音。约有三炷香的工夫,白炭才烧成了灰,这时,奇迹出现了,尺体的模样在地面上显露出来。

这是因为第一次焚尸时,人体内的脂肪融在地面上,冷却后凝固了。现在白炭一烧,芝麻经燃烧后,油脂渗下去,与人体原先的油脂一融合,尸体的形状就显现出来了。这尸体的印子上,有的地方颜色深,有的地方颜色浅。这样,伤口就显现出来了,一斧子是肋下,一斧子是肚脐下,一目了然。

施大人让王小牛自己来看。王小牛这才服罪,并吓得瘫软在地。

他由于与哥哥争夺财产,一怒之下杀死了哥哥,然后焚尸毁迹,谎报官府,企图逃避罪责。

结果,还是难逃法网,搬起石头砸了自己的脚,最终落下个砍头示众的下场!

蹊跷婚变

清朝时期,粤东有一秀才姓徐名谦,早年与本县一有钱人家女儿金娘订婚。不幸的是,不到三年,徐谦父母先后病逝,家境逐渐衰败。金娘见此情景,迟迟不肯成亲,并有退婚之意。

有一天, 金娘到戏院看戏, 适逢本县巡检的大公子郑书甫也在前排就座。这郑书甫本是好色之徒,全县绝色女子几乎都被他染指。今见到金娘好生吃惊,暗想,我怎么从未见过这位佳人呢。看戏中,他眼睛一直盯着金娘,不时点头微笑。这金娘察觉到有人盯着她,便轻声问丫环此人是谁。待她得知是巡检大公子时不禁心动,便暗送秋波,更撩得郑公子欲火中烧。

看戏后,郑书甫立即吩咐家人打听这女子的下落。得知是本县金员外的千金小姐后,更是高兴万分。当日便重金请来媒婆,要媒婆带着五百两纹银去金家说亲。金娘爹娘见到媒婆和纹银后,满心欢喜,一口答应下来。但由于金娘是订过婚的,另许配人家,怕外人笑话。同时,也不愿退还当初徐谦家订婚时送的千两纹银。因此,只让郑书甫和金娘暗中来往,结亲之事再做打算。这郑公子更是求之不得,不要明媒正娶,便夜夜做新郎。一连数月,郑公子早出晚归,好不快活。

不久,徐谦准备进省城读书深造,期望有朝一日金榜题名。为此,他想早日完婚,以解后顾之忧。徐谦来到金家商议,金娘母亲沉思半天,顿生一计。她说:

"女婿如今父母双亡,而我们又没儿子,不如你到我家入赘,双方都有个照应,你看如何?"

徐谦一心想求取功名,不知其中有诈,便满口答应了。并约定在春末夏初的一个吉祥日子完婚。

金娘得知母亲答应成亲,心里十分着急,等到徐谦一走,便请母亲到房内,哭泣道:"娘啊,你好糊涂啊,你怎么能答应成亲呢?"

金氏答道:"我怎么会糊涂?"

"您这边答应成亲,那边怎么向郑公子交代?一女焉能嫁二郎?"

"这些为娘岂能不知,我自有办法呀!"

接着母女二人轻声细语说了半天,金娘脸色由红变白,连连摇头:"这使不得,人命关天,这可是要判死罪的啊!"

"傻丫头,这事你知我知,天知地知,怎么会让外人知道呢?你放心,一切自有娘做主张。"

金娘一心贪图富贵,见娘主意已定,也就无话可说。

结婚那天,金家张灯结彩,亲朋好友都来庆贺。人人见到金娘都夸她天生丽质,绝代佳人,称赞一对新人是郎才女貌。徐谦心里美滋滋的,当夜连饮数杯,已是喝得半醉。进到洞房时,金娘一改往日的羞怯,自己取下头盖,又命丫环端来酒菜要与新郎对饮。

"哎,金娘,今晚就不喝了,我已喝多了,今后来日方长,定会陪金娘喝个够的。"

"哟,今日可是大喜之日,为妾日日思君,总算有了今朝,怎能不来个一醉方休。"说着,金娘又命丫环全都出去。

二位新人开怀对饮,你一杯我一杯,渐渐地徐谦支撑不住,倒在床上睡着了。

此时,院内客人也都酒足饭饱,正要离席,突然众人听洞房内几声怪叫,接着大门一下被撞开,只见新郎披头散发夺门而去。家人来不及阻拦,新郎直奔大街,众人尾随其后,并不着急,以为新郎喝醉了酒,跑一阵也就没事了。没想到新郎一直奔向前面一条大河。家奴这才感到大事不妙,连忙冲上去欲抱住新郎。可是已经晚了一步,新郎"扑通"一声便纵身跳进滚滚的河水中。

"不好啦,新郎跳河啦！救人啊！"

岸上哭喊声连天,有几个识水性的人纷纷跳进水中救人。可是一个时辰过去了,连新郎的影子也没看到。

家人一个个沮丧着脸,回来向主人报丧。金娘母亲大怒:"混账！你们这么多人竟连新郎一个人都拉不住,这明明是见死不救,有意坑害我女婿。"

家人连喊冤枉:"我等都是紧随姑爷后面,半步不离,本以为姑爷醉酒心明,只不过趁酒兴闹着玩,没想到他会跳河啊！"

"别啰唆,你们还不快找船来四处打捞,要是找不到人,绝不轻饶！"

众人连连点头,领命而去。当下请来四条船,在河里上下合围,可打捞到天亮也没找到新郎。

第二天,县衙门响起了击鼓声。吴知县整装升堂。众衙役一阵吼叫,金家全家十几人全带上堂。

吴知县多日未曾升堂,今日有案,格外来精神,他一拍惊堂木,喝道:

"堂下是何人,有甚冤情快快讲来！"

"在下金氏,本县小民,只因昨晚小女结婚,女婿多喝了一杯,就冲出洞房,跑到河边便不见人了。小民怀疑是家人对主人平日管教甚严不满,蓄意谋害我女婿,请大人做主。"

"女婿找到了没有?"知县问道。

"是他自己跳河而死,尸体至今未找到。"众家人连忙解释。

"你们为何见死不救?"

"这实在是很突然的事。大姑爷醉酒而跑,我们一直跟随其后,万没想到他会跳河。我们只上前迟了一步,他便跳了河。这是大家亲眼所见。我们都是在金家做工多年,岂有谋害姑爷之理。"

知县又一一讯问了其他证人,回答都不差分毫,便喝道:"金氏,实在无理,明明是你小婿自己投河,怎么能诬告别人?来人!将这妇人重打五十大板后,轰出去!"吴知县有些恼怒,本以为是个什么实实在在的大案,可享誉百姓,没想只是一起意外事故,因而将气全出在金氏身上。

"大人息怒,民妇还有话讲。他们说是投河自尽,为何活不见人,死不见尸?事情没搞清楚,大人怎能对民妇用刑?"

吴知县听后觉得也是有理。便吩咐衙役抬轿,他要亲临现场察看。

吴知县率一班人马来到河边,只见河水滚滚,浊浪翻腾。他想这尸体一时半刻是打捞不到的。于是,吴知县便打道回府。以后金氏也没再来找知县告状,此案就这样不了了之。

几个月后,吴知县调走,又新上任一个举人出身的年轻知县,姓朱名庆。此人出生在乡村一农民家庭,善于体察民情,为官甚为清廉。

他到任后,立即清理了所有积案。阅卷中他看到徐谦投河一案,心里产生疑惑。这个金氏明知道女婿投河,为什么要状告家人?不久,朱知县又听说近几个月来,金氏之女金娘与本县巡检大公子郑书甫打得火热,已到了不避人耳目的程度。他反复推敲,有所醒悟:很可能金氏告状,本意不在加罪于谁,而是要知县和家奴都证实新郎确是投河自尽。她为何要这么做呢?莫非其中还有隐情?

一日下午,朱知县化装成算命先生,来到金家附近查访。当他看到一老太婆在门前洗衣服时,便佯装借凳子坐。休息一会儿,知县举目四望,突然对老太婆说:"哎呀,你这附近阴风阵阵,鬼气袭人,恐怕不是安详之地呀。"

"先生讲什么鬼话,我们这好好的,怎么有鬼气。你别吓唬人,你要憩便憩,不憩就走吧。"老太婆很不高兴。

"绝非鬼话。我推算,这附近三月之内,必有人死亡,而且是年轻人。此人有冤未申,所以鬼气缠人。"

"啊——"老太婆吃了一惊,忙说:"先生,这死人倒是确有其事,但却无冤之情。"

"老夫人,能否讲一讲,也许我能帮你驱鬼祛邪。"

于是,老太婆当真详详细细将徐谦投河的前后经过说了一遍,最后说:

“他女婿之死,是我们亲眼目睹的,绝非冤死。”

“徐谦跑出来,你们都看清楚了?”

“那当然,他穿的是拜堂时的大红袍,披头散发跑出来的。”

“那么脸容看清了没有?”

“那倒没有,因长发遮住了脸,又是那么一刹那间的事情。”

“啊——”知县轻轻点头,心里明白了几分。又问道:“以后金娘有没有再嫁人?”

“还没有, 不过她跟一富家子弟来往密切, 经常看见那位公子进入她家。”

说完,她四周望了一下,悄悄说:“其实呀,这位公子早在金娘成亲之前便有来往,只是不知究竟是什么关系。”

朱知县心里更有底了,他起身说了些逢凶化吉的话,便道谢告辞。

事不宜迟,朱知县一到县衙,便点了几十名强壮兵丁,做了周密部署。天一黑,兵丁悄悄包围了金家大院。

朱知县换上官服,坐轿径直来到金家。金氏见知县突然而至,大吃一惊,问道:

“大人到此,有何指教?”

“只因有一桩公案,要查一下你家,可以吗?”

“哎呀,怎么查我家,我们家现在只有我母女二人,并无外人,莫非大人搞错了?”

“绝非有错。有人亲眼看见歹徒躲进你家。”

说着便命衙役四处搜查。

“慢着。”

金氏怒目圆睁:“大人,金家也是官家后代,你们这样私闯民宅,恐怕不妥吧。”

“你放心,有本官负全部责任。”

兵丁四处搜查没有收获,知县又命兵丁进金娘闺房搜查。

金氏又极力阻拦:“大人,这更不妥了,刚才搜查已属非法,现在又要闯进闺房。这岂不败坏我女儿的名誉?叫小女日后怎么见人?”

“本官是执行公务,怎么是非法?搜!”

“且慢，要搜查也可以，如果搜查不出人来该怎么办？”

金氏堵在门口，语气逼人。

“搜不出人，本官愿辞职谢罪！”

“不行，你辞职难道能补偿我小女的名誉损失吗？”

“少说废话，搜不到人任凭你上告治罪。来人！将这民妇拉开，仔细搜查！”

兵丁一拥而上，拉开金氏，进入闺房。结果还是一无所获。朱知县心里暗暗着急，顾不上身份，亲自又四处搜查一遍，最后还趴在床底下查看，发现一只男人的鞋子。

“这是何物？”知县将鞋子扔在金娘脚下问道。

“这……”金娘脸色刷地一下变白了。

“来人，搬动婚床！”

兵丁移动婚床，发现地板有几块松动的缝隙，撬开地板，发现有一个洞口。两名兵丁爬进洞内，走了几步，看见里面有一个房间，郑书甫正在颤抖着，躲在一个角落里。兵丁抓住郑书甫，继续向前走，便走到地道出口处，外面乃是金家的后花园。在花园里，知县又发现有一片被修整的地面，便命人挖开。兵丁们挖掘至一尺深时，果然挖出一具尸体，经辨认正是徐谦。

朱知县拿到证据，连夜升堂审案。几个人犯全部带到堂上。

知县一拍惊堂木，喝道：“大胆淫妇，害死女婿，还不从速招来！”

“小女与郑公子私通为实，但女婿却不是我们害死的。女婿自己投河而死，这是众人亲眼目睹的。”

“来人，大刑伺候！”

然而，大刑之下，金氏仍不松口。接着，知县又对金娘和郑书甫用刑。这二人从小娇生惯养，何曾吃过这般苦，不一会儿便全盘承认了犯罪事实。

原来，金娘结婚的那天晚上，郑书甫带来另一名水手早已藏在新房地洞里。金娘故意劝酒，将徐谦灌醉后即叫郑书甫和水手出来，将徐谦的衣服脱下穿在水手的身上。然后将徐谦用绳索勒死，从地道移至后院埋了。这水手则打散头发，冒充徐谦跳河逃跑了。

当日下午，那名水手正在家里饮酒作乐时，被几个衙役拿住，带到县衙。经审讯，所供事实与金娘和郑书甫供词完全一样。

郑书甫打入死牢后，指望在县衙当巡检的父亲出面说情。岂料这位巡检是位耿直忠义之士，平日对逆子的放荡行为亦有所察，只是由于公务繁忙，忽视了管教。加之郑书甫母亲的放纵，致使郑书甫越来越坏，这次终于闯下大祸。对此，郑巡检深明大义，主动呈状，要求对逆子以严惩。并请知县上报知府，对自己教子无方予以治罪。

至此，一起淫妇奸夫等四人合谋杀人案终于大白于天下。水手被判处二十年监禁，其余三人全部处以极刑。消息传开，百姓无不拍手称快。

诗扇迷案

清初，山东青州府发生了一桩诗扇案。

益都县有个范小山，以贩笔业，到外地去进货，他的妻子贺氏在家，被人杀死。出事的这天晚上下了小雨，泥泞中发现一把纸扇，上题诗句，是王晟送给吴蜚卿的。王晟不知何许人。吴蜚卿是益都县的富户，与范小山同村，平日行为放荡。县令捉吴蜚卿来审问，吴蜚卿说："这扇子不是我的。"

县令不肯罢休，动了大刑，吴蜚卿受刑不过，便招认了因奸杀人。以后又经知府复审，也无异议，逐级报批，就等秋后处决了。

这时，新任登莱青道员周亮工巡行到益都了解案情，传来范小山问："吴蜚卿杀人，有何凭证？"

范小山说："这把扇子分明是吴蜚卿的。"

审问吴蜚卿，吴蜚卿说："确实不是我的扇子，也不知题诗的王晟是哪里人。"

周亮工又把案卷仔细地阅过一遍，沉思多时，便叫把吴蜚卿的刑具去掉，从监狱移到县衙的闲房暂住。

范小山力争不让，周亮工生气地问："你是要枉杀一人了结此案呢，还是要抓到真凶才甘心呢？"

围观审案的一些人，窃窃私议，猜想周亮工受了贿赂，有意为吴蜚卿开脱。

只见周亮工发签把南郊某旅店的主人传来，问："你那旅店有间屋墙上的东莞李秀诗,什么时候题的?"

旅店主人答:"去年提学使来的时候,有三个应考的秀才住在小店,喝醉酒后题的。"

查阅店簿,这李秀是日照人,周亮工便派差役去拘李秀。

李秀一到大堂,周亮工劈头便问:"既是秀才,怎么谋害人命?"

李秀一愣:"我没杀人啊。"

周亮工把扇子扔下来:"看,明明是你的诗,为什么假称王晟?"

李秀看了看,说:"诗,确实是我做的,可字并不是我写的呀。"

周亮工说:"这写扇的既知道你的诗,必然会是你的朋友,你看像谁写的?"

李秀说:"像是沂州王佐的笔迹。"

于是,周亮工又差人去传讯王佐。

王佐见周亮工追问,便说:"这扇是我表弟张成要我写的,他是益都县一个开铁匠铺的,上下款的写法也是他的主意。"

周亮工一拍公案:"真凶就是张成了。"把张成逮来,一审问便招认了杀人罪行。

原来,张成垂涎贺氏的美貌已非一日,想要诱奸,又怕不成;心想吴蜚卿这轻薄子弟的名声在外,假托他的名字,人们必然相信。这样,事成了自己捞一把,事不成有吴蜚卿去顶罪。可自己识字不多,就求表兄王佐代写扇面,假说是朋友王晟托自己转求表兄代写送给吴蜚卿的。这天夜里,他翻墙进入范家,强迫贺氏与他成奸。贺氏性情刚烈,因为独居,常备着匕首自卫,一见张成入室内,便翻身坐起,拔出匕首。张成连忙上去夺,贺氏紧紧抓住他的衣襟,就要喊叫。张更害怕,欲逃不得,就夺过匕首,杀了贺氏,出门扔下扇子逃走了。

结案后,幕僚和乡绅们齐向周亮工请教侦破此案有何高招。周亮工笑着说:"说不上高招。我只是反复地查阅了案卷,知道贺氏被杀是在四月上旬,那天夜里又下了雨,天气还冷,根本用不着扇子,哪有在匆忙之时还带着这不急用的东西的!由此推论这是出于嫁祸的动机。另外,我来青州时在南郊那个旅店里避雨,看到墙上的题诗与扇上的相同,所以顺着这个线索追查,竟抓到了真凶,这就多少有些侥幸了。"

智断银圆

清代光绪末年，浙江乌程县乡下有位老农叫汪性善，因女儿即将出嫁，特地带着一些银元，起早赶往县城购办妆奁。

一进城门便感到腹中饥饿，看见路边有爿卖汤团的小点心店，闯将进去吃碗汤团充饥，兜里一摸没有零星铜钱，便对店主说："因事入城，身上仅有银圆没有零钱，请老板先记个账，等一会儿就来奉还。"

店老板见是个乡巴佬，就说："我店本小利微，又不认识你，难道给你白吃不成！"

汪老汉是个诚实人，见店主不答应记账，就摸出银币一圆作抵押，言明等会儿办完事就来结账。

岂料，这个店主是个贪财滑头，当汪老汉办完事拿铜钱来赎银币时，他居然翻脸不认账，还口口声声地说："真怪，一碗汤团只值数十分，哪有用银圆来作抵押的傻瓜？"

汪性善被气得老泪横流，路人见他可怜，就介绍他去请教城里有名的讼师赵甲。

赵甲见汪性善老实巴交，很是同情，就对他说："这里是乌程县，你若打官司肯定输，如果遇到归安县的郑青天，才有打赢官司的希望。"汪性善继续哀求赵甲指点。

赵甲又问："你愿不愿受鞭笞数十记？"

汪性善点头依允，赵甲便对他如此这般地悄悄教导一番，并当场代汪书写一状纸，直到汪性善破涕为笑。

听完教诲，汪性善火速赶往邻县安城，静候在县署门前。不多一会儿工夫，只听见仪卫喝道，正逢郑裕国县令打道回县衙，汪性善连忙冲上去，口中大呼："小民要告状！"郑县令看见有人胆敢冲撞仪卫，便喝令左右："拿下！"

汪性善大声叫道："小人是乌程人氏，大人乃归安县令，不应当责我！"

郑县令一听此言，忙说："天下官管天下百姓，事情犯在我手，岂能将你放过？"

说完,命令衙役将汪挟进大堂,责打二十板。打完之后,汪老汉当堂将状子递上。

郑县令仔细一瞧,开口道:“这件事出在乌程县,你应该到乌程县衙门呈控,不得跨界告状!”汪老农反唇相讥说:“大人刚才不是说,天下官管天下百姓嘛。”郑县令听到这话,笑着说道:

“哈哈,看来本官今朝中了你这老实人的圈套了,姑且为你审理此案。”

郑裕国县令正坐大堂,掷签将乌程县城里那位卖汤团的店主传来讯问。可是,这店主就是一百个不承认,连连口称:“小的冤枉,请大人明鉴。”

郑县令见这店主拒不承认侵吞汪老汉银圆,也不硬逼,命令将店主暂留县衙候审。回到后堂,密令一名差役来到乌程县那爿卖汤团的小店,向店主之妻说:“你丈夫已在公堂上招了供,如果快点将那枚银圆缴上去,便可免去一顿责打。”

店主妻不知有诈,立即慌张地说:“这个该死的,我原先就劝他不要干此昧良心的事,可他就是不听,如今弄成这副样子,真急人。”说完,就将那枚银圆拿出交给了差役。

银圆虽找回了一枚,但汪性善是否会诬告好人呢?郑县令在公堂上又设一计考察汪性善。对汪说:“看来,你的那枚银圆是在别处丢失的,他一再不承认,我这当官的也不能滥刑徇私,逼他屈打成招。好吧,不如本官偿还你一枚,免得冤枉了好人。”

汪老汉见郑县令使出这一招,心中纳闷,坚决表示:“既然大人断不清此案,小人怎能不明不白地接受大人的恩赏,千万不能接受!”

这时,郑县令突然怒火中烧,厉声喝问道:“汪老汉,偿你银圆不接受,你到底想干什么?!”

说完,随手掷下银圆两枚,其中夹着从店主之妻手中取回的一枚,叫汪老汉自择其一。

汪老汉见郑县令动了肝火,惊讶异常,再往地上的两枚银圆一瞧,双眼突然一亮,用手指着其中一枚银圆连忙说道:“这枚银圆正是小人的,怎么会在这里呢?”

郑县令转首问道:“你有何凭记?”

汪老汉回答说："此银圆乃小女的聘金，上有双喜朱字，我一眼就认出是小民的原物。"

郑县令一听此言，连忙笑道："哈，果真不错，这下可算是物归原主了。"

县令再将目光转向汤团店主，这时店主不住地用手打自己嘴巴，惶恐地说："小人该死，小人有罪，悔不该贪这昧心财，干下这丢人现眼的事，恳请大人恕罪。"

案情至此大白。

贪财的汤团店老板挨了二十大板释放回家，吃点皮肉之苦买了个教训。汪老汉性善几经周折取回了被赖的一枚银圆，感激地到处诉说郑裕国县令的清正廉明。

哑女告父

清朝雍正年间，有位举人出身的地方官叫徐昆，他长期担任浙江金华知府。金华所属各县滞留了大量的案件，上报到府，徐太守都亲自处理，该准的准，该复的复，该改的改，办得清廉公正，百姓都很信服。

汤溪县上报的一个案件却使徐太守有了怀疑。该县有乡绅魏七十，中年丧妻，留下一哑巴女儿，续娶了邻乡寡妇李氏为妻，李氏自己生有一个儿子秋生，刚会走路。谁知结婚不久，李氏母子便双双死亡。有人在魏家墙外的池塘里发现他俩的尸体，正遇李氏前夫的弟弟郦十九去探望嫂嫂。郦十九见嫂侄死得不明不白，便上告县官。

魏七十此时也来报案，说李氏母子不慎失足溺水而死。

汤溪县罗县令与衙役到乡间验尸后称：尸体即是从池塘里打捞上来，当属溺死无疑。于是此事就作溺死了结。情急之下，郦十九便与县令进行了争辩，又大声呼冤。罗县令大怒，喝令将郦十九拖下去痛打一顿，又将郦氏兄弟定为诬陷罪，上报到金华知府。

徐昆看了案卷，认为县官处理该案过于草率，便换了民服，到案发地点进行察访。他发现当地乡民对此案都噤若寒蝉，但问及李氏之死，人们都不再言语。

只有一村民悄悄对他说:“魏七十的前妻留下一哑巴女,尚未出嫁,也许她能知道点真实情况。”越是这样,越引起了徐昆的怀疑,他就径直来到魏七十家。

那天魏七十正有事外出,家中只有魏七十前妻留下的女儿。此女已长大成人,因是哑巴尚未出嫁。徐昆找到哑女,问其母亲情况,又对她说:“我就是金华知府,只要实情相告,我一定不让你的父亲加害于你。”

徐昆向她询问,当然问不出什么名堂。但他见哑女精神忧郁,似有难言之隐,当他指着墙上哑女生母的遗像时,她竟忍不住哭了起来。他想到哑女可能知道李氏母子的死情,只是说不出来罢了,他便向哑女比着手势。哑女打量徐昆一番后,边流泪边用手做出各种动作,又将他带回到家中后院围墙下,比划着做出父亲抱着尸体、扔出墙外的样子。徐昆便派人拿来梯子,登上墙头一看,围墙外面就是那淹死李氏母子的大水池。

徐昆并不懂得哑语,而那哑女手舞足蹈表演得相当真切,徐昆极其耐心地模仿着。凡对的,哑女则点头认可;不对的,哑女就摇头否认。费了不少精力,徐昆终于把案情摸清了。

徐昆回到金华,立即逮捕了魏七十,并严加审讯。他直截了当地对魏七十说:“李氏母子并非溺水而死,却是被你打死的!”

魏七十闻言,大惊失色。

徐昆继续描绘了案发时的场景:

那天,李氏正在蒸糕,孩子秋生吵着要糕吃,拿糕时,孩子秋生怕烫,无意打翻了糕盘。魏七十见状大怒,揪着他朝地上猛力一摔,秋生脑颅破裂,当场毙命。

李氏见儿惨死,就揪住魏七十失声惊呼,魏七十就用手捂着她的嘴,威胁道:“你的儿子被鬼打死了,你呼号什么?”

李氏挣扎着逃出门外,边哭边呼道:“丧心贼子!你就是摔死我儿子的恶鬼啊!”

魏七十一不做二不休,急忙追出门外,将李氏拖进屋内,对准她的要害部位,一连几棍把她当场打死了。

魏七十先把母子俩的尸体藏匿在空屋里,隔天正遇郦十九前来探望,他就以母子两人淹死作为搪塞。郦十九走后,他就假戏真做,把秋生放在李氏

怀中,将母子尸体一起扔进了池塘里,不久被人发现,当作是淹死的。

徐昆所说的竟与魏七十的所作所为一模一样，像是在作案现场看见一般,而且又有邻居作证,尸体上的伤痕都符合案情。魏七十见无可抵赖,只得当堂招供认罪。

至此,魏七十还不明白徐太守是通过察访哑女才获得实情的。

最后魏七十还供认:其前妻也是被他拷打、折磨而死的,为怕泄漏出去,他将亲生女儿灌药致哑。同时还用财物收买了众邻居,贿赂了罗县令及诸衙役。

借券纠纷

南汇县代理县令陈其元,在任期间受理了一桩借券案。

一天,有位棉花行的主人姚某到县衙大堂控告王某欠其棉花款,共计银洋一百零六块。姚某呈上借券,借券上有代笔人和中间人的署名。并声称,其向王某讨还欠款,王某不但不还钱,反而殴打他。

欠债还钱,天经地义,世上哪有欠债不还的道理,陈县令听罢愤然。经询问中间人和代笔人,他们所述情况与姚某的控告相同。随即派人把王某带到县衙大堂厉声审讯。

王某跪在堂前,浑身颤抖不止,不停地喊冤:“我确实没有向姚某借过银洋,也不欠他的棉花钱!”

王某辩解道:“我如果欠姚某的钱,也没有必要请开烟馆的人做中间人。”

陈县令问道:“你又不是什么富贵人家,为何不能请开烟馆的人做中间人?”

王某道:“我识文断字,借券可以自己写来,何必请人代笔?”

陈县令喝道:“大胆王某,莫不是你心怀叵测,请人代笔为的是赖账!”

此时,两旁差役齐声呐喊,王某闻声更加害怕,趴在地上连连磕头认罪,表示愿意还钱。

此案审到这里,有原告的控词,有借券为证据,还有中间人和代笔人的证言,被告也承认借银洋的事实,并表示一定退还,本可结案,但办事认真严谨的陈县令细细琢磨,觉得王某的申辩有其道理,识文断字的王某请人代写借券为何还要再请人做中间人呢？这些疑点不查清楚，不能结案。

陈县令决定再次升堂，问个究竟。

陈县令问姚某道："王某欠你的棉花钱，为什么他不自己写借券？"

姚某答道："借券是王某请人代写的不假，依小的认为，他分明是想借此赖账。"

陈县令又问："借券是王某请人代写后带到你家的，还是在你家中写的？"

姚某顿时语塞，迟疑片刻后答道："是在小的家中写的。"

陈县令从姚某的神色中感到其中必有蹊跷。于是接着问："代笔人是王某带到你家中去的吗？"

姚某答道："我与王某为棉花钱在茶店里发生争执，代笔人恰好路过，上前相劝，并一起到我家中写了借券。"

这时，陈县令看到代笔人正在堂下等候审讯，便故意大声问姚某："是在茶店里吗？"

姚某答道："是的。"

陈县令传令将姚某带下，把代笔人带上。

陈县令问代笔人："是王某请你代写的借券吗？"

代笔人回答说："是的。"

陈县令又问："为什么不到姚某家去写，而要到茶店里写呢？"

代笔人回道："姚某和王某在茶店里争吵，我过去相劝，所以就在茶店里代写了借券。"

一张借券通过姚某和代笔人之口说出了两个书写地点，陈县令感到其中必定有诈。为了进一步查明事实真相，以证实其推测，陈县令又将中间人传上堂。

陈县令单刀直入，厉声喝问："王某不欠姚某的银洋，你为何捏造事实，分明是想牟取他人钱财。"

中间人闻言大惊失色，还想抵赖："我不敢牟取他人钱财，确是姚某向王某索还棉花欠款，请代笔人写借券，请我做中间人，我们一起到我开的烟馆由代笔人为王某代写了这张借券。"到此，中间人又说出了第三个书写借券的地点。

听完中间人的回答，陈县令哈哈大笑，令人将姚某、王某、代笔人全都带上堂来。

陈县令对王某说："此案我已查明，你欠姚某的银洋不是一百零六块，而是三百一十八块。"

王某急呼冤枉，说："我就欠姚某一百零六块。的确不是三百一十八块。"

姚某也证实说："王某只欠我一百零六块棉花钱。"

陈县令不慌不忙，一一数来，"借券应有三张，一张是在姚某家写的，一张是在茶店写的，还有一张则是在烟馆写的，三张借券岂不是三百一十八块吗？我这里现在只有一张，还有两张快快交来，一道让王某还上。"姚某、代笔人和中间人一看事情已败露，只好低头认罪。

合伙制造假案的人，尽管事先有共谋，但是假的终究真不了，百密终有一疏，必有一细节想得不够周全。陈县令正是利用了这一弱点，选择借券的书写地为突破口，经过缜密的分析，采用不同的审问方式，对姚某、代笔人和中间人进行步步紧逼，丝丝入扣的审问，终于使案件真相大白。

廷桢雪冤

邓廷桢曾在清朝嘉庆年间出任西安知府。

一天，汉中县报上一桩投毒杀人案：该县兵营中有个名叫郑魁的士卒，被指控将砒霜放在馒头里，毒死了县民宋某。郑魁已低头认罪，被判为死刑。其邻妇孙氏与卖馒头的、卖砒霜的都被作为证人带至西安府。知府上下都认为铁证如山，可以批准结案了，唯独邓廷桢感到事有蹊跷。

邓廷桢先传卖馒头的人问："你每天能卖多少个馒头？"

卖馒头的回答："大约二三百个吧。"

邓廷桢又问："一人大约买几个？"

对方又答道："三四个。"

邓廷桢沉思片刻说："如此看来，你每天要同近百个顾客打交道了？"

卖馒头的点头说："是的。"

邓廷桢突然问："这近百人的相貌、姓名，以及哪一月、哪一天来买过你的馒头,你都能记得吗?”

卖馒头的微微一怔,又摇头答道:“不能。”

邓廷桢立即追问:“那么, 你为什么偏偏记得郑魁是某月某日买过你的馒头呢?”

卖馒头的惊慌失措,结结巴巴地回答不出。

邓廷桢一再追问,卖馒头的才说:“我本来也不记得,那天县役冯某来对我说:‘衙门里正审理一桩投毒杀人案,凶犯郑魁已经服罪招供了,只缺少一个卖馒头的证人,你就出庭作证吧。’我们做小本生意的怎敢得罪衙门里的人?我便依允了。”

邓廷桢又传孙氏讯问,原来她也是受县役冯某的软硬兼施,才不得已提供伪证的。唯独那卖砒霜的说的是真话,郑魁确实在他那里买过砒霜。

邓廷桢又经过周密细致的调查,终于弄清了事实真相。

原来,宋某与郑魁素来不和,临死之前又与郑魁大吵了一架。县官来验尸时,发现他嘴唇发青,便怀疑是中毒身亡。恰巧郑魁这天又买过一包砒霜。于是左邻右舍及衙门上下都认为是郑魁投毒,杀人泄愤。郑魁有口难辩,终于屈打成招。为了更有“说服力”,汉中县令又指使县役冯某等找来了几个“证人”。其实,宋某是被疯狗咬了一口,死于狂犬病,所以嘴唇发青。而郑魁为了毒老鼠,偏巧在那一天买了包砒霜。

案情大白,邓廷桢当堂释放了郑魁,又依法惩办了汉中县令与县役冯某等,卖馒头的与孙氏被训斥一顿后,也放了回去。

柴房藏尸

清朝,山东某处有一廪生(我国古代科举制度中生员的名目之一,清代生员中资历较深的),生性轻佻,和表妹私通已久而不为人知。表妹有个叔叔和她的父亲是同胞兄弟,且感情很好。后来,她的祖父又纳妾,生了个小叔叔。这户人家富有田产,她的父亲和叔叔对其小叔,由于要分享他们的祖产,一向十分嫉视,因此与她祖父也很不和睦。

表妹后来远嫁了,但与那廪生旧情未忘,分离几年,苦于找机会幽会。直到她小叔娶亲的那天，趁着亲邻们都去道贺，那廪生就早早来到表妹娘家的门口等候表妹前来贺喜。后来，表妹果然乘着轿子贺喜来了，他也就与表妹一起走了进去。人多声杂，人们又不知道他们之间的私情，也就没人注意他们。两人久别重逢，趁无人注意，就并肩溜进柴房苟合去了。由于情急匆忙，连柴屋门都没有关上。

这时，正逢她小叔要上厕所，柴屋又是必经之地。他路过柴屋时，见柴屋门开着，就往里一看，看见了他俩的私情。那廪生和表妹怕他把这事泄露出去，就一把将小叔拖了进去，不容她小叔出声，就用腰带将他勒死，尸体埋在柴堆底层。

然后，他俩又若无其事地走入宾客之中。

一会儿，新娘坐着彩轿进门来了，就是找不到新郎拜堂。那廪生和表妹装作和他人一样着急，乱了一阵也各自分别回去。她祖父托人早晚四处寻访，一连数月都杳无音讯。

日子一久，臭气从柴屋里冒了出来。一查，在柴堆底下翻出了她小叔的尸体。她祖父见死者颈项上有绳勒的伤痕，怀疑是她父亲和大叔合谋下的毒手，便把两兄弟捆缚了送到县府衙。

县令审讯期间，用尽了各种酷刑，终于逼使两人含冤招认，只等结案判刑了。

这时，原任县令被调走，新来了一位县令。他审阅了这案子的全部供词，感到这两兄弟要谋产害命的机会很多，为什么一定要在小兄弟新婚拜堂之时下手？就把那天前来贺喜的宾客都传来，逐一加以审问，却不见有任何疑点。

最后，问到道喜的一个邻居泥瓦匠，他说：“我那天一早就去这家近邻修整屋漏，工夫大，贺喜去得晚了。”

县令问：“你蹲在屋顶上修漏时，可望得见办喜事的这一家？”

泥瓦匠说：“看见的。我还看见那廪生和他表妹手拉手地走进柴房，样子很是亲昵。随后又瞥见新郎手里拿着纸经过柴房，像是要去厕所。以后我就下房，回家换衣服也去道喜。”

县令听罢说：“好，是这回事了！”

随即出签把那廪生和表妹拘来。两人一审就服，如实地招了供。县令也就对他们绳之以法，释放了她的父亲和大叔。

细蛇钻窍

这是一个清朝广为传播的著名案例。清代《留仙外史》等笔记都记载了这个案例。

进士出身的倪廷谟为安徽潜山县知县,廉明公正,号为"倪青天"。

有一次出城到山区巡视,在山路旁,看见一座新坟上爬满了苍蝇,顿生疑虑,找来地保一问,得知是当地一个新婚不久得急病而死的青年的坟墓。倪廷谟就亲自到那位死者的家中查看。那家新丧夫的寡妇听见县官来临,大惊失色,连忙换上丧服干号着在室内迎接。倪廷谟见那寡妇"态度妖荡",就认定她丈夫死得可疑,下令开棺验尸。可是验尸的结果,那个尸体不过骨瘦如柴,并无伤痕,只得盖棺封坟。

那妇人厉声责问:"县官就可以凭莫须有之罪开人之墓、启人之棺,该当何过?"

倪廷谟只是笑着说:"你说得对,我已经上书知府,请求就地免职。"

倪廷谟向知府报告,请求批准宽限三个月,如果三个月过后还未破案,再罢他的官职。倪廷谟继续组织侦查,可是派人四处打探都无结果。

有一天晚上他做了个梦,梦见神人送他一盆万年青。有了这个预兆,第二天他就亲自化装成一个算命先生下乡,到死者所在的村庄附近转悠。

在附近的湖泊边,他搭上了一个打鱼的。那人姓万,虽然已六十多岁,仍然身手矫健,绰号"万年轻"。倪廷谟和他谈得投机,晚上就在他家住宿,渐渐把话题引到死者身上。

"万年轻"说起自己白天打鱼,晚上则行盗的事情来。有一晚上,他到那个青年家去偷东西,在窗外见青年的妻子和另一个男子正在把那个生病卧床的青年反身绑在床上,那男子用香火烫一条装在竹筒里的小蛇尾巴,小蛇怕烫,猛地一蹿,沿着竹筒蹿入了那青年的肛门。那青年惨叫一声,就气绝身亡了。

倪廷谟得知原委,不动声色。

第二天回到衙门,发签将"万年轻"抓来,以将来不治他的盗罪为交换条件,要“万年轻”递状告发那个寡妇。有了原告,办案更加方便,可以再次开棺验尸。

由于正值三伏,天气炎热,尸体又经上次检验翻动,到这时已经腐烂,果然可见尸体的腹内有一条死蛇。倪廷谟立即将那寡妇抓来严刑拷打,那寡妇只得承认原与表兄通奸,为谋这户财产,设此毒计害死丈夫。于是倪廷谟拟判那寡妇凌迟处死,通奸的表兄斩立决。

这桩奇案一破,倪青天的名声大噪,被编为戏曲到处传唱。

真假作者

李汝珍在苏州一家刻书坊修改《镜花缘》。谁知他刚把书稿修改完,开始刻字,在江宁的桃红坊竟已把《镜花缘》刻印出来,在庙市上出售了,而且内容一模一样。

这是怎么回事呢?

李汝珍为了弄个水落石出,他决定要去走一趟江宁。

来到江宁,李汝珍到庙市上一看,桃红坊售出的《镜花缘》果然与自己手中的书稿完全一样。他惊讶万分,状告衙门,发誓一定要找出这个窃书贼。谁知一张状纸递上去,立即被知县驳回,说是天下同名同姓的人多得很,无根无据,不予受理。

原来,这桃红坊老板钱锥子,是江南总督王仁的小舅子,知县惹不起。李汝珍不服,第二张状纸又递到江宁府,江宁知府也是装聋作哑,后来虽未将状纸驳回,但一定要李汝珍自己拿出书稿被窃的证据,才予受理,事情等于又被搁下来。

正在李汝珍左右犯难的时候,他的好朋友卞銮来南京探亲,特地到客店来看望李汝珍,听李汝珍诉说此事,十分恼火。他问李汝珍:

“你在苏州修改书稿,可曾与人交往?”

李汝珍说:“是有一个落魄书生,曾在书坊替我誊抄过《镜花缘》的书稿。不过他每天都是当着我的面誊抄的,从不曾将书稿取走啊!”

卞銮听李汝珍这么一说,当即拍案而起:“对了,就是他!”说罢,拉起李汝珍直奔江宁府，要求知府传讯桃红坊老板，交出他们所刻的《镜花缘》作者李汝珍。两个李汝珍当面对质，真伪自有分晓。

这一来，江宁知府坐不住了，一面答应次日升堂问案，一面又差人连夜送信给江南总督王仁。

原来，当时苏州、江宁等地的刻书坊老板，风闻李汝珍写出《镜花缘》初稿，争相要求替他付刻。啥原因？有利可图！李汝珍经过再三考虑，选中了苏州一家刻工最精的书坊。谁知这一来，却惹怒了江宁桃红坊老板钱锥子。钱锥子是江南总督王仁的小舅子。他眼见一块肥肉落入别人之口，气得一跳三丈高，眼珠一转，便带上厚礼去找姐夫王仁帮忙。王仁一看厚礼，二看至亲，马上叫来师爷金灵，商议对策。

于是第二天，金灵便乔装成一个落魄书生来到苏州。他在李汝珍住的客店门口摆了一个写字摊，李汝珍生来热心肠，见金灵一手秀丽端正的毛笔字，便向书坊老板推荐，让金灵誊抄《镜花缘》书稿，暂且度日。李汝珍哪里料到这金灵有着惊人的记忆力，他每天都把誊抄的部分暗暗默记下来；晚上就抄在纸上，差心腹传到江宁，立即付刻。所以，这儿李汝珍刚修改抄完，那里桃红坊已将书刻印出售了。李汝珍万万也没想到，正是自己“引狼入室”啊！

第二天，江宁知府开堂问案，桃红坊老板带了一个书生上场。

知府问：“《镜花缘》可是你写的？”

只见那书生胸有成竹，一字不差地背了出来。知府便对李汝珍说：

“此书确乃人家所作。天下巧合之事甚多，本府宽大，诬告不究，你下堂去吧！”

李汝珍又气又急，说：“启禀大人，百回回目可以背诵。我要问他：书中百名才女，共有多少姓？征四关，去了多少人？”

原来，李汝珍在书中安排百名才女，只有七十个，其余是姐妹同姓；征四关，仅三十五个才女，并非个个参战。那书生一听，支支吾吾说不清了。

桃红坊老板见势不妙，马上来个缓兵之计，说是真作者李汝珍生病，书生仅是代之受审，且等作者病愈再问。

堂下，桃红坊老板和王仁计议，说是要打赢官司，只有金灵熟知书中内容，非金灵亲自出马不可。金灵怕李汝珍认出他，所以怎么也不肯上堂。王仁蛮横惯了，一看金灵退退缩缩的样子，拍着桌子非逼着他上不可。

第二堂开审时，金灵化装一番，成了一个阔少爷，大摇大摆地走上堂来。

知府问他："《镜花缘》可是你所写？"

他点点头。知府正要问他书中内容，李汝珍觉得此人好面熟，细细一打量，想起来正是旅店门口摆写字摊的那个穷书生。李汝珍气得面孔发白，指着金灵上前说："启禀大人，他就是窃书贼。"

随后便把当初誊抄之事诉说一遍。

知府说："我不信会有如此过目不忘之人，此纯属无稽之谈也！"李汝珍见知府有意偏袒，便说："既然《镜花缘》是这位先生所作，请问'枯枝牡丹'出自何处？'多九公'可有其人？"

金灵不再精灵，也不会算出世上有"枯枝牡丹"出在墁城便仓；更不会知晓"多九公"本是海州人，是个渔民。他不懂装懂，答道："枯枝牡丹、多九公皆出自笔下，焉得认真？"

李汝珍一听，立刻据实反驳。知府眼看局面难以收拾，便宣布暂退堂。改日再审。

王仁心毒手狠，见事情败露，无法挽回，便决定抛出金灵作替罪羊。知府心领神会，第三堂审问干脆得多了。他判金灵为窃书犯，依法律充军；桃红坊私刻，罚金若干，存书尽毁。李汝珍终于打赢了官司，便和卞銮作别，高兴回苏州去了。

谁知，这一判决，把王仁的师爷充了军，弄得王仁面上无光；桃红坊被罚款，小舅子又来抱怨。王仁越想越气，恼羞成怒，先找知府一个碴子将他革了职，后诬告苏州的刻书坊老板私通太湖匪盗，抄没书坊。结果，弄得李汝珍的《镜花缘》刻了个半途而废，李汝珍也因此气得了一场大病。

据说，后来还是卞銮帮忙，才由苏州另一家书坊把《镜花缘》刻印了出来。

无头迷案

清乾隆二十八年的春天，纪晓岚被任命为福建提督学政。一日，他主持完几个州县的考试，返回福州时，途经泉州，便去拜会知府刘知远。

刘知远是直隶真定府人,与纪晓岚算是同乡。二人久别重逢,畅谈甚欢。纪晓岚是遇事十分机敏的人,他见刘知府虽然接待热情,但眉宇间有一股隐忧,便关切地问道:“知远兄,近日公事是否顺手?”

刘知远被说中心病,喟叹一声道:“不瞒纪兄你说,小弟眼下正碰上一件棘手的无头案!”

原来,泉州城最近出了一桩人命大案。被告是本城的知名秀才陈汝章,刚刚结婚,就在新婚次夜,新娘林丽珍无故自缢身亡。其父林汉卿做过礼部侍郎,一怒之下状告陈汝章早有外遇,逼死了他的女儿。然而陈汝章对此矢口否认,并且也查不出什么证据,愁得刘知远寝食不安。

纪晓岚听罢,也颇觉诧异,忙要过状纸,反复看了数遍后,请求将陈汝章提出重审,由自己陪审。于是,刘知远即刻升堂,将陈汝章押了上来。纪晓岚看去,只见陈汝章相貌堂堂,白面书生,根本不像是个奸诈之徒。

刘知远温和地对陈汝章道:“陈汝章, 你要将与林丽珍婚后的情况详说仔细,丝毫不要隐瞒,本府一定要查个水落石出。”

陈汝章苦笑一下答道:“爱妻猝死,必有什么隐情,祈望公祖大人给生员做主。”接着便详谈了新婚之夜的情况和出事的经过。

陈、林两家均为显宦世族,书香门第,同是通家之好,又是指腹成姻。陈汝章文才有名、相貌出众,林丽珍不仅貌美,诗词歌赋样样俱精,这二人实在是门当户对、天造地设的一对儿。但是成婚那日晚上,前来贺喜的宾客很多,新郎陈汝章一直在筵席间应酬,难以回房与娇妻共欢,丽珍姑娘心中不快。待到宾客散尽,陈汝章才急急回屋与丽珍圆房,不料被丽珍挡在门外,微微一笑,道:“我看你贪杯恋酒,还是回去喝个痛快吧。”陈汝章连忙解释一番,林丽珍又笑了笑, 道:“妾身今夜百无聊赖, 构出一个上联, 看你能对得上否?”陈汝章道:“爱妻道来。”

林丽珍又笑道:“如果答对不上,为妻罚你今晚在书房独宿。”

“好,如果对答不出,认罚就是。”陈汝章似乎胸有成竹。

林丽珍敛起笑意,仰望皓月,慢慢念道:

寝寓客家,宿守寒室空寂寞

陈汝章一听大吃一惊，林丽珍真是奇思怪想，竟然出条十一个字全带宝盖头的上联，而且和当时的处境十分贴切，若要对上下联，也必须是同样偏旁部首十一个字，实属不易啊！只见他苦思冥想，搜肠刮肚，怎么也对答不上，无奈摇了摇头。

林丽珍决定开个玩笑，很疼爱地为夫君擦去脸上的汗珠，嫣然一笑道："那就委屈一下夫君了。"转身稳步进屋，插住了新房的门闩。

陈汝章痴痴地站在门外，望着满天繁星，继续搜索枯肠，仍无妙句，十分沮丧地前去书房睡觉了。

次日上午，陈汝章仍旧想不出下联，心中烦闷，便去街上找那些同窗好友饮酒而去，一直喝到掌灯时分，方才回到书房。又是一夜苦思，仍然不得佳句，索性不再枉费脑筋，去向爱妻丽珍认输。哪知来到新房一看，陈汝章吓得大惊失色，目瞪口呆！——新娘林丽珍吊在房梁上，身子早已冰凉……

刘知远受理此案后，亲自去两家查访，又询问众多的街坊邻居，没有发现什么有用的线索，只是在仵作检验林丽珍的尸体时，发现了一个疑点——那就是林丽珍已经失身，而不是处女。可被告陈汝章矢口否认与妻子同房，婚前也绝没有发生过不轨的行为，所以使得刘知远虽然满腹经纶，机智过人，也束手无策，愁眉不展。

纪晓岚听完案情的前后经过，也甚感蹊跷，又见被告陈汝章跪在堂前悲泪纵横，更不像有什么隐情。他暗自思忖：莫非林丽珍在新婚之夜遭人强奸？歹徒恐丽珍告发，来了个杀人灭口，然后伪造成丽珍自缢？思索一番后，又否定了自己的判断，忽然心里一亮问陈汝章道："你在新婚次日曾与一些同窗好友一起饮酒，是否向他们说过与妻联对之事？"

陈汝章似乎未假思索地答道："说过。"

"他们之中是否有人对出了下联？"

"没有。好友们倒是帮我构思了很久，但无一人对出下联。"

纪晓岚心中暗想，定是有人想出了下联，陡生歹意，自然不便言表，而在夜间来了个捷足先登，暗度陈仓。如果是这样，罪犯就在陈汝章的同窗之中……想到这里，他与刘知远悄悄交换了一下看法，刘知远甚是钦佩纪晓岚的睿智。于是，纪晓岚立即派衙役快到林家，要林家严守秘密，不要将女儿之死传扬出去。接着又私下将林丽珍的贴身丫环翠屏传到府衙，向其询问。据翠屏说，小姐新婚的第二天夜里,曾经听到隔壁新房门响,以为是新郎对出了下联,故而没有出门,更没有声张,谁料次日一早,却发现小姐上吊了。

"这就对了,门响之时,便是歹徒进入新房之时。"纪晓岚很自信地说道。

接着,纪晓岚让丫环翠屏先回,又令其严守秘密,而且向外谎称本府中死了个丫环,将丽珍姑娘安葬,剩下的事由自己去做。

到了晚上,纪晓岚又思索良久,认为若要捉住真正的罪犯,必须先想出那条下联,于是苦苦推敲起来。纪晓岚不愧是对联高手,到了半夜,他忽然想起自己前几年四处周游的情景:有一次来到一条河边,河上没有一条船只可乘,高喊半晌也无艄公回应,他寻思可能河水不深,于是便挽起裤腿,只身涉过河去……想到这里,顿时来了灵感,推敲片刻,终于想出一条十一个字偏旁全是三点水的下联:

漂泊流浪,沦落江河渡深浅!

纪晓岚兴奋极了,连夜唤醒了刘知远,二人如此如此这般这般地密商多时。

次日一早,刘知远差令衙役们全体出动,晓谕泉州城内的所有生员秀才,说是新任学政大人来到泉州,要他们一齐前来府衙议事。那些生员一听是学政大人相邀,又一想很快就到本州的考期,一个个不敢怠慢,争先恐后地来到府衙。

纪晓岚同刘知远来到大厅,见生员们俱已到齐,开口说道:"本官谨遵圣命,前来本州行政,眼看科试在即,打算先试试诸位的才学。"

众人一见学政大人如此抬举,都十分高兴。又见纪晓岚笑道:"众所周知,本官一向颇爱对联。所以,今日初试一不考策论;二不考诗词,只出一条对联,看诸位谁能对上?大家不要小瞧对联,这是中国一种富有特色的文学形式,要想把联对好,必须具有深厚的文学功底,其中的要求并不亚于诗词歌赋。另外从一个人的对联作品中,也可以看出他的修养和抱负。"

众生员久闻这位纪大人满腹经纶,才思敏捷,不免有些担心,怕他出联太高太深,一个个十分紧张。

纪晓岚又道:"请诸位不要紧张,今日时间不限。不过,我的上联有些奇特，要求每字偏旁部首必须一致，而且还要有意境。”

这时，有一个生员大声说道：“就请纪大人出联吧！”

“好！我这上联共十一个字，一律宝盖头，就是：

寝寓客家，宿守寒室空寂寞”

众生员闻听，便觉难度果然不小，半晌对答不上，接着便交头接耳，相互推敲，仍然无人能够对上。多时过后，一个个愁眉苦脸地交了白卷，唯有晋江秀才赖德兴对了上来。纪晓岚接过一看，竟和自己想出的丝毫不差：

漂泊流浪，沦落江河渡深浅！

却说赖德兴以为只有自己对出了下联，正洋洋自得地等待学政大人褒言嘉许，没料纪晓岚突然变了脸色，大喝一声：“左右快将罪犯拿下！”

四处的衙役一拥而上，眨眼将赖德兴绑了个结实。众生员见状，一个个莫名其妙，面面相觑。

纪晓岚安慰众人不要害怕，只管听、看就是，转身厉声质问赖德兴道：“大胆赖贼，身为知书达理之人，竟然冒名顶替，奸人妻室，置人死地，该当何罪？”

赖德兴矢口否认，尽管强装镇定，纪晓岚早已看出他的惶恐之色，又大声喝道：“拒不招供，大刑伺候！”

众衙役齐喝堂威，上前将赖德兴摁倒在地。

赖德兴再也支持不住，这个好色之徒终于如实全部招供，至此案情真相大白。

原来，赖德兴并非陈汝章的同窗，他本是晋江乡下一个秀才，家境甚为贫寒，一直四处漂泊。一年前来到泉州，一边靠教书糊口度日，一边攻读诗书，准备应试。因和陈汝章同为生员，二人便成了好友。那一日陈汝章与他和众人在街上吃酒，道出自己心中的不快，大家一起帮陈汝章思索下联，但都未能对上，最后安慰了陈汝章一番，各自告辞。但这个赖德兴，正是个好色之徒，而且也见过貌若仙姬的林丽珍，觉得这是天赐良机，陡生淫心。回去之后，终于想出一条下联，于是挨到更深人静，潜入陈家，冒充陈汝章来到新房门外道出了下联。而林丽珍听了下联，虽然觉得有些牵强，但也确实不易，不禁一阵高兴，连灯也没顾得点上，开门将赖德兴迎进了新房……然而，赖德兴做贼心虚，没敢等到天亮，对丽珍谎称要去厕所，五更时溜之乎也了。林丽珍见夫君一去再也不回，好生诧异，次日派丫环翠屏去书房寻找，谁知翠屏回来言称老爷仍在苦思对联，对不上绝不回房。丽珍一听此言仿佛五雷轰顶，知道昨晚之事有诈，自己被骗失身，一时羞愤交加，自觉无脸见人，便支走翠屏，悬梁自尽了。

案情查明，水落石出，陈汝章无罪释放，冒名奸淫良家妇女并且致人死亡的赖德兴被打入死牢，待呈报刑部，秋后处斩。

假神断案

清朝乾隆年间，四川犍为县有个十五六岁的少女曹慧芹许嫁于同县冯家，因未婚夫冯德宇经常外出经商，慧芹便住到冯家，与婆婆汪氏及小姑玉妞共同生活。

汪氏待慧芹刻薄寡恩，烧饭、洗衣、劈柴、挑水等几乎所有的家务活都让慧芹去干，还时常对她翻白眼。

玉妞与慧芹年龄相差无几，从小娇生惯养，尤为狡猾凶悍，经常倚仗母亲之势，欺侮、凌辱慧芹。

一天，玉妞为了一点儿小事又向慧芹发火，污言秽语，不堪入耳。慧芹实在忍无可忍，便顶撞了几句。玉妞想不到这个一向忍气吞声的慧芹竟敢还嘴，越想越气恼，晚饭之前，便把一包毒药搅拌于慧芹的粥碗之中，自己则托言上厕所，躲了出去。

慧芹心中凄苦，哭泣不止，哪里吃得下。汪氏却不知底细，捧过粥碗，稀里糊涂地喝了下去。过不多久，就捂着肚子，不住地号叫；又过了一会儿，竟七窍流血，呜呼哀哉。

人命关天，官府很快便来人验了尸，证实汪氏系中毒身亡。县令略一查问，得知其家婆媳不和，便也信以为真。慧芹起初大声呼冤，但禁不住严刑拷打，只得违心招认。

案子很快便定了下来，等到年底，就要将“凶犯”依法处决了。

就在这一年，原县令任满外迁，姚一如继任犍为县令。

到任之初，他复核了所有的旧案，见这桩投毒案颇为可疑，便向上司请准，重新予以审核。可是一连二十多天，无论是正颜厉色，还是温言劝诱，玉妞都一口咬定：是慧芹投毒害死了自己的母亲。慧芹虽竭力否认，却也拿不出证据。

姚一如苦苦思索，忽然心生一计，命将公堂设入城隍庙内，白天在庙中审理案件，夜晚便退去所有杂役，将慧芹与玉妞同囚于庙内一室，暗派心腹潜伏于室外偷听。可是一连两夜，那精明的玉妞尽管与慧芹吵架不休，关键之处却是不露一点口风。

第三夜，姚一如一直将二女审至夜半，一阵瞌睡，便伏于案上打盹儿。

玉妞与慧芹争辩多时，也都疲惫不堪，昏昏欲睡。恍惚之间，殿内一尊神像似乎摇晃而动；再过一会儿，竟霍然而起，面目狰狞，张牙舞爪地对着玉妞直扑而下。此时，残灯昏黄如豆，愈发给人以阴森恐怖之感。

玉妞吓得心胆俱裂，尖叫一声，连连磕头道：“尊神饶命，民女愿招。毒药是我拌于粥中，不过我是想毒死慧芹，并不想加害于母亲。我母亲自己捧着粥喝了，真伤心啊！”

姚一如闻声而起，迅速录下口供，喝令玉妞签字画押。

这时，“咕咚”一声，那座神像也回至原处，不再移动了。

原来，姚一如估计女人害怕鬼神，便预先挑选两名彪形大汉埋伏于神像之后，半夜时推像而起。玉妞心中本已空虚，经这一吓，以为真的触怒了神灵，便不由自主地供出了真情。

智擒盗贼

光绪五年（公元1879年），奉天李秉衡出任冀州知州，正碰上州属冯家庄出了一起盗墓案。

李秉衡立即乘轿亲临现场勘验，冯家庄及周围各村赶来观看的群众不下千人，把墓场围得水泄不通。李秉衡草草验完现场，又把地保及主家的邻居们传来稍稍询问了几句,就都释放了,一副漫不经心的样子。

主家跪着苦苦哀求,请李大人尽力缉捕盗墓贼,以洗雪门户之耻。李秉衡根本不予理睬。围观的群众见状,纷纷交头接耳,都大惑不解;祖坟被掘,这是极大的耻辱;盗墓开棺,又是弥天大罪;听说这李大人一向以精明细察著称,今天碰上这么大一桩重案,怎么反倒草草了事呢?

正在这时,李秉衡忽然指着人群中的一个人,令衙役把他拖至身边跪下,厉声喝问道:“你为什么盗窃人家坟墓,难道不晓得这是犯了死罪吗?”

那人大呼“冤枉”,竭力辩白。

李秉衡更加恼怒,喝道:“大胆狂徒,竟敢在本官面前抵赖,再不老老实实地认罪,马上就敲断你的狗腿!”

那人吓得浑身颤抖,面如土色,不住地磕头求饶,终于供出了实情。

原来,这人绰号叫六大辫子,果然是他盗了墓,赃物便埋藏于家中。为了不让旁人怀疑,他也故意混在人群中观看,哪知一下子就被李秉衡识破了。

事后,有人问李秉衡:“你怎么能在上千人中,一眼就认出六大辫子是盗墓贼呢?”李秉衡笑道:“勘验现场只不过是例行公事,手下的人自会把各项具体情况记载明白。我就暗暗观察周围的人们,发现这六大辫子神情异常,表面虽假装镇定,脸上却隐露出一种惊恐之态,一举手一投足,均与常人不同。别人都争先恐后地朝前挤,唯恐看得不清楚,他却故意往后避,而且还不住地斜着眼睛观察我,似乎是怕我注意他。我当时也只是觉得他形迹可疑,才把他抓出来恐吓一番,以探测一下虚实。没有料到他如此不禁吓,一下子就供出了全部实情,倒也省掉我不少麻烦。”

于是,人们越加佩服他的精细与机智。

送草揭谜

清乾隆年间,卫哲治出任海州知州。他为官清廉,处理民事案件更是诙谐中见威严,被百姓誉为“卫青天”。

有一次,一对少年兄弟,拽着一家客栈的老板夫妇进了公堂,向卫大人告状。原来兄弟俩从姑母家借来二百两银子,回来途中住在这个客栈,不料

弟弟突发重病，哥哥急于背弟弟求医治病，无法同时带走银子，只好将银子暂寄客栈。后来弟病好了，兄弟俩回来取银子时，这家客栈的老板夫妇却翻脸不认账了，气得兄弟俩拽着老板夫妇前来见官。

卫大人听后，转问客栈老板夫妇，可有这等事情。老板夫妇说："这兄弟俩根本就没有银两寄存店内，他俩纯属诬赖之词。"卫大人听后，也不作任何判断，只是吩咐他们第二天再来公堂听断。

第二天，待原告、被告到堂后，卫大人厉声喝问道："你们昨日所诉之状可有凭证？"

双方都说："没有凭证。"

卫大人一拍惊堂木怒斥道："你们无凭无据却来告状，分明是合伙戏弄本官。来人啊，先罚这帮刁民把这两车草料送到草料场，再回来听候处置。"

从海州到草料场十五六里，路上荒无人烟。

兄弟俩力气小，拉着车远远落在后面，一边走一边抱怨："真是糊涂官，断不了案，反而罚我们拉草。"

那客栈老板两口子也在相互埋怨。

女的抱怨："累死我了，但这二百两银子算是保住了。你也够绝的把人家的银子藏在磨盘底下，就翻脸不认账。"

"没凭没据，他卫哲治有什么法子。"

到了草料场，场管说："此处草料已满。"叫他们原路拉回。四人无奈，只好又将草料车拉回公堂。

卫大人等在公堂外，见他们回来，大声说道："我现在就结案。不过有言在先，谁要是诬赖人，就要挨打受罚。你们有何意见？"

四人都说："听任大人公断。"

"带证人！"

众衙役一拥而上搬掉车上的草，竟从车上走下两个衙役。他们将沿途听到的话当众重复了一遍。卫大人即派衙役前往客栈，从磨盘底下取回二百两银子。

卫大人大声宣判："客栈老板夫妇居心不良，赖人银两，判将银子交出并加罚银子百两，各打二十大板，以示惩戒。两少年诚实可靠，判领回原银及罚银共三百两。"

太平庄案

晚清光绪年间,直隶大名府邱县有个太平庄。其实,太平庄并不太平,杀人放火、偷盗抢劫时有发生,那年夏天,这里又出现一桩扑朔迷离的案件。

太平庄有个人叫胡为,真可谓名副其实。他虽才二十多岁,年纪轻轻,竟整日不务正业,偷鸡摸狗,吃喝嫖赌,胡作非为。

这天晚上,胡为赢了十两银子,便拉起赌友吴德进了本村的酒馆。席间吴德掏出一条粉红色的小手绢擦嘴,胡为一见甚为惊讶,问吴德道:“堂堂七尺男子汉,怎么用个粉红色手绢?快说这是哪个相好的送的?你这家伙一定是交上桃花运了!”

吴德连连否认,声称那条小手绢是在河边所捡,大概是哪家女人洗衣时丢失的。

酒过三巡,菜过五味,酒量不大的吴德已经有了三分醉意,话也稠了起来。胡为见状,又一再逼问他那粉红手绢的来历,吴德酒后吐真言,向胡为道出了自己的“艳遇”……

原来,吴德半年前已同村西头姓葛的寡妇勾搭成奸。葛寡妇年轻貌美,且上无公婆,下无儿女,因此,他们便隔三差五地幽会奸宿,十分便当。然而,令吴德暗自叫苦的是,葛寡妇最近就要改嫁。

胡为听了之后,心中对吴德十分嫉妒,嘴上却道:“老兄艳福真是不浅,小弟敬你三杯!”一连灌了吴德三大杯酒,不大一会儿,吴德便酩酊大醉,趴在桌子上如同烂泥。

胡为见状,立即和掌柜的算了酒账,起身离去……

葛寡妇改嫁的新夫,是太平庄村东头的郑世元。郑世元的隔墙东邻,住着一对光棍弟兄,老大叫赵金,老二叫赵银。这兄弟二人也是爱赌好偷之徒,故而均已年逾而立尚未成家。这天夜里,二人在同一赌场玩牌,双双输了个精光,心中好不懊丧,本有心捞本儿,然而囊中告罄,无奈只得一同悻悻离了赌场。

来到大街之上,四下无人,万籁俱寂,赵银忽然想起一件事来,心中暗道一声“有了”，便悄悄对赵金说道：“哥，西邻郑世元三日后要娶西头葛寡妇为妻，想必家中定有许多陪嫁物品，咱们何不来个‘晁盖智取黄泥岗’呢？”

一句话提醒了赵金，他顿时喜形于色：“对，你不说，我倒忘了，事不宜迟，说干就干。不过，这次是在本村，必须把面蒙上，再带上家伙，以防万一……”

于是，二人匆匆返回家中，用黑布包住面孔，一人取了一把尖刀，摸黑到了葛寡妇的门前。赵金正打算翻墙入内，赵银轻轻将门一推，没料街门竟然虚掩着，便不费吹灰之力进了院内，到了房前。赵银猛然叩响窗棂，压低嗓子狠狠道：“小寡妇快开门，你爷爷来了！”

房内有些响动，但门还未开，赵金和赵银又用两把刀子相击，弄得乒乓乱响，并吓唬道：“再不开门，就把你这小寡妇宰了喂狗！”

那个葛寡妇，虽然性情轻浮放荡，却胆小如鼠。一听窗外的喊声和刀子声，不知来了何人，想要干什么，吓得尿了一裤子，但她不敢不开。这时赵银又在窗外威胁，葛寡妇终于战战兢兢地拉开了门闩，然后缩在了墙角，浑身如同筛糠……

赵银抢先跨进房内，一把揪住葛寡妇，尖刀伸到胸口：“快把值钱的东西拿出来，饶你一死！”

葛寡妇一见寒光闪闪的尖刀，吓得魂飞天外，惊叫一声，倒在地上昏厥过去……

赵金、赵银见葛寡妇人事不省，也顾不了许多，慌忙点着油灯，四下查看，发现并无什么可拿之物，唯独炕上有只红漆卧柜，且上了锁。赵银上前搬了搬，十分沉重，小声对赵金道：“哥，贵重物品一定全在卧柜之内，咱就把它抬走，也算不枉此行。”赵金连连点头：“好好好，快别耽搁时间了，被四邻发现可就糟了！”

于是，赵金、赵银将卧柜弄到街上，四下望望无人，回身轻轻关上葛寡妇的街门，抬起卧柜就走。

二人一路胆战心惊地回到家中，累得满头大汗，气喘吁吁，将卧柜往院中一放，心里好似一块石头落了地。赵银不由暗自庆幸起来，谢天谢地，总算没有被人发现，便兴奋地对赵金道：“哥，这本是葛寡妇的嫁妆，转眼却姓了赵，真是美哉！走，我屋里还有一坛好酒，咱哥儿俩每人先喝二两压压惊，然后将财物一分为二如何？”

赵金乐得眉开眼笑:“好好好,主意是你出的,这一柜财物,你要一多半,哥哥我也心甘情愿……不过,千万别让世元知道了哇……”

就这样,兄弟二人便以为大功告成,万无一失了,便把卧柜抬进赵金的东厢房中,而后钻进赵银的后院痛饮起来……

俗话说:“要想人不知,除非己莫为。”赵金、赵银万万没有料到,隔墙有耳,他们刚才的一番话,偏偏被葛寡妇的未婚夫、西邻郑世元听了个一清二楚。

郑世元因为白天下河洗澡,受了凉闹肚子,半夜起来去厕所。而他家的厕所和赵家的院子仅隔一墙。踮起脚便可望见东院的一切。他在厕所里听了墙那边哥儿俩的话,不由大吃一惊,解完手慌忙提起裤子跑进房内,把听来的秘密告诉了唯一在家的嫂子马氏。

马氏四十多岁,颇为精明,听了小叔子的话,不由大怒道:“这两个挨千刀的龟孙,真是连兔子都不如,兔子还不吃窝边草呢!”她沉吟半晌,便咬住郑世元的耳朵,如此如此这般这般地合计了一番。

于是,叔嫂二人悄悄跳过和赵家为界的矮墙,进了赵家前院,要重新盗回属于自己的财物。接着,由郑世元到后院去监视赵金和赵银,马氏溜进了东厢房,一看那个卧柜,摸了摸还上了锁,便找东西撬锁,摸了半天终于从房中摸出一根铁火棍,蹲在地上,将锁撬开,然后将柜盖一掀……说时迟,那时快,突然从柜中跳出一个赤身裸体的男人,冷不防将马氏撞倒在地。

马氏本有个心脏病根,受不得惊吓,暗中被突然撞倒,又被踩了一脚,一声怪叫躺在地上,一命呜呼!

跳出柜外的那个光身男子,爬起来一摸,发觉是个女人,身子已经不动,知道自己惹了大祸,本欲撒腿就跑,一想自己还光着身子,眼珠子一转,计上心来,便随手将马氏衣裳剥下,勉强穿在自己身上,又搬起尸体,投入柜内,溜之大吉了。

且说郑世元在后院监视赵金、赵银,只见哥儿俩喜不自禁地一盅接着一盅对饮不止,约莫着工夫已经不小,估计嫂子早已得手,便悄悄离开后院,来到前院。刚要跳墙返回,忽见从东厢房跑出去一个人,看衣服正是嫂子马氏,遂放下心来,回到家。哪知,等了半天也不见马氏回转,郑世元心中诧异,便又来到厕所,踮起脚向东院窥探动静……

赵金、赵银喝了一阵子酒后,晕晕乎乎地打着灯笼来到前院分赃。进了东厢房，赵银发现柜上的锁开了，不由大惊，随即将柜盖掀开一看——里面哪有什么嫁妆财物？而是一具一丝不挂的女人尸体！

兄弟二人霎时惊得毛骨悚然，倒退了好几步，险些跌倒，灯笼也摔在了地上。半晌过后，二人稳了稳神，壮了壮胆子，重新点着灯笼来到卧柜前面一看，死尸原来是西邻马氏，更加惊奇不解。赵银问赵金："哥，马氏怎么死在了葛寡妇的卧柜里边？又怎么光着身子呢？"

"我怎么知道？"赵金想了想对赵银道："管她怎么死的？干脆一不做，二不休，刨个坑埋掉算了。不然被郑世元发现，你就是生出一百张嘴来，也说不清楚……"

"对对对，赶快把她埋掉。"赵银十分后悔地说，"真是狐狸没打着，白沾一身臊……"

二人合计罢，将尸体抬到院里，又找了铁锨、镢头，在院里刨起坑来。

墙这边的郑世元，听不清赵金、赵银兄弟在房内说些什么，直到见他们将马氏尸体抬到院里，借着昏暗的月光一看，吓得大惊失色，差点喊出声来。心想原来嫂子早已被他们害死，更加怒不可遏，但怕打草惊蛇，便强忍怒火，没露声色，悄悄溜了出去，先叫醒大爷，又唤起二叔，一齐来到家中，翻墙扑到赵家。

这时赵金、赵银刚把坑子挖好，郑世元和大爷、二叔上前将二人扭住，怒发冲冠地质问道："俺郑家与你赵家兄弟往日无仇，近日无冤，为何将俺嫂子害死？"

赵金、赵银猝不及防，大吃一惊，无言以对……

郑世元悲愤地为嫂子穿好衣裳，对叔叔、大爷道："别跟他们费口舌了，赶快扭去见官！"

此时天已微明，郑世元找了两条绳子，和叔叔、大爷将赵氏兄弟捆了个结实，押往县衙报案。

这邱县县令，姓孔名祥玉，山东曲阜人氏，孔子的后裔。其刚到此县赴任不久，为官十分清正。他听到有人击鼓鸣冤，即刻传令升堂。

郑世元和叔叔、大爷押着赵金、赵银上了大堂，向孔祥玉诉说了昨晚的经过。孔祥玉一听大怒，一拍惊堂木，怒视着赵金、赵银厉声喝道："大胆狂徒，谋财害命，快快从实招来！"

赵金、赵银有口难辩，怕动大刑，只得将昨晚输钱后抢劫的经过如实供出。

孔祥玉听后，觉得案情还很蹊跷，便命公差手持飞签火票去太平庄传葛寡妇到衙。

葛寡妇昨晚只是吓昏了过去，但并未真死，黎明时刚刚苏醒过来，余悸未消，便被公差带到了县衙。她本来胆小如鼠，一到大堂之上，吓得面色如土，未待讯问便供出自己同吴德素有奸情……

孔祥玉听了葛寡妇的供词，暗自分析了一番，已对案情判断出了几分，遂命公差道："速到太平庄传吴德到堂！"

吴德很快被带上堂来，他不知何故，连称冤枉。孔祥玉怒道："刁民吴德，道德败坏，与寡妇葛氏长期通奸，有何冤枉可言？"

吴德慌忙分辩道："小民通奸有罪，但从来没有触犯法典啊？"

孔祥玉又问他："昨晚你几时去的葛寡妇家中？"

"昨晚？"吴德显得颇为惊奇，矢口否认："昨晚小民没有去会葛氏，大人不信可以当面对质。"

"那你与葛氏通奸之事，还有何人知晓？"

"这个……这个……"吴德支吾了半天，猛然想起，便将昨晚同胡为在一起喝酒的经过如实供出。

这时，孔祥玉已对案情明白了八九，又命公差速将胡为带来对质。

工夫不大，胡为被带上大堂，他一看旁边跪着的吴德、葛氏、郑世元等人，料到自己惹出了乱子，也没等用刑，便将自己昨晚的所作所为全部供了出来：

原来，胡为昨晚听了吴德所言，心生歪计，决定来个冒名顶替，以李代桃，去同葛寡妇苟合。后来，他又趁着吴德已醉，绕着圈子从吴德口中套出他和葛氏幽会时的暗号，偷偷去了葛家。

胡为到了葛家的门外，上前轻轻叩了三下门环。屋内的葛寡妇听得真切，连忙奔了出来，小声问道："谁？"胡为一听，又连忙轻击了三下掌。葛寡妇一听暗号正对，以为是吴德到来，连忙拉开门闩回到屋内。

胡为急着同秀色可餐的葛寡妇亲热，故回身将街门一关，连门闩都没有顾得插，就钻进了屋内。黑暗中，葛寡妇仍未看清来人是谁，双双宽衣解带，刚要寻欢作乐，却不知赵金、赵银已到了院内，听到赵银在窗外恫吓，葛寡妇

和胡为都吓了一跳，以为有人前来捉奸，情急之中，葛氏慌忙掀开炕头的卧柜，将赤身裸体的胡为藏了进去，随后摸出锁子将卧柜锁住……

至此，这桩奇案终于真相大白。孔县令将赵金、赵银、胡为、吴德分别按罪行轻重一一发落，并且罚他们各自出银五十两，将马氏埋葬。事后，孔县令感叹地泼墨挥毫，赋诗一首，悬于案头，作为自警：

山上石广美玉少，
世间人多君子稀；
不把此县治理好，
辜负先人孔仲尼！

鸳鸯之劫

清朝同治年间，江南有个富豪名叫李玉贵，家财万贯，富甲一方。他年已半百，膝下无子，只有一女，名叫美玉。美玉年方十八，生得花容月貌。她与二十岁的表兄王宏德从小青梅竹马，长大后更是情投意合，互生爱慕之情，并订下终身，誓结百年之好。王家多次派媒人上李家提亲，但李玉贵嫌王宏德家道贫寒，一再拒绝。美玉得知父亲反对她与表兄的婚事，多次与父亲哭闹，可终无结果。相反，父亲怕夜长梦多，准备将她嫁给曹财主家的儿子为妻。美玉听说后，茶饭不思，终日以泪洗面。奶妈看她伤心着急，于是对她说：“小姐，你不必难过，与表少爷一起私奔，到外面过上一年半载，待生米煮成熟饭，老爷想拦也拦不成了。”美玉听后，想了一会儿，说：“也只好如此了。这样吧，请奶妈给表哥传信，务必于七月初一晚上前来我家后花园门口等候，我跟他一起走。”奶妈满口应承，依计而行。

到了七月初一这天晚上，李美玉拎着放有许多金银珠宝的包裹来到后花园，打开后门，黑暗中见门口有一蒙面人，他一声不响地拉着她的手就走，美玉小姐心知肚明，也不说话，跟着就跑。

两人急急忙忙走了一个多时辰，来到一条河边。蒙面人见四下无人，就从美玉手中夺过包裹，将她扑倒在地，动手剥她的衣服，要对她实行强暴。美玉一下慌了起来,说:“表哥,你这是干什么?”说着,一把拉下他的蒙布,原来同自己私奔的不是表兄。于是,她就大声呼救,拼命反抗。在这寂静空旷的野外,她那凄厉的呼叫声显得格外刺耳。蒙面人害怕被人发现,落得人财两空,顾不得发泄兽欲,便将她活活掐死,投入河中。然后拎起包裹,急忙逃回家中。

第二天清早,奶妈急急忙忙去报告李玉贵说:“老爷,不好了,小姐带了许多金银珠宝与表少爷一起出走了……”

李玉贵一听,忙问:“什么时候走的?”

“昨天晚上。”

“昨天晚上为何不来禀报?”

“啊呀,老爷,我睡着了根本不知道啊!今天早上起来才发现……”

李玉贵气得暴跳如雷,急忙派人四处追寻,又特地派管家带人到王宏德家去查找。管家一到王宏德家,见他正在用功读书,就对他说:“表少爷,我家老爷有事找你,请你马上去一趟。”王宏德放下书,告知母亲,就跟着管家到了李玉贵家。

李玉贵一见,劈头就问:“你将我女儿藏到何处?赶快给我送回来,否则我将你送官究办……”

王宏德一听,感到莫名其妙,说:“姨父,此话从何说起呀?我正在家中读书,根本没见过表妹,怎么说我把她藏了呢?”李玉贵哪肯相信他的话,认定是他骗走了女儿。

于是,立刻写了状纸,亲自将他送进了县衙。

知县看过状纸,立刻升堂审问:“王宏德,李玉贵告你拐骗李小姐私奔,果有此事?”

王宏德说:“回老爷,小人冤枉。我与表妹情投意合,订下终身,这事不假。我父母多次托媒去李家提亲,而姨父因嫌我家贫困,始终未肯允婚。小人别无他法,只得在家发奋攻读,欲求取功名,待飞黄腾达后再去求婚。表妹走失,小人实在一点不知。现在姨父硬说我拐走表妹,不知有何证据?请老爷明察。”

知县一听,就问李玉贵说:“你说你女儿被王宏德拐骗私奔,证据何在?”

李玉贵说:“我家奶妈可以作证。”

知县立刻说:“传奶妈。”不一会儿,奶妈到堂。

知县问:“你如何知道李小姐与王宏德私奔,快从实说来。”

奶妈说："我家小姐与表少爷王宏德一直很要好，并订下终身。我家老爷嫌王家穷，不愿将女儿许配给他。小姐就私下里托老妇传信给表少爷，约定七月初一晚上来接她一起私奔。"

知县问："你将信传到了吗？"

"传到了，他还给老妇一锭银子呢……"说着，将一锭银子交给知县看。

知县一拍惊堂木问王宏德："你还有何话可说？"

王宏德急得大喊："冤枉啊！老爷，纯属无中生有，血口喷人，她根本没有给传过什么信。如若表妹与我相约私奔，早该远走高飞，怎么还会待在家里？再说，我家生活贫困，哪来银两给她？这分明是栽赃陷害，请老爷三思啊……"

奶妈说："老爷，老妇与表少爷向来无冤无仇，为何要栽赃陷害他？"她又对王宏德说：

"表少爷，大丈夫敢作敢当，为了心上人牺牲自己也值得。既然做了，何必不敢承认呢？"

知县对奶妈的话深信不疑，于是一拍惊堂木说："王宏德，如今人证、物证俱在，你还想抵赖？来人，拉下去重打四十大板。"

王宏德被打得皮开肉绽，但还是大喊冤枉，不肯招认。

李玉贵说："老爷，小女临走时，带走许多金银珠宝，只要派人到他家里仔细搜查，就可一见分晓。"

王宏德一听，立刻说："请老爷马上派人到寒舍去搜查，如搜出表妹和金银珠宝，小人愿受极刑……"

知县正要派人去王宏德家搜查时，只见一年轻女子走进大堂，大声说："不用搜了，我来了。"

说着，她跪在堂下，对知县说："禀老爷，小女就是你们要找的李美玉。请老爷严审奶妈，就会水落石出。"

知县立刻审问奶妈。奶妈见小姐突然出现，吓得浑身发抖，知道再也无法隐瞒，为免受皮肉之苦，只得如实招供。

原来，奶妈有个儿子叫张富根，身强力壮，但却是个吃喝嫖赌、不务正业的二流子。附近人家都不愿将女儿嫁他，因此三十多岁还未娶妻成亲，成了奶妈的一块心病。小姐将奶妈视为心腹，对她很是慷慨，平时常给她些银两。

一次，她瞒着父亲一下子给奶妈一百两银子，让她拿回去替儿子讨媳妇。不想被她儿子拿去赌博,输得精光。近来,恰逢小姐为婚事烦恼,她眉头一皱,恶计顿生。于是她叫小姐多带金银与表兄私奔,然后让自己的儿子冒充表兄,并叮嘱他跑到远处,夺下财宝后将她卖入妓院,再捞一笔卖身银,然后回家讨房媳妇,从此好好过日子。小姐临走时,又给了她好几锭银子让她养老用。为了嫁祸于王宏德,她不惜拿出一锭银子作“物证”。

小姐听后气恨交加,忍不住伤心痛哭,声泪俱下地对知县说:“她那禽兽不如的儿子,对我强暴不成,将我掐昏后抛进河里。幸亏遇一位打鱼的老人将我救起,才捡回了一条命……”李小姐又指着奶妈说:“狼心狗肺的东西,我一向待你不薄,你为何要如此害我?”

知县听了,气得一拍惊堂木指着奶妈说:“大胆刁妇,明明自己恩将仇报,图谋不轨,却还嫁祸于人,真是可恶至极。如今你儿子在何处?”

妈妈说:“他在家里。”知县立刻发签,派出四名得力捕快前去捉人起赃。

不一会儿,人赃俱获。张富根在人证、物证面前,只得交代了强暴未遂,抢劫财宝,企图杀人灭口的罪行。

案情真相大白,奶妈母子二人被判了重刑。知县因一时糊涂,轻信了奶妈的谎言,差点冤枉了好人,很是内疚。他见王宏德与李小姐年貌相当,天生一对,有心成全。就对李玉贵说:“由于你的嫌贫爱富,差点害了你女儿的性命。亏得你女儿命大,遇上好人相救,如今你该成全他们才好。一来遂了你女儿的心愿,二来你老了也好有所依靠,不知你意下如何?”李玉贵遭此变故,已翻然醒悟,就说:“但凭老爷做主。”

于是,一对有情人终成眷属。

小白老鼠

清朝时候,在山东滕县、峄县和江苏铜山县搭界的地方,出了一桩无头案。

现场是这样的:

一个打草的小青年,两只手紧紧攥着打草的钐(割湖草用的大镰刀)杆跪在地上,他的头叫钐刀砍掉,滚落在两步开外的草地上,尸身却“周吴郑

王”地跪在那里不倒。

地保认出死的是他庄上李老汉的儿子，就赶紧跑回村告诉了李老汉，接着又到峄县县衙门报了案。峄县的县太爷觉得这地方属峄、滕、铜山三县交界的地方，就立即写下了文书，邀请铜山和滕县县太爷，请他们在同一天赶到出事地点，共同验尸。

三位县太爷按照事先约定的时间，带领仵作赶到现场，验看了一番，都认为死尸不倒，冤情一定很大，就联名分别呈报山东、江苏府台衙门。经府台指示，三县都在各自管辖的区域，仔细调查了解，一定要把这个凶杀案弄个水落石出。

他们查问了所有打湖草的农户，没问出丝毫线索；传问主人李老汉，李老汉是个老实巴交的憨厚农民，只会出力干活，他儿子压根儿没跟别人打过架，闹过乱子，祖祖辈辈也没有什么仇人。那么是谁杀害的呢？三县联合起来细查暗访了一个多月，也没搞出一丁点名堂，还是现场见到的一个钐头，一根钐杆，一具无头的死尸。这案子像个没把的葫芦，怎么能理出个头绪来呢？大伙儿都纳闷了。

再说滕县县太爷的押寨夫人，念过四书五经，还看过什么诸子百家的书，有一肚子好学问。人家都说她是上知天文、下晓地理的大能人，出个谋，划个策，分析个事理，总是高出别人一筹。听说她私下里帮县大老爷断过好多难断的案子呢。

滕县县太爷为这码子事，吃不香，睡不甜，愁得难受。

这天，他在内厅里正来回踱步，猛地想到了太太断案的才能，就找到夫人一五一十说了个仔细，要她帮着琢磨琢磨，拿出个好谋智来。其实，这位官太太对这个案子早有耳闻，眼下又听大老爷这么一叙说，心里更有数啦。当天，她让县老爷带她到出事地点仔细观察了一番，无意发现原来尸体跪着的地方，有个小洞口，这洞口有钐杆捅过的印。她想，小伙子为什么要捅这个小洞呢？这里边一定有文章。她暗自琢磨了好大一阵子，才开口问县太爷：“老爷，您注意过这钐杆捅过的小洞吧？”

“没有注意这个洞。”县太爷回答。

“我觉着，这个小伙子是自己误杀，并不是他杀。”这位押寨夫人像似很有把握，慢声细语地述说着。

“怎么见得？快说说看。”县太爷追问着。

太太说：“莫急嘛，咱先从这个小洞往下挖，要是能发现个什么东西，就能证明我想的对头，那时再说给你听也不晚。”

县太爷听了这番话，立时叫衙役们顺着洞口往下挖。

果真挖到二尺多深的时候，猛不丁地从洞里边蹿出个小白老鼠。可众人还是弄不明白，难道这只小白老鼠能杀人吗？

太太见大伙异样的样子，就说：“这个小伙子看见这只小白老鼠钻到洞里去，觉得怪稀罕，就跑过来跪在地上用钐杆使劲往下捅。兴许他用力过猛，震落了钐头，顺着钐杆正好滑落在小伙子的脖颈上，砍下头，丢了命。又因为他双手拄着钐杆，双膝跪在地上，有了这么个支撑，尸身才没有倒下。老爷，你说是也不是？”县太爷听了，打心眼儿里佩服。可这只是判断，有谁来证明他用钐杆捅这白鼠洞呢？

太太见大老爷在疑虑这事，接下来说：“这湖涯荒滩，打湖草的不会只是一个人。我看，找那些常跟他一块打草的人问一问，兴许能证实这个小伙子被砍掉头的原委哩。”

县太爷按照太太的意见，把平时和他一块打湖草的人全传了来，一个一个地询问，要他们不要害怕，不要顾虑，照实回话。要是不说，等查明白谁知情，可要从重处罚哩！经县太爷这么一开导，还真管事，在提问一个中年农民时，他说：“回大老爷，那天，我和他一块到这湖边荒滩上打草，太阳偏西的时候，俺俩把打下的草堆好，就扛起钐回家。半路上，碰到一只小白鼠，从他脚下蹿过去，他就在后边追。我累得要命，哪有闲工夫陪他去追白鼠，就先回了家。当时我走出老远，回头见他正蹲在那里看什么。谁知第二天就听说他叫人杀害啦。到底是谁杀害的，我可不知道啦。”

“为什么早先不禀报这些事？”县太爷在追问。

“这是人命关天的事，俺怕受牵连，谁还敢提这些！”中年农民照实回答。县太爷听了点点头。

滕县县太爷在夫人的协助下，终于弄清了这桩无头案的实情，认为可以结案了，便会同峄县、铜山县的县令，把案情的来龙去脉，分别呈报给山东、江苏府台衙门，结了这桩公案。

滕县县令破了这个案，立了一大功。后经山东、江苏府台衙门议定，把峄县、铜山县靠滕县的地盘，共划出三个社，归属滕县管辖。这就是老百姓都知道的滕县的“南三社”。

神奇窃案

清朝嘉庆年间，漳州府城不断发生盗窃案；隔三差五，漳州府堂门口报案的堂鼓就响了起来，弄得人心惶惶。

漳州府新任的知府老爷每次升堂，都气得大发雷霆，斥责众衙役：“自从本府上任以来，屡发窃案，这分明是要给本府难看。你们要日夜盘看，不得偷闲，要是一个月内还抓不到盗贼，严惩不贷！”

衙役们吓得寝食不安，日夜巡逻，累得筋疲力尽，仍查不到一点儿蛛丝马迹。一个月到了，又有一个富豪人家前来报案，丢失了不少金银珠宝。知府老爷一怒之下，下令每个衙役各打五十大板。结果，个个被打得遍体鳞伤，皮破肉绽。老爷一再严令，从今起凡再有报案，衙役每人打十板，直至破案为止。然而盗窃案仍时时发生，衙役们旧伤未愈，新伤又添。

衙役中有个班头叫阿成，被打得走路一瘸一拐的，母亲不知流了多少泪，让他辞职又不能获准。她忽然想起亲哥哥发师，过去在衙役当差半辈子，有不少破案经验，现在已年老退役，在乡下耕田。为了救儿子一命，她赶了几十里路去请哥哥帮助。发师一听，为救外甥，马上进城住进妹妹家里。

发师向阿成详细问了一个月来发生盗窃案的情况，然后日夜到城里四周踏勘，尤其是那些发生过盗案的地点。他觉得这个盗贼武功不错，且都是轻功，每次都是飞檐走壁入户，也不能面面俱到。俗话说：做贼一更，守卫一夜。半个月又过去了，仍寻不到盗贼，衙役们一个个轮流着挨打，心想这府老爷实在严厉，为了破案真下了决心。但又想，这样惩罚手下的人，也太过分了，个个身伤体弱，怎么好去追捕人犯呢？

发师回到家里，便向外甥打听府老爷是哪里来的。阿成说：“听说是山东的，不久前升了个知府，才到漳州上任。”

发师又问：“你们老爷在府里练过功吗？”

阿成说：“老爷他经常说，他只习文，不会武功，破案擒拿全靠我们一班衙役。”

发师听了,点了点头,说:“今天晚上,你跟我出去一趟。”

当天黑以后,阿成跟着舅舅来到府衙外墙,找了一棵高大的古树,两人一跃攀到树上。一更过了,二更又到,一直到天边蒙蒙发白,却没有什么动静。阿成急急地说:“舅,你来这里干什么,盗贼敢来偷府衙吗?”发师不搭话,只说了一句:“回去吧。”

翌日傍晚,阿成下班回家吃晚饭,发师问道:“今天有人来报案吗?”

阿成说:“没有。”

发师说:“赶紧吃饭,跟我走。”

这一夜,阿成又跟着舅舅赶到府衙墙外,攀到古树上。一更过后,二更鼓刚响过一会儿,只见从府衙后厢的围墙边闪出一团黑影,一个身穿黑衣、头裹黑巾的人飞出衙门外,消失在黑漆漆的城中。

阿成心里正在奇怪那黑影是人是鬼,说:“舅舅,我们回去吧。”

发师说:“急什么,等会儿,有一出好戏看。”

“什么?好戏?”

“别说话,瞪大眼睛等着。”

四更更鼓响了,打更更夫打了个哈欠,溜进了班屋。阿成连连打了几个哈欠,说:“舅舅,我坐不住了,快跌下去了。”发师伸手捂住他的嘴巴,轻喊一声“看!”霎时,一团黑影从墙外飞进来,落入府衙后厢墙内,消失了。

天刚放亮,漳州府衙门口堂鼓又咚咚响了。一个富户员外,跌跌撞撞冲进了公堂,边跑边喊:“我家失窃了……”这时,阿成终于明白舅舅的用心。他开始注意观察老爷走路时的脚步。

从此,阿成每天晚上都跟舅舅蹲在府衙墙外的那棵古树上,不过每次都多带了弹弓和铁丸。等了四天,不见动静,到了第五天,又见一团黑影从府衙的围墙旁腾起,发师眼疾手快,用弹弓射出一颗铁丸,只听“噢”的一声,那团黑影没有飞出墙外,而落在墙内。

次日,不但没有人来击鼓报案,却传出知府老爷因病不能主事,让爷师代为执掌。一连半个月,全城平安无事,发师一再交代阿成,一旦老爷病愈,即仔细观察一下。

有一天,阿成告诉舅舅,知府老爷的病已经好了,要到城隍庙烧香。发师早早守在城隍庙对面的小店铺里,等待老爷一行人到来。果然,轿帘一掀开,他看到老爷的右太阳穴还有微微发红的伤疤。

从那天起,老爷每天升堂,把衙役打得更凶了。发师急得团团转,忽地想起他过去伺候过的一任府官已升任福建省按察使并兼任布政使，决定找老关系去告发。

发师到了省城,找到按察大人,把事情一一禀报。按察大人虽然还算廉明,但却觉得这些蛛丝马迹虽然可疑,但没有人证物证,一旦盗贼转移赃物,就不好办理。按察大人想了一条计策,传言要考察泉州、漳州二府的知府,准备升调省城任要职。漳州知府听到消息,心想在漳州城作案太多,况有人已在他额上留下追踪的痕迹,还是早日脱身为好,离开漳州到省城去,又可升官,两全其美。于是,他求教于前来透风的省内官员,省官假装要帮他一把,就说:“泉州、漳州二府只选一人,机会难得。我们按察大人是一个以财取人的昏官,只要多献一些金银财宝,不怕落选。”

漳州知府听了心中大悦,赶快回到后厢房密室,挑出一批贵重金银首饰,打点装箱,派人送到福州的按察大人的府中。按察大人接到礼箱,当着发师等人的面开验造册。然后召集漳州城曾经被窃的人家派人来辨认,结果发现不少首饰中还有漳州打制金艺名匠留下的印记和主人的府号。布政大人随即下发文书,调漳州知府到省城面试。漳州知府乐滋滋地赶往省城,殊不知在他离开漳州时,府衙内进行一次大搜索,搜出重贵金银财宝十余箱。财物解往省城时,布政大人突然对着正在“面试”的漳州知府厉声一喝:“大胆盗贼,快快如实招来！”左右衙役,一齐拥上,把漳州知府按倒在地,戴上脚镣手铐。

漳州知府面对人证、赃物,无法抵赖,只好低头认罪。他悻悻地说:“我以为有一个官阶品爵作护身,人们就不会怀疑我。可见做坏事,最后还是瞒不过世人。”

察言观色

清朝年间,河北省清苑县有兄弟俩,早已分家单过,弟弟的家产全都挥霍光了,依赖哥哥的接济才勉强度日。

哥哥已经五十多岁了,只有一个儿子。儿子已成家,夫妻感情很好。

一天,弟媳妇来到哥哥家借粮食,说家里已经断顿了,跟正在厨房做饭的侄媳妇絮絮叨叨地念开苦经。

不一会儿, 哥哥的儿子风风火火地赶回家来, 一进门就嚷“肚子饿极了”。他媳妇立刻端饭给他吃。谁料想刚吃罢饭他就大叫肚子痛,一会儿倒在地上翻滚起来,随后七窍出血,很快就死去了。

大家惊慌失措,不知道怎么办才好。弟媳妇却在那里大叫大嚷:“侄媳害死了亲夫,赶快报官府去!”并且立即和哥哥、嫂嫂一起报到官府。

官府派人把儿媳妇押了来,给她上刑。她受刑不过只是承认有外遇而谋杀了丈夫,奸夫是李甲。

李甲是她家的表亲,平时说话就很迟钝,到了官府大堂很怕上刑,也就违心地“认罪”了。

这时,纳尔经额总督刚调到河北省来,他对这案子有怀疑。听说某县令很能干,就让他重新审理。

县令接到上司的命令,就看了有关的案卷材料。

于是县令就把有关人都带到官府,分别审问。

先问那儿媳当天的情形,儿媳一五一十地全都讲了,县令叫手下人把她带了下去。

又问那哥嫂儿媳平时的品行。他们都说:“对亲属一向和善,小夫妻俩也从没红过脸。”

又问他们:“与李甲有越轨行为吗?”

他们回答:“没见他们有什么往来,不敢乱说。”

在问到李甲当时情况时,他尚未开口就已经泣不成声了。

再问时,李甲回答说:“我若回答没有私情,就会给我上刑,若我说有私情呢,那就离死不远了,真不知道该说什么了。”

问到那弟弟、弟媳时,弟弟说那天他没在现场,弟媳说:“那天的事是我亲眼看见的。大哥五十多了只有这么一个儿子,现在绝了后不杀这贱女子,不足以抵她的罪啊!”

县令叫人把他们都带走,然后说道:“这案情我已经弄清十之六七了,明天再审,一切就都清楚了。”

第二天接着审讯时，县令先让与案情有关的人都列队跪在公案下，然后说道："死去的人昨天夜里托梦给我，对我说：'我确实是中毒死的，可是毒死我的人不是我老婆啊！'我问他凶手是谁，他说：'毒死我的人他的右手手掌会变青色。'"

说完这话，县令用眼角扫了一眼公案前跪着的那些人，接着又说："死者还说，那人的眼白还会变成黄色！"说完，又用眼角扫了一眼那些人。

突然，县令一拍公案对那弟媳大声喝道："你就是那杀人犯！"

弟媳大吃一惊："是那坏女人杀了自己的丈夫，怎么说是我呢！"

县令说："你自己都已经承认了，还敢抵赖吗？"

弟媳说："我怎么承认了？"

县令冷笑一声："我说杀人者的右手掌会变青，别人都很镇静，可你却马上去看自己的手掌，这是你在自供啊！我说杀人者眼白会变黄，别人都没有什么，可你丈夫却急忙看你的眼睛，这是你丈夫替你在招供啊，还有什么可说的？"

弟媳的脸色大变，她还想狡辩。

县令怒斥道："再胡说就让你尝尝刑法的厉害！"

县令说到这里，弟媳已吓得面如土色，弟弟也在瑟瑟地发抖。这对夫妇才不得不如实招认。

原来他们夫妻俩图谋兄嫂家财已久，每次到兄嫂家，都身带砒霜，要寻找机会毒死他们全家。这天，弟媳趁侄媳做饭的机会，便故意絮聒不休，待侄媳背身的时候，将砒霜撒入了饭锅。不想侄子先吃而死。事情一发，其他的人都哀痛欲绝，顾不得吃饭，才幸免于难。弟弟、弟媳如此恶毒，也终于落得个以命偿命的下场。

只凭几句话就使沉冤大白，有人问县令有什么诀窍。县令说："无他，'察言观色'四个字而已。"

一字断案

清乾隆二十三年，广西梧州司马李韫华受命兼管苍梧县政事。

这天，他接到一份案状，原告余阿吕，家住县城西门外枥木桥下，告称

“逆仆殴主”一事。李韫华不敢怠慢,立即传唤原告到堂询问。

余阿吕诉道:“被告人邱以诚,于康熙五十九年,卖身至小人家为奴。至乾隆二年,小人的父亲病故,家道中落,邱以诚遂外出自行谋生。如今邱家颇为富裕,而小人却贫苦无依。今天小人向他提及前情,请他将当年的卖身契赎回,以资小人养家糊口。哪知邱以诚非但矢口抵赖,还将小人殴打致伤。如今伤痕尚在,并有当年邱以诚亲手所书卖身契一份,请大人检验。”

李韫华收了卖身契,命原告暂且退下,随即将被告传唤到案。

邱以诚叩头供称:“小人于北面码头上开了个米店,余阿吕多次前来赊米,已欠下小店铜钱共一万文。小店的账簿上笔笔记载,明白无误,并有他的亲笔签字为证。今天早上他又来本店借贷,小人向他索债,余阿吕不肯偿还,两人因争辩动怒,互相殴打是实,小人身上,也有伤痕可验。说小人是他家奴仆,则完全是平空捏造,望大人明察。”

李韫华拿来纸笔,让邱以诚写了几个字,一核对,与卖身契上笔迹相同,于是沉下脸来,厉声呵责。

邱以诚恐惧异常,痛哭流涕,但对于卖身为奴一事,却坚决不予承认。

李韫华看他的神情,确实像个受了冤枉的,但卖身契上又写得明明白白,无懈可击,一时无法决断,只得令人将被告暂且带下。

回到后堂,李韫华唤幕友钟灵泉商议。

钟灵泉看了案卷,又拿着那张卖身契反复琢磨多时,再拿《时宪书》、《康熙字典》等文献工具书一查,忽然拍掌一击,叫道:

“这是一张伪契!”

李韫华连忙请教,钟灵泉道:“邱姓向来没有‘阝’旁,直到雍正年间,因为要避孔圣人(即孔丘)的名讳,才加了个‘阝’旁,成了现在的‘邱’。此卖身契落款是‘康熙五十九年’,契内直书‘邱以诚’。当时还没有这个‘邱’字,怎么会有这张卖身契?再说据被告邱以诚所供,今年四十八岁,向上推算,当生于康熙五十年,至五十九年,才满十岁。邱家系市井平民,并非书香门第,一个十岁的幼童,怎能写出如此老练的正楷契书?”

李韫华连连点头,当即升堂传唤原告,便以“邱”字质问。

余阿吕见马脚已露,吓得浑身颤抖,一句话也说不出来。李韫华问及伪造契书的经过,余阿吕支支吾吾。

李韫华一拍惊堂木，喝一声："大刑伺候！"

两旁衙役齐声答应，便欲用刑。

余阿吕魂飞魄散，只得招道："小人一向与邱以诚颇为要好，前日又去求他资助。哪知他非但不允，还向小人索取旧账。小人有个朋友，名叫朱阿良，善于临摹，也与邱有点积怨。他让小人设法弄来邱以诚的手迹，代为仿写了这份卖身契。于是小人今晨就去米店寻衅，趁机便来诬告。"

李韫华把朱阿良传来对质，朱阿良抵赖不得，只得全部招认。李韫华又命他照契临摹，字迹果然相同。

于是将余、朱二人以"诬陷良民"罪加重惩治，并向余阿吕追出欠款，还与邱以诚。邱以诚焚香祈颂，叩头拜谢而去。

带"卐"钱包

清朝初年。有一天傍晚，山东淄川(在今山东省淄博市内)西崖庄有个叫贾安的人，在离庄五里的僻静处被人杀害了。地保还没有来得及向县衙报案，当夜贾妻竟又上吊而死。全庄男女十分惊愕，都猜不出这冤头债主是谁。

第二天，死者贾安的弟弟向淄川县衙报案。

县令费祎祉亲到现场勘验，见地上脚印杂沓，尸体身上有刀伤数处，腰间系一带"卐"符号的钱包，内装五钱银子未动，看样子，不像是谋财害命。查问乡邻，得不到一点线索。费祎祉嘱邻里留心注意动静，让十天回报一次。

半年过去了，这案子还是毫无头绪。

一天，吏员抓来了几名屡次有意拖欠赋税的人。其中有一个彪形大汉，满脸的横肉，名叫周成。他不等县令开口，就指手画脚地叫："前些时候，生意不顺手，手头欠缺。今天我把欠税都带来了。"边说边掏出腰包取钱。翻弄间，费祎祉瞥见钱包上绣的红"卐"字，竟和死者身上的钱包一样，连大小、式样也都相同。

费祎祉不动声色地问那大汉道："你家住在哪里？"

周成回说某某村庄。

费祎祉又问："距西崖庄多少路？"

周成答:“不过五六里。”

费祎祉突然又问道:“年初被杀的贾某,是你什么人?”

周成愣了一下答道:“不——认识。”

“那么,”费祎祉指着钱包道。

“你这只钱包是哪里来的?”

这下,周成被问住了,脸色也变了。

费祎祉大喝道:“用大刑伺候!”

周成这才招认说:“去冬的一天下午,我从城里回来,贾安夫妇正好走在我前面。一会儿,贾妻袖筒里掉下来一只钱包。我悄悄地把它拾起,他们走远了打开一看,里面有一支很精致的小金钗,用手绢包着。不用说,这是妇女心爱之物。我平素羡慕贾妻年轻美貌,趁贾安不在家的一个夜晚,跳墙进去,以归还金钗为饵诱奸了她。贾妻说,‘这支金钗是她走亲戚家图个体面,瞒着丈夫向邻人借来的,答应走过亲戚就归还的,不料放在钱包里在回家的路上丢失了,她一直瞒着丈夫没说,对那邻人更不好交代。’于是我又以归还金钗相要挟,要她答应与我长期相好。贾妻说:‘我丈夫心狠手辣,被他知晓,我们都将没命,你下回不要再来了。好在我丈夫多病,活不长久,等他去世,我们就可以长期相好。’贾妻又说:‘金钗我是要还给人家的,不能再拖延了。你如不放心,就将钱包留下。我亲绣了一对,另一只给了我丈夫。’我就把钱包留下,金钗还给了她。”

“后来,我看到她夫贾安身体结实,不像有病,死期还早。那天,我就在僻静处将贾安捅死,后要贾妻立即跟我逃走。贾妻不肯,还哭着要和我拼命。我只好抽身逃走。当夜她就上吊死了。”

案情既明,费祎祉就叫贾安的弟弟前来结了案,交还了周成身上的那只钱包,并判周成死刑。

一刀定凶

清初,河南南阳县有个捕快,聪明机智,人称“赛诸葛”。他善于在曲折离奇的案情中,抓着蛛丝马迹,追踪凶犯。顺治五年,他曾智破一起谋杀案,案

情迷惘离奇、耐人寻味。

古城南阳位于河南西南部，城东十里，白河岸上有一小镇，镇上住一烧窑师傅王海，忠厚老实，是窑场上烧制瓦盆的大师傅。娶妻相氏，貌美如仙，却好吃懒做。

王海在窑场收有一徒，小名大山，是镇长张二的胞弟，常到师傅家吃喝玩乐，一来二去，便和师娘相氏勾搭成奸，并伺机谋害王海。

王海在窑场烧制瓦盆，整日烟熏火燎，患有一种“头晕病”，镇人尽知。

一日清晨，早起打水的人们发现水井边上歪倒着一只水桶，井里漂着一只扁担，疑是担水人掉到了井里，慌忙打捞，果然捞出一人一桶，人已溺水而死，正是王海，尸体无外伤，断定是王海打水时，头晕病发作，一头栽入井内。相氏得知号啕大哭。

事有凑巧，王海有个姐姐王英，膝下一女取名小倩，十一二岁便懂人事，担心舅妈一人生活孤独，便时常陪伴相氏，无意之间发现相氏和人通奸，遂告知其母。

王英生疑，告到官府，要求仵作开棺验尸。

验尸结果发现死者脑后部骨有击裂伤痕，分析不可能是掉下井时碰伤，定为他杀。

于是，官府遂派“赛诸葛”查明此案。

“赛诸葛”接手此案半月有余，仍无头绪，颇感棘手。

正当“赛诸葛”忧心如焚之时，打捞王海的邻里供称：死者捞出时光脚无鞋。“赛诸葛”心中一亮，马上找人下井捞鞋。先让人把井水汲出，井深数丈，井底污泥深厚，这时，镇长张二自告奋勇下井把鞋捞了上来。“赛诸葛”手拿布鞋，细观良久，忽然抽出腰刀，将鞋斩为两段，见鞋底内干外湿，喝令将张二绑了。

张二还欲抵赖，“赛诸葛”喝道：“鞋底内干外湿，没有浸泡，定是你刚才带下去的，还敢抵赖！”

张二见案情败露，只好供出了此案原委。

原来，那天晚上，大山在窑上干活，忽然假装生病昏倒，王海慌忙背起徒弟去找郎中，途中被大山用石头击中后脑而死。大山即与淫妇相氏合谋导演了一幕“头晕掉井而亡”的闹剧，欺人耳目。乃至“赛诸葛”要下井捞鞋，才记起背尸投井时，鞋子掉在家中。于是，慌忙找张二商议对策。张二为了胞弟的性命，怀揣布鞋下井，在污泥中搅了几下，便拿了上来。殊不知欲盖弥彰，正中了“赛诸葛”设下的“此地无银三百两”之计。至此，案情真相大白。

顺治六年秋，张家兄弟及相氏被处极刑。

以尸讹诈

清朝人蓝鼎元写回忆录《鹿州公案》中有一个关于用淹死的乞丐尸体诬告的案件。

他刚到普宁县(今广东普宁市)当知县后不久，有一次本县南董坊的一个地保郑侯秩的老婆、儿子来起诉，说郑侯秩因为查究本坊萧邦武抗交租税，被萧邦武怀恨在心。十一月十三日，伙同了另外四个人，冲进郑家，将郑侯秩往死里痛打，郑侯秩实在无处逃生，只好投河自尽。现在峡山都大坛沟发现了尸体。郑侯秩的儿子还准备好了船只，把尸体运到了县城，请县官前往检验。

蓝鼎元虽然心里有点怀疑，仍然立即去验尸。他看那尸体已经腐烂过半，但是浑身上下，并没有什么伤痕。仔细查看死者的指甲，确实有泥沙，按照《洗冤集录》的说法，这就足以证明死者是被淹死的。但是尸体的脸颊、嘴部都已溃烂，根本就无法辨认面容。尤其是十三日投河，到报案检验这一天是二十一日，才八天时间，尸体怎么会烂成这个样子？按照蓝鼎元的经验，这样的尸体应该是落水半个多月了。还有，郑家遭此惨祸，怎么会到了八天后找到尸体才来报案？他还记得，这五个被告都是做买卖的老实人，曾经到县衙门报案说是家中连连遭窃，前任知县曾责令郑侯秩作为地保要追查窃贼。蓝鼎元到任后，也曾派出捕快去侦查，限期破案。这五家根本就没有作案的动机。

检验结束，蓝鼎元立即就这些疑点询问郑家的儿子。郑家的儿子解释说，在水里浸泡尸体自然就会腐烂加速。而郑侯秩的老婆插上来回答，说是当时急着抢救打捞，无暇报案。然后就拄着手杖大声痛哭，那儿子也连连干号，哀痛惨苦，弄得蓝鼎元无法再追问下去。被抓来的那五个被告，表情木然，也不争辩。蓝鼎元冷眼相看，等这母子哭够了，果断命令郑家自行准备棺木，装殓尸体，不再让他们纠缠。

却将五名被告招过来，劈头就问：“郑侯秩肯定还没有死，你们难道不会去找到他？”

那些人都说：“不知道怎么找。”蓝鼎元不高兴了，训斥他们：“你们是同乡人，什么事不能够查访？你们这么怕麻烦，置身事外，也太奇怪了。别人的事情可以说不知道，你们现在自己是人命案件的凶犯，难道情愿为郑侯秩偿命了？”那五个人害怕了，痛哭着请求救命。

蓝鼎元说：“这时哭也没有用。郑侯秩平时坏事做得太多，听说我来了，唯恐要处置他，潜逃避风头而已。想来你们潮州地方的坏蛋，可以逃避的地方无非是惠来、海丰、甲子所、碣石这些地方，你们五个人分头去找，肯定能找到。”

过了三天，萧邦武果然就在惠来地方活捉了郑侯秩，带到县衙门来。

很多痛恨这个平时作恶多端的地保的百姓，都跟着来到了衙门，好几千人围观，指点痛骂，拍手欢庆。蓝鼎元一升堂，郑侯秩自然是连连叩头请求开恩，那母子二人也是又羞又怕，连连求饶。

蓝鼎元追问：“那具尸体是哪里来的？是谁想出这个主意的？”

郑侯秩只好交代，是一个讼师陈阿辰出的主意；那具尸体是一个走投无路跳河自杀的乞丐，没有亲人来收尸，所以想利用来讹诈有钱的乡邻。蓝鼎元按照诬告他人、教唆诬告的法律给这几个人定了罪，百姓欢声雷动。

蓝鼎元在自己的回忆里不无调侃地说：那乞丐因饿自毙，实在可怜。不过有了假妻、假子给他披麻戴孝、轰轰烈烈地办了后事，也足以“含笑九泉”了。

智惩恶奴

清朝时，苏州府元和县令常养蒙为官清正廉明，尤其善于审断各种疑难案例，远近一带，颇有名气。

一天，常县令接了一个案子：原告李朱氏，告独生子李亚儒不孝忤逆，百般虐待生母，请求官府为其秉公惩治忤逆子。出面控告的，是李家奴仆来安。

常县令看那来安，年约四十上下，生得人高马大，满脸横肉，便道：“本县这几日公务繁忙，你暂且回家安心等待，我自有安排。”来安唯唯而退。

来安一走，常县令即派人暗中察访，不几天摸清了事情的真相：

原来李某在世时，来安便已与朱氏眉来眼去，关系暧昧。李某一死，来安更加肆无忌惮，公然以家主自居。李亚儒渐渐长大，实在看不下去，经常婉言规劝母亲，对来安更是时露不满。来安嫌亚儒碍事，便极力怂恿朱氏写状纸，向县衙门控告，以图除掉这个眼中钉、肉中刺。亲朋邻舍，一则因来安凶狠毒辣，不敢过问；二则事关李、朱两家的名节，也不便过问。

常县令掌握这一情况后，便把来安、李亚儒及其叔叔、舅舅等一并唤至公堂。首先唤来安问道："他们李、朱两党亲族，都不出面控告，也不于状纸上签名认可，你一个奴仆，为什么不顾男女之嫌，出面替主母控告？"

来安磕头答道：

"小人蒙主人豢养多年，誓报大恩，日夜期望小主人长大成人，主持家政。岂料他不务正业，甘居下流。主母稍加管束，他便恶语相加，全无孝顺之意。主母不得已，向两党亲族求助。可是他们都不加理睬，形同路人。而不孝子则变本加厉，百般虐待生身母亲。奴才实在看不下去，万不得已，才秉承主母之命，冒着嫌疑，出面控告。"

常县令啧啧称赞道："忠心为主，不辞劳怨，你是一位义仆啊！"

来安又磕头答道："小人向来有好人之称，这是乡邻里党众所共知的。"

常县令连连点头，随即传唤："把忤逆儿带过来！"

李亚儒跪倒于地。常县令见他年方十四五岁，文质彬彬，大有弱不禁风之态；神情凄苦，似含难以启齿之隐痛。常县令问道：

"李亚儒，你小小年纪，怎么便虐待起自己的生身母亲？"亚儒却只是低头流泪，默默不发一言。

常县令故意发怒道："不孝是十恶不赦的重罪，律书上明白记载着惩罚条文。你既已触犯，怎能轻易宽容！"

说罢，抽出令签，飞掷于地，喝令左右："拖下去重责四十大板。"

亚儒放声痛哭，其叔叔与舅舅也都跪倒于地，苦苦哀求常县令念及亚儒年幼无知，权且饶恕他一次。只有那来安站在一旁，面露喜色，常县令早已看在眼里，笑着对来安说："你的小主人尚在童年，刑杖一下立时就会毙命。你既然有着'好人'的名声，又受了主人多年的豢养，何不代替小主人承受这顿刑杖！"

于是，不由分说，传唤两旁衙役，把来安拽翻于地，吩咐道："代替不孝儿受杖，你们只管从重狠打，不必顾惜。"

打满四十下，再看那来安时，早已是皮开肉绽，哀号不已。

常县令又质问亚儒的叔父:“你与被告的父亲是同胞兄弟，为什么不顾念手足之情,训导、约束侄儿,致使他这‘忤逆儿’的恶名传播远近,今又进入公堂？你也要受惩罚！”

其叔叔跪伏于地,乞求开恩宽恕。常县令笑道:“一客不烦二主,有‘好人’在这,你也不必害怕。”

又令衙役拖下来安,重重打了二十大板,算是代替亚儒的叔叔受杖。

常县令再唤亚儒的舅舅上前责备道:

“母子之情,出于天性。即使你的妹妹要来控告,你这做兄长的也应出言相劝,你妹妹也一定会依言撤诉,而你却袖手旁观,以致酿成家中大变。本应对你严加惩罚,然而本县看你老态龙钟,定然禁受不起,怎么办呢？”

随后,常县令又扭头对来安道:

“本县今天索性勉出大力,成全你‘好人’的大名,怎么样？”

扔下令签,喝令拖下去再打二十大板。来安自知再也禁受不起,连连磕头求饶。常县令大笑道:

“你看在主母的情面上,也应该替她的哥哥稍效微劳啊！”终于又打了二十大板。

常县令又命人取一面大号重枷,对来安道:

“八十下刑杖已经代受了,区区一块木枷,又何必推辞！”

亲自提笔于枷上写下几行大字:

> 今枷铐好人一名,待忤逆儿改过之日,即予释放。

上毕刑具,又令押出衙门外示众。

来安杖创已经很重,又戴了这面重枷周游一番,回家不到十天的工夫,便一命呜呼了。

失言泄案

清朝咸丰年间,江西就新县有个叫秦世文的七旬老人,膝下只有一子,名叫秦小勇。爷儿俩穷困潦倒,住在深山的一座孤庙里。为了糊口,秦小勇学成了木工手艺,经常出山到村外给人家做木工活,平时孤庙中只有秦老爹一人。秦小勇隔三差五地回来一趟,为父亲送米弄水。

一天清晨,秦小勇回家看望老爹。他在门外大声喊叫老爹开门,却不见老爹答应。他撬门而入,一看老爹已被害死,头部五官被烟熏得焦黑。地上有一把烧成半截的香火,其余的东西未见丢失。

秦小勇当即跑到县衙击鼓喊冤。

县衙派人勘察现场,认为不像强盗所为,即命暂把尸首掩埋,嘱咐绅士中的长者,代为察访案情。

大约过了一个多月,县上举人李英向县衙禀报说:“附近村子有人议论,说秦老爹生前曾积攒了几百贯钱,存在富户人家,秦小勇几次想取回来作娶媳妇之用,但秦老爹不答应。父子俩多次发生争吵。由此看来,秦老爹很有可能是被秦小勇杀害的。”

县官当即讯问秦小勇。

秦小勇一口承认:“确有为取钱争吵之事,但绝无杀父之事。”

具官追问:“钱取回来没有?”

秦小勇答:“父亲遇害的第三天已取了回来。”

县官听了这些口供,越发相信李英的举报,遂命人严刑拷打秦小勇,让其招供杀父详情。秦小勇被打得死去活来,眼看熬不住,即要屈打成招了。忽见县衙捕役把刚刚捕到的另一起盗窃案的案犯白小山押上堂来。

那白小山一眼瞥见秦小勇受刑的惨状,失声说道:“咳!都怪你老爹攒钱不撒手……”

这话顿时引起县官的警觉,当即讯问白小山这是怎么回事。

白小山自知失言,再隐瞒也无用,就干脆把实话说了:“听说秦小勇的父亲手头有一笔钱,平常又只有他一人住在孤庙,我约了三个同伙摸黑入庙企图行窃,但找了半天都没找到。后来,我们干脆把秦老爹推醒要他说出藏钱的地方,但他死不肯说。我们用香火熏他,烧他,逼他说,但没过多久,就见他已被毒气攻心而死去了。我们一看出了人命,赶紧撒手就跑了。但没想到这还连累了秦小勇。”

此案至此真相大白。县官立即下令将秦小勇释放了,随后将白小山等三名凶犯处决。

大进除恶

郑大进,清乾隆元年进士,官至湖南按察使兼布政使,政声卓著。

郑大进在任正定知府时,注重教育事业,整顿地方治安,扶植农业发展,修建水利工程甚得当地民众拥戴。而其惩治恶族长,不畏权势,清廉爱民的故事,则在民间广为流传。

乾隆某年某日,有二位妇人,一个是老年一个是中年,来到正定府衙前长跪不起。差役一见,忙上前询问。老妇人哭哭啼啼说要告状。差役深知知府大人郑大进素来办事不拘成规,喜欢为平民百姓做主。尽管这二位妇人拿着一张空白纸作状词,也不击鼓喊冤,还是马上走进衙内报告郑知府。

郑大进一听,吩咐立即升堂,命带二位妇人上堂。他知道民甚畏官,非万不得已是不到衙门的,故而和颜悦色询问她们状告何人?为什么状词上不着一字,是一张空白纸?

那位身着破衣服的老妇战战兢兢、断断续续地说,民妇实在有天大冤情,才敢来惊动老爷。状告本乡族长程世通。民妇不识字,又无钱请人代写状词,乡里识字的秀才听说我要告族长,谁也不敢为我代写,只好用白纸代替。

郑大进要她慢慢将事情道来。

事情是这样:正定府所属某县程乡,族长程世通,家饶巨资,良田数不清,财大势众。与当地知县白大人是把兄弟,与朝内某权贵是亲戚,所以在乡里说一不二,连保证一类的吏员都得让他几分。这程族长已过半百,终日包揽官司,鱼肉乡民,横行乡里。他有一个特殊的嗜好,特别喜欢有姿色的中年妇女。尽管他家中已有三妻四妾,一旦碰到稍有姿色的妇女,或诱以小利,或施以淫威,想尽千方百计把人弄到手。乡里及邻乡被他奸污过的妇女不知有多少。这些受害者往往都屈服在他的淫威下,不敢声张,更不敢告官。

却说这位老妇有一个儿子,名叫程大柴,人生得粗壮,生性憨厚,头脑简单,是个急性子。母子一贯相依为命,几年前,大柴与邻居一位青梅竹马的姑娘结婚。这姑娘生得颇为标致,不施脂粉而有天然之美。程大柴向程族长租田耕种，其妻勤于织布，一家三口，虽说住着两间祖遗旧屋，几年来尚勉强可以度日。无奈近年不是旱情就是水灾，田园连连失收，田租根本不能还清，致使拖欠程族长二年田租。程族长的手下几次上门催租，他们只有苦苦哀求而已。实际家中也没有稍为值钱的东西，不是不想还，实在是还不起。某次，催租者偶然见到程大柴之妻，看她有几分姿色，回去报告程族长。

隔天，催租的人又来，告诉程大柴说，田租新旧数可以不还，我家族长看在乡里乡亲的情分上，让大柴之妻到老爷家帮助织布一个月，即将田租抵消，大柴一听，觉得很好。其母久知族长的劣性，不敢答应。不答应又无力还田租，又不得已，大柴妻只好到族长家。这无异等于送羊入虎口。

果然，两天后，族长就对大柴妻起了歹意。夜间，他悄悄潜入大柴妻睡觉的地方，将其奸污。大柴妻迫于淫威，遭此奸污，本想一死，因家中尚有两岁的小孩，只好吞声忍泪苟活。她知道大柴的急脾气，也不敢说出。那族长尝到甜头，隔夜，又故技重演，想依然干那勾当。这次遭到大柴妻的反抗。她手中早准备一把剪刀，说族长如再相逼，只有一死。族长见她态度坚决，怕在家中闹出人命，只好灰溜溜潜出。可是，族长的淫心不死，两天后，他先是悄悄命人剥去大柴妻的衣服并缚捆住，自己才进去大发兽性。隔天，大柴妻趁人不注意，逃回家中，对婆婆、丈夫哭说此事。大柴一听，满面通红，一声不响，怒冲冲跑到族长家中，恰好遇到族长，他二话不说，挥拳即向族长打去。这时，程府家丁见状，急忙上前帮忙，乱打程大柴。一直将他打到天井，其中一家丁顺手拿起一根扁担，猛地向大柴的头部打去，正好击中要害，大柴当场毙命。

族长见出人命，不顾自家疼痛，慌忙命人将大柴的尸体拖到后园，深掩地下。

老妇见儿子一怒出门，知大柴是到族长家，她也战战兢兢随后到族长家。但见大门深锁。她大力敲门，守门人凶神恶煞，问老妇有什么事。老妇说要找儿子，守门人怒而回答，找儿子为何到这里来，用力将她赶走，大门重新关闭。

第二天，老妇见儿子仍没有归家，不知如何是好？村中有一乡民，悄悄告诉她，昨天曾见其子怒气冲冲跑进族长家中。老妇一听，知道儿子或被族长禁锢，或被族长打死，反正是凶多吉少。正在束手无策时，族长又派人来将大柴妻叫到府中织布。老妇无法，即到当地县衙上告族长，陈说其媳妇被奸污及儿子上族长家失踪之事。这位县令姓白，与程族长有八拜之交，自然是一鼻孔出气。但

他仍装模作样受理，并招来族长询问。程族长一口否认。最后自然以查无证据，宣布族长无罪；姑念老妇失子心切，年迈无知，也不追究她诬告之罪。白老太爷还格外开恩，要族长看在乡里乡亲的面上，提前放大柴妻归家，以便她照顾老人小孩。族长说，既是县太爷旨意，自然从命。

婆媳俩只有相对流泪，唯恨苍天无眼，终日以泪洗面。大柴妻忍辱偷生，上奉婆婆，下扶孤儿。后来听说正定知府大老爷为官清正廉明，她们将小孩托人照顾，沿途行乞来到府衙喊冤。

郑大进听完这事，极为恼怒，但也不敢偏听轻信。他暂时安抚婆媳住下。即派干练之人到程乡调查暗访，确实知道程族长在乡里一手遮天，干尽坏事，但因一来有白县令做后台，二来财大人多，乡民无奈他何。至于程大柴之事，则抓不到丝毫证据。

郑大进很想惩治这横行乡里的恶棍、淫虫，但苦于抓不到实证，正愁眉不展，其夫人江氏说，让她和大柴妻交谈，或许有什么蛛丝马迹。郑大进素来敬重夫人江氏，知她生性贤惠，自然高兴。江氏与大柴妻详谈后，知程族长家有一专门负责挑水的老汉，是忠厚正直人。当日大柴妻受难，他总不时照顾、开导她。郑大进与夫人商议后，微服到程乡，随行仅有两位贴身而能干的差役。他们暗中找到挑水老汉，言明身份，说明来意。老汉一听慌忙下跪，郑大进赶紧将他扶起，晓以大义，表明决心。老汉平日就看不惯族长的所作所为，二来见知府大人微服调查，有心为民除害，遂大胆将平日所知诉说无遗。又详细叙述程大柴当日被打死及埋在后园一事。他告诉郑大进，事后程族长为堵住他的嘴，还给了他几吊钱。郑要老汉日后出堂作证。

数日后，郑知府命人到程乡请程族长到正定府，有公事相商。族长一听，异常兴奋，命人挑选财礼以作见面礼，立即启程。

谁知一路兴冲冲，满心欢喜。而到了正定府，但见郑知府高坐公堂，一派森严。不像请客，反倒像审问犯人。正满腹狐疑，郑知府惊堂木一拍，问来者可是程某人？族长惶恐愕然，不由双膝下跪。郑再问一声，他方醒悟，说程世通拜见知府大人。

郑知府将二妇女告他先奸污良家妇女，后打伤致死人命事说开，问族长是否认罪？

族长至此方知来龙去脉，虽然故作镇定，矢口否认，大呼冤枉；并说此事早经白知县白老爷了结,二位妇人是找不到程大柴而胡乱诬告。郑大进听完族长喋喋不休的狡辩之后,突然微笑说,既是如此,待本官再做处理。命人带族长安顿住宿,礼品全部收下。你知道这是为何吗?原来郑大进派往程家挖尸体的人未回,证据尚显不足,暂勿打草惊蛇。而实际是将族长软禁起来。

当晚,白知县很快赶到正定府衙拜见知府。将以前婆媳如何状告程族长;他如何经过勘查、审问、结案;族长又如何宽宏大量,事后此案如何得到上司称许诸事,细细道来;又话锋一转,对郑知府说,他的恩师——朝中某权贵——非常赏识郑的才干,多次在他面前提到郑等等。郑大进素来知道白县令的为人,也知他此行的目的。但也只是虚委应付,不置可否。继之,白县令提出要见程族长。郑大人说天夜很深,客人已入睡,还是等明天吧。白县令只好悻悻而别。

第二天,捕快从程乡飞马来报,说在程家后园已挖得尸体,但仅剩下一堆枯骨,身份、面目已不能辨认。据仵作当场检查,尸体头颅有明显被重物击伤痕迹。郑大进立即升堂再审族长。询问后园尸体一事。族长自昨天被郑知府请来,又在公堂上询问程大柴一事,知那两个妇人又来告状。经他巧言,知府好言相慰,知道知府没有抓到证据。又将礼物全部收下,暗想问题不大。这样整夜不能入睡,忧喜参半,总是胡思乱想。今日一早被叫到公堂,经这一问,心中惊恐,但立即镇静,说那是一个家丁得传染病之后死去,怕传染他人,匆匆埋于后园地下深处。家丁姓甚名谁也说出来。郑又追问,为何头颅有被打痕迹?族长干脆说不知道,大人不信,可查问此事是否属实。原来,程家确有一家丁患传染病,不过没有死在程家,而是被族长赶走,生死不明;族长才敢捏造事实,说得有鼻有眼。自然,他内心也想尽量拖延时间,因他相信白知县在外面会为他活动。郑大进听后,又命人将挑水老汉的证词说出来。族长则大喊冤枉,说这都是下人对他的诬告。他从来没有与程大柴接触过,至于大柴之妻到其家织布,实属出于怜悯;奸污之说,更不知从何说起?我家有三妻四妾,我何用去奸污一个下人?说得振振有词,颇为激越。

郑知府见其狡辩,命差役对族长施以严刑。但族长硬咬牙关,死不供认。知府见之,只得暂时将他囚禁于大牢中。

刚退堂,白知县匆匆来见郑知府,拿出其座师给郑的信。信中先是对他的才干称许一番,继之要郑将族长交白县令审理,不劳他费神。又说,一刁妇片面之词不可轻信云云。显然,这是白县令用其恩师权势来压郑大进。如果不让白知县把人带回,则得罪了一帮人,日后将严重影响官运前途。如果将族长交给白知县,程大柴之死自然是白死,二妇肯定不能申冤,族长依然逍遥法外,横行乡里。郑大进思之再三,毅然对白县令说,此案已近尾声,不用再烦县令。事后本官会将案由详情上报。说后不容白县令再说,立即吩咐送客。白知县没有想到郑大进软硬不吃,非常气愤,但也无计可施,又气又恨又无可奈何,连一声道别也没有便离开正定府衙。

之后,郑大进立即写出布告,招贴四方,说程族长如何奸污大柴妻,如何打死程大柴,本官将严惩之罪。要乡民有冤喊冤,有仇说仇,正定府要为民做主。布告一出,四方乡民为之雀跃。到了下午,果然收到不少告程族长的状词。郑大进干脆敞开公堂,让乡民旁听,再次审问程族长。

开审时,人山人海,把个正定府衙围得水泄不通。当乡民看见程族长被押出来时,群情激昂,喊声四起。平日八面威风的程族长,被这一场面吓傻了。他全身骨头像散了架一样,双脚不听使唤,硬是被差役拖上公堂。耳旁听郑知府将惊堂木重重一拍,厉声斥问。接着,有人将告族长的状词一一大声宣读。程族长在这情境下,心中早已乱了分寸,又怕再次遭到严刑拷打,不得不一一供认。郑知府等他画押之后,说按大清律法,判程族长死刑,待上报后于秋后问斩,命人先将他押入死牢。围观乡民人头攒动,大声欢呼,称赞郑知府为民除害。

郑大进恐夜长梦多,立即整理详细案由及判决情况,连同乡民状词,一并命差役快马呈送上级。至于族长所送礼物,全数归公,其中的银两用于修建正定府孔庙。因为程族长罪恶多端,郑大进的案由审理得有理有据,明白无误,铁证如山。纵有白县令及其恩师想欲为其脱罪,以权干预,也怕危及自身,终于也以沉默了事。程族长终于在秋后被斩首,部分财产被没收。斩首那天,乡民如同过节,人心大快。

嘉庆判案

清代嘉庆丙子年,京城附近有个以窝赌而称霸一方的王某,由于李某经常向他借钱入赌,因而对他一贯服帖,唯命是从。

有天,王见李某夫妇同行。对李妻容貌之美十分垂涎,当即将李叫到一旁,说:“你妻甚美,老子今晚就到你家过夜。”

说完后塞给李某二千钱。李某很为难,对王耳语道:“吾妻性烈,恐她不愿,我看还是先同她商量商量再说。”

李某回到家还未开口,便被妻子怒斥道:“你一天到晚不务正业,经常和王某人交往,能干出好事吗?没见他刚才那副德行,一双贼眼直盯盯瞅着我,定不怀好意!你若不早日与他断交,我看早晚会大祸临头!”

李某听了不敢出声,就去告诉王某,叫他今晚别来,请宽限几日。王听此言,勃然大怒,说:“不行!老子又不是出钱济贫,定要今晚去!”

并且又给李某二千钱。催他快回,说:“你若办不成此事,以后休来见我!”

李某回到家中欺骗妻子说:“老子今天赌赢了,你瞧这么多钱!”

妻子知道丈夫每赌必输,便逼问他究竟钱从哪儿来,李某心虚,虽不肯实说,但从其语言支吾,其妻已猜出八成。为防患于未然,她临睡前将自己上下衣裤缝缀相连,并怀揣匕首以自卫。

午夜时分,李妻忽听有人叩门,而丈夫佯装上厕所出了房门。她觉得情况不妙,便悄悄下床尾随到屋门口。只听丈夫开了街门,对来人说:“她正睡在床上,你装作是我只管行事,千万不要说话。”

李妻气得半死,遂掏出匕首严阵以待。当李某手拉着王某刚进房门,李妻以为先进者定是王某,就举刃狠命刺去。她的丈夫惨叫一声倒在地上,方知错杀其夫。李妻抚尸大哭,王某溜之大吉。邻居闻惊赶来,李某早已气绝身亡。众邻人见李妻手握利刃,便以因奸杀死亲夫罪将其押送官府。

官府中大小官吏,早被王某所贿,李妻讲实情后,遂传王某到案。但王以“戏言诚有之,实未往李家”之词而获免,判李妻因奸杀夫以死刑。为了查出所谓“奸夫”,李妻备受酷刑。

此案很快就上闻于朝。清仁宗闻讯特驾临刑部大堂。他阅过案卷后慨叹道:

“真是好人难做啊!”

刑部堂官听了不解何意,恳请嘉庆帝解释。他说:“李妻是烈女,王某欲强奸,李某为卖奸,李妻要杀的是王,非李也!今不诛王而诛李妻,这难道公

道吗？更何况此案称李妻是因奸杀夫，如今连奸夫尚未查出，罪名何以成立，何以示天下！”

嘉庆帝这番话，吓得刑部尚书、侍郎汗流浃背，个个跪在地上，许久不敢仰视。后来此案只得“遵旨改判”，处王某以死刑，使李妻侥幸获释。

双尸命案

清朝乾隆四十三年春天，河北保定清苑县出了一桩双尸命案。

清苑县乡民李家的一个姑娘，嫁给西乡张庄张氏为妻。两地相距一百多里。婚后不久，李女回娘家看望父母。一个多月后，新郎又骑着驴子去接妻子，由妻子骑驴，自己随后跟着。

夫妻走到离家还有二十多里的某村庄时，新郎被人拦住走不脱了。原来此处一些村民与他一向熟识，每次相遇，总要互相逗乐取闹一番。好在离家不远，他就让妻子先走。

妻子骑着驴子走了六七里，来到一处三岔路口时，因为路不熟，不知道该走哪条路，不免犹豫了起来。其实，向西是张家庄大路，往东是任丘县(今河北中部白洋淀东南)的地界。这时，有一个任丘县刘财主的儿子刘二正赶着车子从西边道路辘辘而来。张妻问他路，他却故意引她走去任丘的路。

到日落西山，天色向暮了，张妻还不见到家，倒有些心慌了。她问刘某去张家庄还有多少路，刘二说：“娘子，原来你是去张家庄的啊，我没听清楚，它却是在西边哪！这是去任丘的大路，相差几十里呢！现在，天快黑，今天回不成了。这样吧，我替你找个地方借住一宿，明天早晨我顺便送你回家。可好？”

张妻虽然焦躁，但也无奈，只好跟着刘二来到刘某的佃户孔某家中。

孔佃户的妻子早亡；有个女儿，也才新婚归娘家，夫家就在邻村。他女儿住内房，他住外房，两房原是相通的。

孔佃户对女儿说：“今晚东家来借宿。不好不答允。今天你且回夫家住，等东家走后，我再来接你。”

他女儿就走了。

孔佃户将女儿的房让给张妻住，他的房让刘二住，他与刘二的车夫睡在堂屋里,张妻的驴子拴在檐下。

一夜过去,天已大亮,孔佃户还不闻房内有响动。直到快晌午了,仍不见开门,就对着门缝朝里张望,见他自己的炕上没有人。他破门而入,走进内房,见床上躺着两具尸体,两颗人头滚在地上,正是刘二和张妻。孔佃户再去看檐下驴子,也已不见了。孔佃户和车夫都吓得浑身发抖,不知所措。

孔佃户定了定神,悄悄地与车夫核计说:"你家在河南,离此地很远,何不带了衣物、车子速即逃归家乡,可以太平无事。要不,一经到官,你我身家性命都保不牢。"

车夫但求无事,也只好这样。当晚,两人将尸首扛去野外埋好,车夫驾车上路往北而去。

任丘刘财主见儿子刘二久出不回,杳无音讯,就向任丘县报案,要求察访。这边,张家见妻子失踪,怀疑她有不轨情事,赶到清苍县去控告岳父家。清苑县当即派出捕役四处侦访。

一天,清苑县的一个无赖赌徒郭三,牵了一匹驴子到集市兜卖。捕役细察驴子的大小和毛色,和张家所说的十分相符,就拦住郭三盘问。郭三神情慌张,搭话前言不对后语,捕役就拉他去见县官。几十板子一打,郭三就供出了实情。

原来,郭三和孔佃户之女一直有私情。那天得知孔女回娘家,晚上就从孔女住房的后窗爬了进去,却见炕上睡有一对男女。他不知道那刘二在夜深人静时,潜入张妻房中,对张妻软硬兼施。张妻怕声张出来无颜见人,只好就范。郭三以为是孔女另有所好,不禁妒火中烧,举刀将两人砍了,跳出窗外偷驴而逃。

县官问明事实,又把孔佃户传来,追问尸体的下落。孔佃户便引着县令去野外起尸。刨开新土,露出的果然是刘二和张妻的尸体。

县令便依律严惩了凶犯郭三。

龙门女尸

清朝乾隆年间,广东龙门县某村有个叫温司敬的人,娶个外村林家的女儿为妻。

婚后数月,林氏的父亲林贵生了病,林氏便提出要回去探望。温司敬欣然应允,并亲自送她回娘家。走到半路,他的弟弟温司礼急急赶来,对温司敬说:“母亲忽然头晕目眩,叫我吩咐哥哥,把嫂嫂送到家后,赶快回来。”

温司敬听后就急急赶了回去,温司礼便送嫂嫂走了五里多路,林氏对他说:“这儿离我家已经没有几里路了,既然婆母生病,叔叔也请回去吧。”温司礼辞别而归。

几天之后,林贵忽然托人来对温司敬急报说:

“约好了那天让女儿回娘家探望,却一直没有盼到。今晨准备迎接,却在路上发现一具女尸,衣裤、鞋袜都是女儿的,头却不知去向。这是怎么一回事?”

温司敬大为惊骇,结结巴巴地说:“那天我已将妻子送回娘家了,怎么会发生如此凶祸?”

那人回去报知了林贵,林贵认为必定是女婿杀害了女儿,就到县里去控告。

县令立即将温司敬拘到公堂,严加讯问。温司敬便将那天的情况详细叙述了一遍。县令一听,又将温司礼拘至公堂,严刑拷问。

温司礼被打得死去活来,只得屈招道:“是我见四周无人,企图逼奸,嫂嫂拼命挣扎呼救,我就把她杀了。”

县令又逼问首级藏在何处,他实在回答不出。

县令推测一番后,认为是被虎狼吃掉,于是根据温司礼的供词,将案子定了下来。

县令有个幕客,名叫江文进,素以精细谨慎著称。他仔细审阅了案卷,顿生疑窦:那温司礼既然杀害了嫂嫂,为何尸体不加遮掩地抛置于途中?虎狼为什么只吃掉一颗头,而尸身却没有被咬噬的痕迹?于是江文进便到附近一带细细查访,不久就访到了:有个叫麻成子的无赖,在林氏被杀的那天突然失踪了。江文进立即回到县衙,对县令说:“这桩案子只有捉住了嫌疑犯麻成子,才能水落石出。”

县令沉思良久,终于点头,随即派出大批精干差役,四出缉拿麻成子。十几天后,就把麻成子逮捕归案,稍一审问,他便磕头服罪,供出了一切。

原来,麻成子与其妻马氏素不和睦,经常吵闹,他早就想找机会除掉她。那天傍晚,他看见林氏独自步行于乡间小道上,其身材、体形、年龄均与马氏差不多,便扑上前去,将林氏劫持到家中,然后一刀杀死了马氏,再剥下林氏的衣裤鞋袜等,穿在马氏身上,又割下马氏的头,埋在屋后,最后将尸首抛掷于途中,便挟持着林氏逃跑了。

真相大白,麻成子被依法处决,温司礼无罪释放,林氏也与丈夫温司敬团圆了。

路遇病妇

清代有个巡抚叫于成龙,在他当县令的时候,一天来到邻县。他在城外散步时,只见远处匆匆忙忙地走来一群人,有两个汉子用一块床板抬着一个病人,上面盖着大被,枕上露着头发,头发上插着一支凤钗,病人侧身躺着。旁边跟随着四个壮健的男人,不时用手去掖病人身上的被子,将脱落出的被子压于病人的身下,好似怕风吹进去。见那抬床板的两个壮汉累得气喘吁吁直冒汗,将担架停至路边,又换两个人来抬,上肩感觉似乎很沉重,起步踉跄,于成龙见了很觉奇怪:一个女人不可能会有这种分量,难道其中有隐情不成?便派士兵前去询问。

一会儿，士兵回来道:“床板上躺着的是他们其中一人的妹妹，病得很重。送她往婆家。”

于成龙思忖了一下,总觉可疑,便对士兵说:“你远远地跟着他们,看这些人进了哪个村庄。”

这个士兵遵命悄悄地跟踪于后,看见他们走到一个村屋,门口有两个男人接应,一声不吭急匆匆地帮助将担架抬了进去。一个汉子四周瞧瞧,立即将门关上。士兵立即返回报告。于成龙点点头,来到该县县衙。

于成龙找到该县县令问:“贵县昨晚有没有发生盗案?”

县令有些支吾,回答说没有。于成龙心中有数。知他是生怕人家说他“治安无方”,故忌讳说发生盗案,于是不再追问。回到下榻处,于成龙叮嘱所带兵士化装成百姓,外出仔细查访,果然有家富户被抢。于成龙立即将那家当家人找来问被盗情况,他却面露难色。于成龙道:“我已替你把强盗捉住了,你不必有何顾虑。”

富人听了,才跪下来叩头,说:“是县老爷不让说。”

于成龙当即连夜打门去见县令,派能干的差役四更时分离开县城,径直到那个村屋,捉住了八个人。

一审,他们就认罪了。

原来,昨天晚上他们抢劫后便住在妓院,与妓女合谋,把抢来的财产放在床上,让妓女侧身躺在那里,抬着到窝赃的地方再瓜分。

有人问于成龙怎么能够知道他们是强盗, 他答道:“哪有年轻妇女躺在床上,肯让别人把手伸进被子里的?而且,担子要换人轮流抬,表明担子很重,两边有人用手保护,可知里面有东西。再说,要是病得很重的妇女来了必定有妇女在门口迎接,而那里只有男人,而且连一句话都不问。从这些可确切地判断,那帮人非正道之人,非贼必盗也。”

花池断儿

清朝末年,襄阳县发生了一起换子案。

有一家人家姑嫂两人都是寡妇,都同时生下了遗腹子,为一男一女。生育不久,姑娘便控告嫂嫂在回娘家时,将她的女儿换了自己的儿子。

襄阳知县林公受理了这个案件, 他将姑嫂两人并一干人证都传到堂上审讯。两个当事人都说自己生了儿子,双方的邻居和接生婆都帮着自己一方说话,真所谓公说公有理,婆说婆有理,莫衷一是,无法判断。

第二天,林知县再升堂审理,双方人都争着诉说自己的理由。知县一拍惊堂木:“休得吵闹,本县夫人最善看相,且把那男孩抱来,让夫人一看。”

不一会儿,就将那男孩抱来送入后堂夫人房中,堂前的姑嫂等人都怀着焦急不安的心情等待着,他们都怀疑,知县夫人凭着相貌就能判断出男孩是谁生的吗?

歇了一会儿,使女将男孩抱入大堂,转告夫人的话:“两家本系亲属,光凭相貌难以判断此孩是谁所生。”

一听此言，姑嫂两方又都吵了起来。林知县断喝道："这孩子实在讨厌，害得亲戚失和，害得邻居争吵，害得本县不得安宁，留他何用？"

说着，一手从使女手中抢过襁褓，将男婴向窗外扔去。窗外园子里有个荷花池，那男婴被丢入荷花池中，泛起了几个泡泡，很快就沉没了。

众人都被知县这一举动惊呆了。那嫂子连声喊道："不要伤害我的孩子！"

正忙乱时，只听扑通一声，有人投入了荷花池中，正在拼命地捞那孩子，还发出声声凄惨的叫声："我的儿，妈妈来救你了，你可不能死啊！"此人正是那个原告人姑娘。

差役们一齐动手，将那姑娘拉上了岸，不一会儿也把襁褓打捞上来，原来，那襁褓中包着的是一个穿衣戴帽的小枕头。那男婴正甜蜜地睡在知县夫人的床上哩！

知县据此断案，说："母子连心，血肉相通，刚才婴孩落水，变故突然，姑嫂两人对待婴儿的态度，泾渭分明，此子属谁，已很显然。"

原来知县夫人在幼年时曾不慎失足跌入河中，她母亲为救她而死在河中。所以对此刻骨铭心，帮丈夫定下了这个计谋。

那嫂嫂承认为接续香烟，而用自己的女儿换取了姑娘的儿子。她的乡邻和接生婆也承认了接受贿赂，帮她作了伪证。

后记

《中国古代狱案故事》由一百多篇古代狱案故事组成。这些故事的来源主要取材于中国古代的正史、野史、宋史、笔记等多种史籍。它既是中国传统宝贵文化遗产的一部分,同时又是中国古代人大智大勇精神的集中体现;而且这类作品备受当今读者的喜爱。由此,也是我产生编写此书的初衷。

掩卷停笔思索,该书具有下列特性:

一、严肃性。

本书故事是按照历代纪元序列编排的,依据的资料都是古代流传下来的古体案例,为了历史的、真实的再现古代的当时生活。编著者在大量收集、阅读、筛选的前提下,博览群书而探幽发微,写作态度尽拘严谨。因此,希望读者在阅读此书时,应以历史的观点去加以分析和思考。

二、时间性。

该书从秦朝,一直写到清朝。可以说,它较为全面地系统地勾勒出了中国古代历史上曾经发生过的各类刑事、民事案件中的狱案故事的概貌。

三、可读性。

在尊重历史事实的基础上,编著者对每篇狱案故事的人物、情节、氛围都尽量作了合乎历史逻辑的铺垫和渲染。书中涉及的人物上至帝王将相、各级官吏;下至市井商贩、布衣百姓;涉及的故事包括官场的明争暗斗,恶霸的欺压良民,强盗的为非作歹;家庭的种种纠纷,清官的公正断案,豪杰的行侠仗义,人心的奸诈险恶等等,可以说包罗万象,无所不有。

四、知识性。

阅读该书会使读者了解更多的史书典籍、历史故事,有益于普及历史文化知识和法制教育。可谓一举多得,受益颇丰。同时,本书中每一个故事,还都蕴涵着值得当今人们思考和参考的侦破手段和断案经验。

五、奇趣性。

编著者是本着以“宁精毋滥”的原则进行选取案例的，书中每个案例故事大都具有悬疑性、紧张性和挑战性。每篇狱案故事都独立成章，且有头有尾有人物并有较强的故事情节，曲折离奇，婉转感人。使人在轻松阅读之中，既能领略人世间的真、善、美和险、恶、丑；又能增长人生智慧。

历史还是一面明亮镜子。封建社会早已成为过去，然而，在中国的大地上，现实生活中的美与丑、善与恶、忠与奸、正与邪等矛盾斗争与纠纷瓜葛仍然继续存在，为了创造和谐的、美好的社会环境，对过去人们那种刚正不阿、嫉恶如仇、明辨曲直、见义勇为、公正廉洁等传统美德，也还值得当今社会的人们继续传承和大力弘扬、传颂。我相信和期望：《中国古代狱案故事》一书会得到各界广大读者的欢迎，并且从中受到裨益。

借该书出版之际，我首先要感谢的是百花文艺出版社编辑黄家宝老师在《中国古代狱案故事》一书编写过程中自始至终给予了热情的指导和关注，并数次通读和修改全部书稿，实在令我感激不尽。

其次，我要诚挚地感谢现任中国民间文艺家协会副主席、吉林省民间文艺家协会主席、吉林省文联副主席；《民间故事》杂志社社长、主编曹保明老师和现为中国新故事学会理事、中国少数民族作家协会理事、吉林省作家协会理事、原通化市文联副主席的金鑫老前辈在繁忙的工作中抽出时间分别一字一句为我写下了长篇序言；审阅和修改了大部分稿件，从而使得本书趋于完臻。

最后，我还要感谢通化市民间文艺家协会副主席金恒文老师；集安市地方志编撰委员会成员、集安电视台台长、主编林树发老师分别审读和修改了全部书稿。

由于我国古籍浩瀚，留存许多典籍又没有人注释，搜集、整理起来难度很大，碍于自己孤陋寡闻、文学底蕴浅薄，使此书定谬误必出，翘首以待方家指正。

宋月航

2009年12月